DORTOIR INTERDIT

DU MÊME AUTEUR

AUX ÉDITIONS PLON

La Maison des murmures
L'Héritier des abîmes

AUX ÉDITIONS LE LIVRE DE POCHE

Le Chien de minuit
La Fille de la nuit
La Main froide
Le Sourire noir
L'Armure de vengeance
Le Château des poisons
Le Labyrinthe de pharaon
Les Prisonnières de pharaon
Le Manoir des sortilèges
La Captive de l'hiver
Pèlerins des ténèbres
Bunker
Avis de tempête
Les Cavaliers de la pyramide
Le Masque d'argile
La Chambre indienne
Conan Lord
Les Emmurés
Les Enfants du crépuscule
L'enfer, c'est à quel étage ?
Iceberg Ltd
La Mélancolie des sirènes par trente mètres de fond
Baignade accompagnée
Le Murmure des loups
Le Nuisible
La Fenêtre jaune
La Princesse noire
Ceux qui dorment en ces murs

L'actualité des parutions de Serge Brussolo est sur :
http://pagesperso-orange.fr/brussolo-officiel

SERGE BRUSSOLO

DORTOIR INTERDIT

Agence 13
Les paradis inhabitables

Fleuve Noir

ISBN : 978-2-265-08874-0

Suo quisque ritu sacrificia faciat, telle était la règle absolue. Chaque famille avait ses cérémonies qui lui étaient propres, ses fêtes particulières, ses formules de prière et ses hymnes.

Fustel de Coulanges, *La Cité Antique*

Enfin, par des *lieux de mort*, j'entends tous ceux où l'on se trouve tellement réduit que, quelque parti que l'on prenne, on est toujours en danger ; j'entends des lieux dans lesquels, si l'on combat, on court évidemment le risque d'être battu, dans lesquels, si l'on reste tranquille, on se voit sur le point de périr de faim, de misère ou de maladie ; des lieux, en un mot, où l'on ne saurait rester et où l'on ne peut survivre que très difficilement en combattant avec le courage du désespoir.

Sun Tzu, *L'Art de la guerre*

Prologue

N'étant pas écrivain, j'ai raconté l'aventure qui suit avec mes propres mots, selon l'expression en usage dans les tribunaux. De culture franco-américaine, j'ai tendance à user fréquemment de termes anglo-saxons. Je souhaite qu'il ne m'en soit pas tenu rigueur, c'est ainsi que je m'exprime. Je n'ai pas cherché à faire œuvre littéraire. Ceci est un témoignage, pas une fiction. Il importe avant tout, pour moi, que les faits que je vais exposer ne tombent pas dans l'oubli.

Bien à vous.

Michelle Annabella Katz

Orages souterrains

Mon père était un criminel en fuite ; c'est du moins ainsi que ma mère m'a toujours présenté la chose. Les soirs où elle était en veine d'élan maternel elle m'expliquait, en chuchotant, que Daddy avait fait partie du *Weather Underground*[1]. C'était l'un de ces *weather men* qui, à une époque lointaine, avait fait trembler le gouvernement des États-Unis en prônant la guerre civile. J'avais six ans. Ce *Weather Underground* levait dans mon imagination de gamine des images de tempêtes souterraines, d'ouragan dévastant les égouts d'une ville et faisant s'effondrer ses immeubles.

Mon père – j'ignore quel nom il portait alors – avait fui les USA deux secondes avant que le FBI ne lui mette la main au collet. À partir de là, il s'était fondu dans la nature sauvage, les déserts glacés, là où aucun agent fédéral n'aurait le cran de venir le chercher. Il fut aidé en cela par ses capacités physiques et un talent tout particulier : c'était un grimpeur hors pair, un alpiniste de première force. Pour survivre, il devint guide de haute montagne et s'en alla exercer son métier au bout du

1. Groupe extrémiste de la fin des années soixante, engendré par le mouvement de contestation de la guerre du Viêtnam, et à l'origine d'attentats meurtriers.

monde. Il se faisait payer fort cher pour traîner des hommes d'affaires japonais au sommet du Chimborazo, de l'Aconcagua, du Kibo, du Godwin Austen ou du Nanda Devi.

Ma mère, Anne Katz, le rencontra lors d'une excursion. Elle était française mais vivait en Suisse. Récemment sortie des Beaux-Arts, elle écrivait des contes pour enfants qu'elle illustrait elle-même. C'était une remarquable dessinatrice, mais qui vivait hors du réel, dans un monde peuplé de nains, de fées, de licornes, et autres sucreries qui m'enchantaient lorsque j'étais gosse. Elle avait peint sur les murs de son bureau une fresque représentant un paysage de châteaux médiévaux, et de vallons embrumés où des légions de gnomes s'affrontaient en un combat incertain. Assez curieusement, cet univers imaginaire semblait avoir pour elle plus de consistance que celui au sein duquel elle se mouvait. Je l'ai vue pleurer lorsqu'elle se voyait contrainte de faire mourir l'un de ses personnages, et cela alors même qu'elle accordait une attention distraite aux accidents dont j'étais victime (jambe cassée, péritonite, traumatisme crânien, j'en passe...). C'était assez étrange, pour une fillette d'une dizaine d'années, d'être en concurrence avec des individus n'existant que sur le papier. Souvent, je me glissais dans son atelier pour observer mes ennemis dont les visages me narguaient au centre des feuilles punaisées sur la table à dessin. Je devais lutter contre l'envie de les barbouiller de peinture noire. Je n'ai jamais osé, bien sûr. Mon instinct me soufflait qu'un tel acte plongerait ma mère dans l'hystérie, voire la démence, et qu'elle n'hésiterait pas une seconde à me balancer au fond du puits.

Je n'avais pas confiance en elle. Elle était d'humeur trop changeante. Deux femmes l'habitaient, deux copropriétaires irréconciliables : la bonne fée, et Carabosse la sorcière. Au fil des heures, et sans qu'on sache pourquoi, elle devenait l'une ou l'autre, et le paradis devenait cauchemar. C'était assez déstabilisant. Je crois qu'elle se laissait posséder par ses personnages, sans même en avoir conscience. Bonne fée, elle répandait douceur et tendresse ; sorcière, elle devenait méchante, injuste et intolérante. Il ne fallait jamais la déranger lorsqu'elle travaillait dans l'atelier. Penchée sur la planche à dessin, elle entrait en transe. La maison aurait flambé qu'elle ne s'en serait nullement aperçue.

Peu à peu, j'ai appris à subsister en marge, sans me faire repérer, en passagère clandestine de ma propre demeure.

Nous vivions au pied des montagnes, à la lisière d'une station de sports d'hiver plutôt chic, dans un beau chalet de carte postale, jadis propriété d'une vedette du cinéma en noir et blanc emportée par une avalanche. Une star de la UFA, à ce qui se racontait, ayant activement participé à la propagande nazie.

Une matrone montait du village pour s'occuper du ménage et de la cuisine. Elle parlait le français avec un tel accent que je ne comprenais qu'un mot sur quatre, ce qui ne facilitait pas les rapports. De toute évidence, nous l'agacions ; les peintures de ma mère lui faisaient peur, elle les examinait en grimaçant. Quant à moi, je n'étais à ses yeux qu'une gosse de riches, une paresseuse pas même bonne à garder les vaches.

Mon père – je le connaissais alors sous le faux nom de Harrison Crawford – était souvent absent, occupé à hisser une cordée de cadres dynamiques texans à l'autre bout du monde. C'était un homme massif, tout en muscles. Une sorte d'ours adorable qui me racontait des histoires d'extermination indienne, d'esclavage et de guerre civile pour m'endormir. Sans doute espérait-il, par cette plongée dans un réel sans concession, contrebalancer l'atmosphère éthérée que les contes de ma mère installaient dans la maison ? Je me rappelle qu'il avait accroché au-dessus de mon lit le fac-similé d'une pancarte issue du Sud esclavagiste : *À vendre, belle négresse avec ses deux marmots mâles, en parfait état physique. Peuvent être achetés séparément.*

Je garde de ses séjours un souvenir émerveillé – et sans doute embelli – de promenades dans la montagne, de pique-niques émaillés de fous rires. Probablement les choses n'étaient-elles pas aussi formidables que je m'obstine à le croire. Je pense aujourd'hui que de vives tensions opposaient mes parents. Dad soupçonnait maman de le tromper pendant ses absences. Il avait raison. Lorsqu'il était en voyage, la maison se remplissait d'une foule de parasites venus courtiser ma mère. D'anciens compagnons des Beaux-Arts, des artistes malchanceux ou trop imbus de leur talent pour accepter de se « prostituer » en produisant des œuvres « commerciales ». Ils débarquaient par voitures entières, en brandissant des bouteilles de champagne, vêtus de costumes extravagants, comme pour le bal des Quat'z'Arts. Ces nuits-là, le chalet n'était plus que tapage, chansons obscènes et cacophonie musicale. On m'envoyait me coucher tôt, mais je redescendais en catimini et, tapie dans un placard, j'observais le manège des adultes par l'entrebâillement de la porte. Je voyais alors se poursuivre des hommes et des femmes nus, grimés de façon grotesque. Ma mère en faisait partie. Il m'arrive encore de la voir en rêve, avec pour seuls vêtements, ses yeux soulignés de khôl et les pointes de ses seins fardées au rouge à lèvres. Je m'éveille alors en sursaut et il est rare que je parvienne à me rendormir.

Elle menait une vie libre, sans complexes ; elle avait pris très tôt dans le milieu artistique l'habitude de la sexualité de groupe. Ces excès lui permettaient d'affirmer son indépendance.

Encore une fois, je le répète, il y avait deux femmes en elle. Celle qui vivait avec Dad, et l'autre...

Je n'en ai jamais rien dit à mon père. Je sentais qu'une telle révélation aurait déclenché un drame. Daddy avait tout du Teddy bear, c'est vrai, mais il ne faut pas oublier que ce célèbre nounours, fabriqué en l'honneur du président Roosevelt, a été cousu sur le modèle du grizzly, un ours particulièrement agressif, et qui a l'habitude de déchiqueter ses proies à coups de griffes.

J'ai vite compris que, si je voulais survivre, il fallait m'abstraire du monde des adultes, c'est ainsi que j'ai émigré dans la maison en carton.

Il s'agissait du grenier. Un grenier imposant, dont on avait dissimulé la poutraison sous des panneaux de Placoplâtre dans l'intention de le rendre plus habitable. Le projet avait été abandonné sitôt qu'ébauché, par l'un de ces revirements dont ma mère était coutumière, et le local avait pris l'allure d'un décor théâtral inachevé où je me sentais bien, protégée des manigances et du tumulte des étages inférieurs. En dessous régnaient le chaos, la suspicion, la débauche, alors qu'ici tout n'était que paix, silence et sécurité.

Je n'allais pas à l'école. Tous les matins, un précepteur venait m'enseigner les rudiments d'une culture qui me laissait indifférente ; dès qu'il avait tourné les talons, je grimpais quatre à quatre les marches conduisant au grenier, et restais là jusqu'au soir, allongée sur le plancher poussiéreux, à regarder les rayons du soleil allumer des reflets d'argent dans les toiles d'araignée reliant les poutres. Personne ne s'est jamais inquiété de mon absence. Sans doute, même, en était-on soulagé !

Un jour, obéissant à une impulsion, j'ai dérobé dans un cagibi des pots de couleurs et des pinceaux. Sans trop savoir ce que je faisais, j'ai commencé à peindre des décors sur les panneaux vierges des cloisons. Très vite, j'ai barbouillé un paysage vénitien entraperçu dans un album évoquant l'œuvre de Canaletto : un canal, des gondoles, des palais s'émiettant dans l'eau... et sur le quai, des travestis, le visage masqué par la traditionnelle *bauta*.

Tout cela, bien sûr, d'une grande naïveté, mais c'est ainsi que tout a commencé. Je sais que c'est ce jour-là, dans l'odeur de poussière chaude du grenier inachevé, dans le ventre de la maison en carton, que j'ai décidé de devenir décoratrice.

Au fil des années, j'ai dû peindre dix paysages successifs, les uns sur les autres, au gré de mes humeurs adolescentes. Tantôt c'était une Égypte d'image d'Épinal, pleine de momies vagabondes et de sphinx digérant au soleil, tantôt c'était un pôle Nord peuplé d'ours blancs en maraude et de beaux Inuits aux yeux bridés, nus sous leurs fourrures.

Et puis le temps a passé. Mon père a disparu. Un jour, il n'est pas rentré d'une expédition à la frontière du Pakistan. On n'a jamais su ce qui lui était arrivé. Sa situation particulière (fausse identité, mandat du FBI) ne permettait pas de déclencher une procédure de recherche approfondie. Il est possible également que ma mère ait vu là l'occasion inespérée d'un « divorce » à l'amiable. Elle craignait par ailleurs de tomber sous l'accusation de recel de malfaiteur et d'atteinte à la sûreté de l'État ; n'oublions pas que Daddy n'était pas un banal braqueur de banques mais un terroriste « aux mains tachées de sang » (style journal télévisé).

J'ai grandi. J'ai quitté la Suisse pour m'installer à Paris et m'inscrire aux Arts déco. Maman m'a vue partir avec soulagement, je crois. Ses livres étaient passés de mode, ils se vendaient moins bien. Elle avait dû restreindre son train de vie et le cercle de ses courtisans s'amenuisait. Il est vrai qu'entre-temps certains étaient morts d'overdose ou d'ivrognerie. C'est un milieu où l'on ne prend guère soin de sa santé et où l'on se persuade qu'il faut mal vivre pour bien créer. De la pure foutaise qui permet de tenir porte ouverte aux pires excès.

Nous nous rencontrions à l'occasion des fêtes de Noël. Elle s'était mise à boire. Elle avait abandonné les livres pour enfants et travaillait à un album de gravures érotiques. C'était, pour les gens du village, une vieille dame scandaleuse. Une toquée qui débauchait les jeunes gars et les faisait poser nus avant de se les envoyer sur une peau d'ours mitée, devant la cheminée.

Elle survivait en vendant ses toiles à des amateurs, par le truchement d'une galerie « spécialisée », à Lausanne. La dernière fois que je l'ai vue, je suis montée au grenier, mue par une sorte de pressentiment, comme si j'avais deviné que je n'aurais plus jamais l'occasion de visiter la maison en carton. J'ai éprouvé un choc. Tous mes décors avaient été recouverts de peinture noire. Caviardés. Ainsi barbouillé, le grenier avait l'aspect d'une église satanique en attente de sabbat. Je suis redescendue sans rien dire. Je n'ai posé aucune question. Je ne voulais pas savoir.

À midi, ma mère était déjà ivre, cramponnée à son verre de vodka.

— Ton père, a-t-elle ricané, il n'est pas mort. Il nous a larguées, toi et moi... Enfin, surtout toi, parce que moi je me passais très bien de sa présence. C'était un mauvais coup. Il a été aperçu au nord de l'Inde, dans un petit village au nom imprononçable. Il vivrait là, à ce qu'on dit, entouré d'une marmaille. La crasse, le tiers-monde, les amibes... ça lui a toujours plu.

J'ai demandé des précisions. Elle a été incapable d'en fournir. J'ai eu l'impression qu'elle mentait, pour me faire mal. À un moment, elle a eu cette phrase étrange :

— Tu es tout de même beaucoup moins belle que moi ! Tu m'as déçue en grandissant, je m'attendais à mieux.

Je me suis sentie dans la peau d'une jeune vache recalée à la foire agricole du comté. J'ai réclamé les affaires de Daddy, quelques objets personnels à titre de souvenirs. Elle a affirmé avoir tout jeté, même les photos.

J'ai abrégé mon séjour. Le lendemain, je rentrais à Paris. C'était la dernière fois que je la voyais. Deux semaines plus tard, elle trouvait la mort dans l'incendie du chalet. Le rapport des pompiers estimait qu'elle s'était endormie dans son lit, une cigarette à la main.

Mais des rumeurs ont couru, invérifiables. Au village, certains ont prétendu avoir vu mon père rôder autour de la maison à la tombée de la nuit. D'autres encore ont évoqué l'action d'un groupe d'extrémistes puritains genevois que le comportement de ma mère révoltait au plus haut point.

De toute évidence, la police n'avait pas envie de creuser ; la thèse de l'accident lui convenait.

Je suis incapable d'expliquer ce que j'ai ressenti. De la peine, du soulagement ? Non, de l'*incrédulité,* je crois. Il m'a fallu longtemps pour me persuader de la réalité des faits. Aujourd'hui encore, quand le téléphone sonne, il m'arrive de penser une fois sur cinq que c'est ma mère qui appelle.

J'avais vingt-trois ans, j'étais orpheline. Orpheline d'un criminel, d'un alpiniste, d'une bonne fée, d'une sorcière et d'une putain. Ça faisait beaucoup de monde dans un seul caveau.

Je dois avouer que, longtemps, j'ai espéré rencontrer mon père au hasard d'une rue, au Quartier latin. J'ai même fini par me persuader qu'il me laissait des signes : un graffiti étrange sur le chambranle de ma porte, l'impression que mon studio avait été visité en mon absence, les objets déplacés... mais ce n'étaient que des fantasmes très ordinaires. J'ai fini par réaliser que j'ignorais jusqu'à sa véritable identité. Il ne m'avait pas reconnue à ma naissance, je portais donc le nom de ma mère : Katz. J'étais la fille de deux étrangers. Des égarés. Un fuyard perpétuel et une rêveuse impénitente.

Comme toutes les filles élevées par un homme, j'étais considérée comme un garçon manqué. Mes condisciples me jugeaient peu féminine. Elles me reprochaient de ne pas exceller dans ce qu'elles considéraient comme des activités essentielles : le shopping, les ragots et l'adhésion obligatoire au club Jane Austen. Les garçons, eux, appréciaient mon absence pathologique de pudeur, ma façon d'aller droit au but, et mon incapacité à sangloter. Plus tard, ces mêmes caractéristiques me furent reprochées par les hommes que je fréquentais avec autant de force qu'elles avaient été louées dans le passé. Allez donc y comprendre quelque chose.

Mes études achevées, j'ai travaillé quelque temps en France, puis, sur un coup de tête, j'ai décidé d'émigrer aux États-Unis, imitant en cela la plupart des jeunes gens de ma génération.

En fait non, *je mens*. Je suis partie avec l'arrière-pensée de fouiller dans les archives des années soixante et de retrouver la trace de mon père parmi les activistes du *Weather Underground*. Je voulais savoir qui il avait été, ce qu'il avait fait… Quelles motivations l'avaient amené à épouser la cause des terroristes.

C'était une manière de le maintenir en vie, de garder le contact.

Une fois sur place, les choses sont allées beaucoup trop vite et j'ai dû renoncer à mes velléités d'enquête. Le succès m'est tombé dessus sans prévenir, et puis…

Et puis les ennuis également.

De gros ennuis.

Paradis inhabitables

La première fois que j'ai poussé la porte de l'Agence 13, j'ai eu l'impression de passer de l'autre côté du miroir, comme *Alice au pays des merveilles*, sauf que dans mon cas, le livre aurait plutôt dû s'intituler *Mickie aux pays des cauchemars*. À l'époque, je ne le savais pas, je croyais encore avoir touché le fond de la piscine, les deux pieds coulés dans un bloc de ciment, comme les témoins gênants, jadis. J'étais persuadée qu'il ne pourrait rien m'arriver de pire. Je me trompais. Je n'avais aucune idée de ce qui m'attendait.

Le pire aujourd'hui, si c'était à refaire, c'est que, sachant ce que je sais, je ne suis pas certaine que je refuserais. Et cela me fait peur.

Je me nomme Michelle Annabella Katz. J'ai vingt-neuf ans. À mon grand désespoir, depuis mon arrivée aux USA, tout le monde m'appelle Mickie. Pendant cinq ans, dans une autre vie, j'ai été une décoratrice super branchée, j'ai fait partie de l'écurie de *Madame Lucille*. Je sais, présenté de cette manière ça fait un peu mère maquerelle, mais Madame Lucille – dont le vrai nom était en réalité Sue Ellen Prueflower – décorait les appartements des millionnaires américains de la côte Est. Elle aimait beaucoup mon travail... c'est du moins ce qu'elle affirmait mais, par-dessus tout, il lui plaisait que je sois à demi française. Cela ajoutait au lustre de la boîte. Il m'a fallu un moment pour comprendre qu'elle me présentait à ses clients sous l'aspect d'une authentique jeune baronne ruinée dont les ancêtres avaient été guillotinés lors de la Révolution. À l'entendre, j'étais pratiquement née sur les marches du trône et j'avais fait mes premiers pas dans les jardins du château de Versailles. Le sang qui coulait dans mes veines était plus bleu que l'encre Waterman.

« N'ayez pas peur de forcer votre accent français ! me répétait-elle. C'est si charmant. Ça plaît beaucoup aux clients. »

Cela m'exaspérait. *Je n'ai pas d'accent.* Mon père était natif du Vermont (du moins l'affirmait-il), et j'ai toujours parlé parfaitement américain. Hélas, il m'a bientôt fallu admettre que, pour nos chers clients, tous les Français s'habillent en haute couture et boivent du champagne au petit déjeuner. Cultivés, snobs, décadents, portés sur les perversions sexuelles, les Parisiens dilapident leur argent en fêtes somptueuses. Ils vénèrent chaque année la guillotine et ses massacres lors d'une bacchanale dénommée *Prise de la Bastille.* La culture française produit des films en noir et blanc strictement incompréhensibles et des romans ennuyeux. Malgré tout, les Frenchies paraissent formidablement doués pour la décoration d'intérieur ; il n'y a qu'à voir ce qu'ils ont su faire de Versailles, de Chambord ou de Chenonceau. Et puis, transformer un simple derrick en tour Eiffel, ça relève du coup de génie, non ?

Madame Lucille attendait que je me conforme à cette image. Un peu lâchement, je me suis pliée à la comédie. Je voulais faire mon chemin, acquérir assez de notoriété pour fonder ma propre boîte... À cette époque, comme on dit, j'avais les dents qui rayaient le parquet.

Hélas, ça ne s'est pas du tout passé comme je l'espérais.

Quand j'ai quitté New York j'étais grillée. Je devais m'estimer heureuse d'avoir échappé de justesse à la prison.

Personne n'aurait misé un dollar sur moi. Personne… sauf l'Agence 13.

Je croupissais dans un motel de Laurel Canyon, aux abords de Hollywood, couvant le vague espoir d'être engagée comme troisième assistante décoratrice sur un plateau de tournage, quand une carte de visite a été déposée à mon nom, à la réception. Du côté face, elle était d'un noir mat, frappée d'une seule inscription : AGENCE 13 ; du côté pile, elle était gris foncé, avec, en cursive étirée, cette phrase sibylline : *Les paradis inhabitables.*

J'ai pensé : « Merde ! Une agence d'escortes. Un de leurs recruteurs a dû me repérer. Voilà donc comment je vais finir… »

Quelqu'un avait rajouté, au stylo-plume : *Je connais votre travail. J'ai quelque chose à vous proposer. Appelez-moi.* L'écriture était démodée. Très WW2[1].

Ça m'a un peu rassurée. Si l'on faisait allusion à mon travail, c'est qu'il ne s'agissait pas d'un truc sexuel. Mes performances nocturnes ne sont pas à ce point célèbres.

J'avoue avoir été appâtée par les « paradis inhabitables » mentionnés sur le carton. Dieu seul sait ce que ça signifiait ! Une boîte de nuit, un club échangiste… quoi d'autre ?

Qu'avais-je à perdre ? Je n'étais pas du tout certaine de décrocher ce job d'assistante déco aux studios ; à moins, bien sûr, d'accepter que l'entretien d'embauche ne se déroule au fond d'un lit, et je n'étais pas prête à ça. Pas encore du moins. J'ai pianoté le numéro. Une voix très *Ivy league* m'a répondu. Ça sentait la grande école… ou peut-être l'ancien majordome habitué à se la jouer perruque poudrée et tout le toutim. Une voix entre deux âges, qui n'a rien expliqué mais fixé un rendez-vous dans un lieu public, pour me rassurer. Au moins on ne me volerait pas un rein ! Il s'agissait du lounge d'un grand hôtel. J'ai pris une douche, exhumé de mes valises les restes de ma splendeur d'antan, et me suis fait un look d'executive

1. World War Two : Seconde Guerre mondiale

woman. L'éternelle petite robe noire à bretelles, le Filofax, les Wayfarer, tout, quoi.

L'homme à la voix de notable bostonien avait précisé qu'il poserait sur la table, en guise de signe de reconnaissance, *Early America*, une horrible revue de décoration spécialisée dans le style Santa Fe ; faux meubles indiens en bois non écorcé, chaises bancales et bahuts dont mieux valait renoncer une fois pour toutes à ouvrir les tiroirs. Voilà qui n'était pas fait pour me rassurer.

Je l'ai tout de suite repéré. Un petit homme mince, aux cheveux oxygénés et touffus. La soixantaine, vêtu comme un croque-mort en partance pour Forest Lawn. J'ai pensé : « Un affreux petit démon, tout rabougri. Un homoncule en complet Armani. Une mandragore affublée d'une cravate. Une momie sèche et proprette, emballée dans des bandelettes de soie. »

Je ne sais pourquoi cela m'a traversé l'esprit. L'illusion s'est dissipée. De près, il avait l'air d'un gentil vieux monsieur dont on peut accepter les bonbons sans danger.

Il s'est présenté : Martin Devereaux. Avec un nom pareil, il aurait dû avoir l'accent de La Nouvelle-Orléans ; ce n'était pas le cas. D'un porte-documents il a sorti un dossier débordant de coupures de presse. Certaines, prélevées dans des revues de luxe, vantaient mon travail. D'autres, tirées de la page « faits divers » de plusieurs quotidiens parlaient de... de l'affaire.

— Vous avez eu de la chance, a murmuré Devereaux. Vous vous en êtes tirée de justesse. Vous avez eu un bon avocat.

— Mon dernier dollar y est passé, ai-je soupiré. Mais je...

Il a levé une main de vieil enfant, parfaitement manucurée, avec des ongles comme de l'ivoire.

— Je me fiche de savoir si vous étiez innocente, a-t-il lancé d'un ton sans réplique. Ce n'est pas ça qui m'intéresse. J'ai étudié vos travaux. Vous avez un sacré don. Vous savez créer une atmosphère, transformer radicalement un appartement ordinaire en autre chose... Dans chacune de vos décos vous avez apporté une touche personnelle inimitable. Un style. Chaque fois, vous avez créé un univers magique.

Je n'avais pas envie de perdre mon temps en séance de brosse à reluire. J'ai demandé :

— Les paradis inhabitables, c'est quoi ?

— Un concept, a murmuré Devereaux. Un concept original. Pour aller au plus court, je dirai que l'Agence 13 est une agence immobilière un peu étrange puisque sa principale mission consiste à vendre, louer ou réaménager des appartements, des locaux ou des maisons au passé sanglant.

J'ai d'abord sursauté, puis je me suis rappelé que j'étais en Californie, et plus précisément à Hollywood, qui détient la plus grande concentration de cinglés au mètre carré. La déception m'a envahie. Ce petit bonhomme était frappadingue comme tant d'autres et j'avais perdu mon après-midi.

Devereaux l'a deviné. Son regard s'est fait perçant.

— Attendez, a-t-il insisté. Il ne s'agit pas d'une fumisterie. Les locaux dont je parle ne se situent pas dans des quartiers sordides, le Watts ou ce genre d'endroit, non, on les trouve à Bel Air, Westwood, Beverly Hills. Ce sont des appartements de très grand standing, malheureusement souillés par un crime spectaculaire. Rassurez-vous, votre travail ne consistera pas à nettoyer les flaques de sang à la serpillière. Cette partie du programme a été exécutée par mes shampouineurs. Votre job est autrement compliqué.

— Des scènes de crime… ai-je murmuré. Rien que ça !

— Oui, a-t-il convenu. Des assassinats perpétrés dans la haute société. Vedettes du show-biz, sportifs, hommes d'affaires, producteurs, metteurs en scène… Des gens qui avaient beaucoup d'argent, et qui, à cause de cela, ont fini par perdre le sens de la mesure, par se croire au-dessus des lois. Jusqu'au jour où… À cause de ce qui s'y est passé, ces endroits ont perdu toute valeur immobilière, ce qui est un comble étant donné leur emplacement privilégié. Le seul moyen de les remettre sur le marché, c'est de leur redonner une nouvelle virginité. De les rendre si attractifs que ceux qui les visiteront seront aussitôt sous le charme. Ils oublieront les fantômes qui hantent ces pièces pour ne plus voir que le paradis que vous aurez su créer. Ce tour de force, je sais que vous êtes capable de l'accomplir. Je ne dis pas que ce sera facile, mais qu'avez-vous de plus intéressant en vue ?

Le petit salaud mettait le doigt sur le point sensible. Il ajouta, remuant le couteau dans la plaie :

— Et puis quelle revanche pour une fille que tout le monde estime finie !

L'affreux gnome ! Je me sentais nue devant lui.

Pour masquer mon trouble, j'ai lancé :

— Donnez-moi des détails.

Il a souri.

— OK. L'Agence 13 est mandatée par les propriétaires de ces appartements pour les transformer, les rendre de nouveau habitables en vue de les louer ou de les vendre. Nous sommes payés pour réaliser ce lifting. Mais quoi de plus naturel puisqu'il s'agit d'un tour de force ! Vous disposerez d'énormes moyens, on ne vous refusera rien. Vous pourrez embaucher des assistants. Votre rôle sera pratiquement analogue à celui d'un metteur en scène sur un plateau de tournage. Vous devrez vous débrouiller pour que ce local se mette à raconter une autre histoire. Votre mission consistera à métamorphoser une boucherie en un palais de conte de fées. Vous en sentez-vous capable ?

Bien sûr que je m'en sentais capable. C'était, depuis des mois, la première lueur qui s'allumait au bout du tunnel. J'ai tout de suite su que j'allais dire oui. C'était autre chose que de travailler à la télé et de devoir expliquer à un réalisateur borné que, non, *décidément non,* les arbalètes n'existaient pas dans l'Égypte antique ; et que les légions de Jules César n'utilisaient pas davantage de sous-marins, *même en bois.*

— Quel genre de crimes ? ai-je soufflé.

Devereaux a haussé les épaules, comme si ça n'avait aucune importance.

— Crises de jalousie, a-t-il énuméré d'une voix lasse. Crises de folie résultant d'une ingestion de substances prohibées. Partouzes trop arrosées qui tournent mal. Règlements de comptes entre associés mécontents. Divorces dégénérant en guerre totale. Suicides collectifs par désespoir, vengeance, ou aberration religieuse. Les causes ne manquent pas. Je vous conseille de ne pas chercher à les connaître. Pour citer un exemple, je viens de rentrer une villa à Beverly Hills jadis occupée par une vedette féminine tombée dans l'oubli parce que trop âgée selon les critères des studios. Un jour, à bout de nerfs, elle a vidé sa piscine, l'a remplie d'essence, et s'y est incinérée en compagnie de ses douze chiens. La fumée du brasier a salopé toute la bâtisse, y installant une puanteur atroce. Même rénovée, la villa est restée invendable. Les locataires prétendaient que, la nuit, les cadavres de l'actrice et des chiens pataugeaient dans la piscine jusqu'au lever du jour, et qu'au matin, l'eau était pleine de poils roussis. La Californie est très friande d'occultisme. Voilà le type de problèmes auquel vous serez confrontée. Des fables, des légendes urbaines, des superstitions. À vous de les faire oublier. Vous êtes assez douée pour y parvenir. Vous avez du talent. Je pense d'ailleurs que c'est pour cette raison qu'on vous a fait des misères. Un jour, vous êtes devenue gênante pour vos confrères. Vous les avez éclipsés, on ne vous l'a pas pardonné.

Voilà, en gros, tout était dit. Le diable avait formulé sa proposition. Je n'avais plus qu'à me percer le petit doigt pour signer avec mon sang.

Je savais que j'allais devoir tout mettre en œuvre pour faire oublier le passé sanglant des maisons dont on allait me confier la décoration. À l'époque, j'envisageais la chose sous l'angle du tour de force, du défi à relever. J'ignorais encore qu'au cours des travaux de réfection, il m'arriverait de mettre la main sur des secrets enfouis dans l'épaisseur des murs. Secrets qui ne manqueraient pas de faire de moi une cible à éliminer coûte que coûte et m'amèneraient à connaître bien des sueurs froides.

Bref, j'étais aussi naïve qu'un morceau de gruyère sous cellophane.

Le grenier

Paddy Mulloney avait soixante-dix ans et aimait pardessus tout se donner des airs d'Irlandais de bande dessinée. Il lui arrivait de s'exhiber avec l'un de ces chapeaux melon verts dont on s'affuble lors du défilé de la Saint-Patrick, ou de bretelles ornées de trèfles à quatre feuilles. Il n'avait jamais pu s'acclimater à la Californie ; la pluie lui manquait. À l'Agence 13, il avait le grade de chef accessoiriste. En cinquante ans d'immobilier, il avait tout vu. C'était un catalogue ambulant des aberrations humaines. Il dégorgeait les anecdotes comme d'autres les gouttes de sueur pendant une traversée du désert Mojave. À certains moments, il me saoulait à tel point que je n'avais d'autre recours que d'utiliser l'auto-hypnose pour éviter la crise de nerfs. Pour lui, j'étais « la gosse », « la fille », « la gamine », jamais il ne lui serait venu à l'idée d'utiliser mon nom. Pas antipathique au demeurant. Non, un fossile bougon, riant de ses propres plaisanteries, essayant désespérément de me faire rougir en débitant des blagues salées d'un autre âge et qui, aujourd'hui, auraient fait hausser les épaules à une fillette de onze ans. Je ne l'ai jamais vu qu'habillé d'une salopette ; sale les jours de semaine, propre le dimanche.

Tout de même, je l'aimais bien. Peut-être parce que j'ai été privée d'une vraie famille et que je n'ai jamais connu mes grands-parents. Enfin, un psy dirait ce genre de truc puisque ça ne mange pas de pain.

Mais la jovialité de Paddy s'éteignait dès qu'il s'agissait de se rendre au magasin d'accessoires. Là, d'un coup, son visage s'assombrissait et il ne desserrait plus les dents de tout le voyage. Devereaux me l'avait collé dans les pattes dès mon contrat d'embauche signé.

— Mulloney vous fera visiter nos installations, m'avait-il expliqué. Nous disposons d'un matériel de récupération étonnant, dont vous saurez tirer parti. Il ne s'agit pas de vulgaire brocante, mais de pièces de mobilier que nous ont abandonnées les propriétaires des appartements dont je vous ai parlé. Certaines sont de grande valeur, mais nécessitent des restaurations. Vous estimerez cela sur place. Dressez un catalogue et voyez ce que vous pouvez réutiliser.

Un soir, Paddy se mit au volant du pick-up et roula jusqu'aux limites de la ville, là où s'entrebâillent des canyons poussiéreux au flanc desquels achèvent de s'effondrer des villas sur pilotis érigées au temps du cinéma muet et de Mary Pickford. C'est un monde étrange, rempli de fantômes désuets et tristes.

— On a récupéré d'immenses hangars, m'expliqua-t-il. À l'époque des *nickelodeons*[1] et des *serials* en trois bobines, on entreposait là les décors en carton-pâte des films à grand spectacle. C'était plein de sphinx mangés aux mites, d'idoles païennes à tête de chien, de sarcophages peinturlurés. Un vrai bazar. On vous construisait un palais égyptien avec trois panneaux peints en trompe-l'œil. Le public était bon enfant, pas comme aujourd'hui, avec leurs images de synthèse à la noix. Mon père a travaillé sur un *Tarzan*, il m'a raconté que, pour la grande charge des éléphants furieux, on avait filmé des éléphanteaux indiens âgés de quelques mois à peine en les faisant déambuler au milieu d'une maquette de village indigène, pour les faire paraître plus impressionnants. Et comme il n'était pas

1. Cinémas ambulants des années trente.

question d'utiliser des pachydermes africains, trop agressifs, on leur avait collé de grandes oreilles découpées dans du carton. Quand les bestioles galopaient, les oreilles, trop légères, se soulevaient dans le vent. On aurait dit qu'une armée de clones de Mickey Mouse se ruait vers la caméra. Personne n'y a trouvé à redire. En ce temps-là, on aimait les choses simples.

Quand le pick-up s'arrêta devant le hangar, j'eus un frisson. L'endroit me parut sinistre, comme c'est souvent le cas dans les canyons dédaignés par l'urbanisation et hantés par les coyotes. Une clôture de barbelés électrifiés défendait le périmètre. La bâtisse était énorme, sans fenêtre, bétonnée façon silo de missiles nucléaires sol-sol.

— Les grands magasins du crime, ricana Paddy en déverrouillant le système de sécurité. Le bazar sanglant. Dans chaque placard, un squelette.

Il avait adopté un ton de bonimenteur de foire qui ne m'amusait pas.

Quand il eut abaissé la manette du générateur, la lumière jaillit des projecteurs suspendus aux poutrelles, éclairant d'une manière théâtrale un invraisemblable chaos de meubles entassés en dépit du bon sens. J'eus un mouvement de recul. Cette profusion avait quelque chose de menaçant. Elle évoquait l'empilement funéraire des tombes pharaoniques, le déménagement vers l'au-delà de quelque empereur honni dont on aurait vidé le palais en hâte. Canapés, armoires, divans, secrétaires, bars, tables, chaises, fauteuils semblaient regroupés telles les cohortes d'une armée s'apprêtant à monter à l'assaut. Les éclairages projetaient sur cette Sargasses des ombres fantastiques aux contours anthropomorphes qui n'avaient rien de rassurant. Les fauteuils avaient l'air de gorilles avançant au coude à coude, la tête rentrée dans les épaules.

— Impressionnant, hein ? lança Paddy. On dirait qu'un géant a pris les magasins Bloomingdale's entre ses pognes pour les secouer comme un cornet à dés. Quand il a reposé les bâtiments sur le sol, ça a donné ça. Un sacré foutoir.

Rassemblant mon courage, je me suis avancée dans la travée centrale.

— Faut faire gaffe, a grogné mon guide. C'est instable. Une avalanche pourrait se produire. Vous voulez pas finir écrasée sous une dizaine d'armoires en ébène massif, je suppose ?

Il n'exagérait pas. On avait empilé les meubles sans tenir compte des règles de sécurité, et cela finissait par constituer une imbrication infernale où la moindre tentative de récupération prendrait des allures d'exhumation archéologique.

Au premier coup d'œil, j'ai constaté qu'il s'agissait d'un mobilier de grande valeur. Des meubles signés. Certains de mauvais goût, mais d'autres exquis, de facture ancienne, probablement importés de France. Le butin d'un manoir cambriolé, ai-je pensé.

— Le patron ne plaisantait pas, a marmonné Paddy. C'est rupin, hein ? Ça provient d'appartements ou de maisons ayant appartenu à des mecs friqués. Mais attention, y a du sang sur chacun d'eux. Du sang et de la cervelle. Ou même pire. Vous voyez cette commode Louis XIV là-haut ? Elle a contenu une femme coupée en morceaux. Une main dans le tiroir de gauche, une autre dans celui de droite, et ainsi de suite... Pas facile à récurer. Et cette armoire, là. Il paraît qu'elle date du XIIe siècle et qu'elle vient d'un château français. Eh bien, un producteur cinglé y avait rangé les cadavres de sa femme et de ses trois gosses après leur avoir fait sauter la tête au shotgun. C'est du matos qui vaut potentiellement une fortune, mais dont personne ne veut. Aucun produit au monde ne peut enlever les taches de sang imprégnées dans le bois, on peut juste tenter de les dissimuler avec de la peinture ou du vernis.

J'ai cessé de l'écouter tandis qu'il dévidait son catalogue d'horreurs avec une satisfaction évidente. Il allait et venait, tel un guide dans un musée, faisant coulisser un tiroir, ouvrant une porte. Il disait : « Là, y avait une tête coupée. Là un sein de femme... »

À l'écouter, les meubles qui m'entouraient avaient abrité un grand déballage anatomique, la réserve de pièces détachées d'un chirurgien fou. Comme je le fais toujours, j'ai commencé à caresser les ferrures, les poignées, les marqueteries. Certaines pièces auraient été davantage à leur place dans un musée. La poussière du désert, qui s'infiltrait par la moindre fissure, les saupoudrait d'un voile séculaire, accentuant l'illusion que j'avais de violer la tombe d'un pharaon.

La section des sculptures restait la plus impressionnante. Tous ces marbres au coude à coude, silhouettes menaçantes, figées au beau milieu d'un mouvement, attendant que je détourne les yeux pour se remettre à bouger. Là encore, j'eus la surprise de découvrir des œuvres de toute beauté – des marbres antiques – côtoyant des effigies de cire grandeur nature d'Elvis ou de Paul McCartney.

Sur une crédence Louis XV, un buste signé Rodin semblait discuter avec une tête en plâtre peint de Frank Sinatra.

— Il y a des trésors, ici, ai-je déclaré. Vous ne craignez pas les voleurs ?

Paddy a haussé les épaules.

— Personne n'oserait entrer, a-t-il grogné. Tous ces objets portent malheur. Ce sont des éponges imprégnées de mauvaises ondes. Partout où on les disposera ils provoqueront des catastrophes, déclencheront des crimes. Qui a envie de ça ? Faudrait être fou pour les voler.

Soudain, il semblait mal à l'aise, pressé de s'en aller. Les Irlandais sont superstitieux, à ce qu'on prétend.

— La nuit, poursuivit-il en baissant la voix, il se passe de drôles de trucs ici. On entend des gémissements qui montent du fond des meubles. Le sang se met à couler des tiroirs.

— Arrêtez vos conneries, ai-je sifflé. Je ne suis plus une gamine et nous ne sommes pas assis autour d'un feu de camp à griller de la guimauve en nous racontant des histoires de fantômes.

Il a pâli. Je l'avais vexé. J'ai compris qu'il croyait dur comme fer à ces sornettes.

— Oh ! pardon M'amzelle Scarlett ! a-t-il ricané. Vous z'êtes trop intelligente et j'suis qu'un cul-terreux bouffeur de patates, mais j'aimerais voir votre tête après une nuit passée ici, bouclée à double tour. Vous feriez sûrement moins la maligne ! Je sais de quoi je parle. À une époque, j'y hébergeais des copains dans la débine. Des frères de la verte Érin tombés au ruisseau. Ils m'ont raconté des trucs à faire dresser les cheveux sur la tête. La nuit, le mal sort des tiroirs, en quête de nouvelles victimes. Si l'on reste à proximité des meubles, on se sent poussé à faire des choses… À réactualiser des crimes du passé. Ça prend possession de vous. Vous devenez une marionnette dont on tire les ficelles.

— Ça suffit ! ai-je lancé. Nous sommes là pour dresser un inventaire, pas pour écrire un scénario de film d'horreur.

Pour me donner une contenance, j'ai saisi mon clipboard, un stylo et j'ai commencé à repérer les pièces les plus intéressantes. Quand j'ai commencé à écrire, j'ai constaté que mes doigts tremblaient. Ce vieil ivrogne avait réussi à me foutre la trouille.

Dortoir interdit

Deux jours plus tard, Devereaux m'a convoquée. Sur son bureau reposait un épais dossier à couverture violette que barrait une inscription énigmatique : DORTOIR INTERDIT.

Il m'a fait signe de m'asseoir. Je l'ai senti tendu. Du bout de ses petits doigts manucurés il ne cessait de toucher le dossier pour en rectifier l'alignement.

— J'ai quelque chose pour vous, a-t-il attaqué. Avez-vous entendu parler de Thobias Zufrau-Clarkson ? C'est un milliardaire de Virginie qui a fait fortune dans le pétrole californien. Vieille famille patricienne fortement éprouvée par la guerre de Sécession. Plantation dévastée, filles violées, père fusillé devant les siens. La totale, quoi. Une vraie série télé. Le drame qu'on se transmet de génération en génération, en y ajoutant des détails de plus en plus affreux. Zufrau-Clarkson, c'est le gentleman du Sud typique, qui vit dans le souvenir des héros de la Confédération. Un excentrique. Très riche, mais bizarre.

— Bizarre comment ? ai-je demandé.

— Il a l'obsession de la guerre civile. Il est persuadé que le Sud se lèvera un jour contre le Nord pour prendre sa revanche. Selon lui, l'histoire n'est qu'un perpétuel recommencement. Il estime défendre une juste cause, et s'y prépare avec ardeur.

— Vous voulez dire que c'est un survivaliste ?

— Oui. Il a transformé son domaine en camp d'entraînement. Il y entretient une armée privée. A priori, c'est assez folklorique, ce petit monde s'amuse à rejouer les batailles célèbres du conflit : Shiloh, Gettysburg, Manassas… Vous imaginez le tableau.

— Je connais ça. Des amateurs qui se déguisent l'espace d'un week-end pour se donner des frissons et jouer à la guéguerre.

Devereaux a fait la moue.

— Généralement, oui, ça ne va pas plus loin, a-t-il soufflé, mais dans le cas de Thobias (Tobbey pour les dames !) Zufrau-Clarkson, il convient de se montrer prudent. Ce type est célèbre pour ses prises de position extrémistes. À ce qu'on prétend, lors des représentations on tire à balles réelles, et les figurants seraient recrutés parmi d'anciens G.I. à la dérive. Il y aurait déjà eu plusieurs morts mais Tobbey a étouffé le scandale en distribuant des pots-de-vin. Avec le fric dont il dispose, il a pu mettre sans peine les notables locaux dans sa poche. Le camp d'entraînement paramilitaire est officiellement un centre de formation destiné à alimenter les services de sécurité des champs pétrolifères. On y formerait des vigiles aux dernières techniques antiterroristes. C'est très à la mode. Le *Patriot Act* autorise bien des dérives. Je tiens à ce que vous sachiez où vous allez mettre les pieds car vous allez travailler pour lui, et c'est un client exigeant, tyrannique, devrais-je dire.

— J'ai l'habitude.

— Non, vous avez bossé pour des personnalités new-yorkaises, des banquiers, des artistes, jamais pour un type qui se prend pour la réincarnation d'un colonel sudiste mort au champ d'honneur, le sabre à la main, à la tête de son détachement.

— Vous plaisantez ?

— Pas du tout, Tobbey est convaincu d'être possédé par l'âme de son arrière-grand-père tombé lors de la bataille de Shiloh qui fit 30 000 victimes en l'espace de quarante-huit heures. Une boucherie effroyable.

— Il est donc cinglé ?

— Tous les grands hommes d'affaires le sont plus ou moins. Tobbey affirme qu'il y a deux hommes en lui, et que, plus le temps passe, plus son ancêtre remonte à la surface, prenant le dessus. C'est pour le calmer que Tobbey a construit ce camp d'entraînement et forme des vagabonds aux techniques de guérilla urbaine.

— Les services secrets ne font rien pour l'en empêcher ?

— Non, Tobbey a contribué à la réélection de nombreux hommes politiques du Sud, en Virginie, en Caroline. Ces gens-là sont ses débiteurs, ils le protègent. Officiellement, le camp a le statut de société historique à but non lucratif. C'est un parc à thème qui ouvrira ses portes au public à une date non encore précisée. On y rejouera les grandes batailles de la guerre civile pour l'instruction des masses. C'est donc un projet pédagogique qui mérite d'être encouragé, mais qui, à mon avis, ne verra jamais le jour. Bref, ce n'est qu'un écran de fumée destiné à masquer les véritables activités de ses occupants.

Je me suis agitée sur mon siège.

— Quel sera mon rôle là-dedans ? ai-je soupiré.

— Tobbey a fait l'acquisition d'un terrain militaire désaffecté. Une ancienne piste d'envol d'où, pendant les années soixante, les bombardiers du *Strategic Air Command* étaient censés décoller pour pilonner l'URSS. Le désert californien est truffé de bases abandonnées du même genre. Des PC secrets, d'où l'on devait déclencher le feu nucléaire, des silos à missiles. Tous ont été désarmés et vendus pour une bouchée de pain à qui souhaitait s'en rendre propriétaire. Ces bâtiments étaient devenus obsolètes, inutiles et trop lourds à entretenir.

— Je vais devoir redécorer une base de l'Air Force en ruine ?

— Pas exactement, non. Tobbey s'intéresse surtout au sous-sol, aux structures enterrées. Il y a là, sous la piste, un bunker gigantesque conçu pour accueillir plusieurs centaines de survivants. À l'origine, il s'agissait de créer une arche de Noé. Une cachette à l'épreuve des radiations où un noyau de population soigneusement sélectionné tenterait de survivre à l'holocauste nucléaire. Disons qu'on avait organisé un dortoir géant. On était à l'aube des années soixante, on avait encore des idées assez naïves sur la fin du monde. On s'imaginait qu'avec une bonne provision de conserves, de romans populaires, de bandes dessinées et de feuilletons télévisés, les survivants supporteraient sans trop de désagrément les cinquante-six années nécessaires à la chute du taux de radiations.

— Et c'est ce petit paradis que Tobbey Zufrau-Clarkson a acheté ?

— Oui, il compte également en faire une arche de Noé pour survivants de l'Apocalypse. J'ai cru comprendre qu'il voulait y abriter sa famille au cas où les choses tourneraient mal, ce qui, selon lui, est inévitable à brève échéance. Votre mission consistera à réussir là où les architectes de l'USAF ont échoué. Vous devrez coûte que coûte transformer cette caverne bétonnée en un lieu de rêve où l'on pourra vivre enfermé sans perdre la boule. C'est bien sûr un défi. Vous sentez-vous capable de le relever ? Nous sommes des agents immobiliers au sens large du terme. Nous ne nous contentons pas de vendre moyennant commission, nous acceptons également les travaux de réaménagement, pourvu qu'ils soient d'importance.

Je savais qu'il ne me disait pas tout. Il y avait autre chose. Une ombre au tableau. J'ai pointé l'index en direction du dossier violet et j'ai demandé :

— Pourquoi cette mention *Dortoir interdit* ?

Devereaux a grimacé. Cela le vieillissait. D'un seul coup, il avait l'air d'une momie à peine déballée.

— Une sale histoire, a-t-il soupiré. Mais je suppose que je dois vous la raconter. À l'époque de la crise des missiles de Cuba, on a tenté une simulation. Trois cents personnes des deux sexes ont été recrutées parmi le personnel de la base. Il s'agissait d'étudier les effets de la claustration sur un groupe d'individus soumis à une inactivité prolongée. Toutes les conditions de sécurité avaient été observées. Il y avait des alarmes, des téléphones, un circuit de caméras de surveillance. En principe, tout devait bien se passer. Ce n'était qu'une répétition, un jeu de rôles.

— Oui, mais ?

— On a fait descendre les apprentis survivants dans l'abri et on les y a bouclés à double tour. Pas question pour eux d'ouvrir la porte pour prendre congé dès que l'atmosphère deviendrait pesante. On leur a laissé croire qu'ils resteraient enfermés six mois alors qu'en réalité on avait prévu de les libérer au bout de deux semaines.

— Et alors ?

— Alors on ne sait pas. Pendant une semaine, tout s'est déroulé sans anicroche, et puis soudain les caméras de surveillance ont été sabotées, la ligne téléphonique également. Les micros dissimulés dans le bunker restituaient un vacarme d'émeute, des cris, des hurlements. Quand les militaires ont voulu déverrouiller le sas, ils n'ont pas pu, la porte avait été soudée de l'intérieur ! Ils ont dû se résoudre à la faire sauter. Dans le dortoir, tout le monde ou presque était mort. Les gens s'étaient entre-tués. On ignore pourquoi. Sans doute une crise d'angoisse collective, de claustrophobie, une bouffée de folie. Seules dix personnes ont survécu. Elles n'ont jamais été capables de raconter ce qui s'était réellement passé. Dès qu'on les interrogeait, elles sombraient dans l'hystérie. Cinq se sont suicidées dans l'année qui a suivi. Les autres végètent encore en hôpital psychiatrique. Le dossier a été classé *For Your Eyes Only*, le bunker désaffecte et son accès muré… jusqu'à ce que Tobbey en fasse l'acquisition.

Je me suis abstenue de tout commentaire, digérant l'information. Cela me rappelait les légendes horrifiques que Paddy ressassait dès que nous franchissions le seuil du dépôt de meubles.

— Cela dit, lança Devereaux en étalant sur le bureau un plan d'architecte, passons à l'aspect technique de l'opération, le seul qui nous intéresse vraiment. À l'époque, les psychologues estimaient que l'espace vital minimum d'un individu ne devait pas être inférieur à trente mètres carrés. L'abri ayant été conçu pour accueillir trois cents survivants, cela nous met en présence d'un territoire d'environ un kilomètre carré.

— C'est gigantesque, marmonnai-je. La famille de Tobbey est si grande que ça ?

— Bien sûr que non, fit Devereaux, agacé. Son épouse et ses filles, rien de plus. Mais j'ai pensé que vous pourriez transformer cette caverne inhabitable en une espèce de paysage artificiel, avec de la végétation, ce genre de choses... C'est possible, non ?

— Oui, en installant des rampes électriques reproduisant la lumière du jour et en sélectionnant des plantes peu gourmandes en UV.

— Formidable, s'exclama Devereaux en se frottant les mains. Vous allez cogiter là-dessus et crayonner un projet préalable. Tobbey aime que les choses soient menées tambour battant. L'un de ses hélicoptères viendra vous prendre demain matin pour vous transporter sur le champ de fouilles.

— Le quoi ?

— Tobbey n'est pas en Californie actuellement. Il explore l'ancien champ de bataille de Shiloh, dans le Tennessee. Pour dire la vérité, il a acheté un morceau du terrain où se sont déroulés les combats. Il pense que son arrière-grand-père est tombé à cet endroit précis... et il essaye de retrouver sa dépouille.

Je n'en croyais pas mes oreilles. Je savais qu'à partir d'un certain nombre de millions de dollars les riches ont tendance à perdre le sens commun, mais là c'était le pompon.

Devereaux parut sentir que je vacillais car il ajouta, à la façon dont on murmure un conseil de dernière minute à un apprenti dompteur qui s'apprête à pénétrer dans la cage aux lions :

— Ne vous étonnez de rien. *Jamais.* Tobbey déteste l'incrédulité. Si vous avez l'air sceptique, il vous prendra en grippe. Entrez de plain-pied dans sa folie. Soyez toujours enthousiaste. C'est comme si vous vous prépariez à travailler pour l'empereur Néron... ou Caligula. Il y a beaucoup à gagner dans l'affaire. Ne laissez pas échapper cette chance.

Ce n'était pas seulement un avertissement paternel.

Le dossier sous le bras, j'allai m'isoler dans mon bureau pour l'étudier. D'une pochette je tirai une trentaine de photos qui me firent frissonner. Elles semblaient avoir été prises au cours d'une expédition spéléologique. On ne parvenait pas à déterminer si ce qu'elles montraient relevait d'un travail architectural humain ou d'un spasme tectonique ayant fissuré le sous-sol. Tout était dans un état de délabrement avancé. Les conduites d'eau crevées avaient provoqué le pourrissement des moquettes et des revêtements muraux. Les reptiles, les coyotes avaient trouvé le moyen de s'introduire dans le bunker pour s'y ménager des terriers. Le sol semblait tapissé d'excréments desséchés. Les tremblements de terre, fréquents, avaient provoqué l'écroulement de certaines cloisons, si bien que l'atmosphère générale était celle d'un bâtiment bombardé.

Un début de panique provoqua des picotements au creux de mes paumes. Je n'arrivais pas à détacher mon regard des clichés. Je ne pouvais m'empêcher de penser à ce qui s'était passé là, entre ces murs. Le massacre, la tuerie. Tous ces gens se jetant les uns sur les autres pour s'entretuer. Lors de l'incendie du Bazar de la Charité, à Paris, on avait vu les beaux messieurs frapper les dames à coups de canne pour échapper aux flammes. À ce qu'on prétend, le naufrage du *Titanic* a donné lieu à de semblables aberrations. Toutefois, dans les deux cas, le danger était manifeste, incontestable. Le feu, la noyade pouvaient dans une certaine mesure justifier l'explosion de violence et la lutte instinctive pour la survie. C'était moins évident en ce qui concernait le bunker. Ces gens avaient en quelque sorte été victimes de leur seule imagination. Comment le feu avait-il pris aux poudres ? Comment la panique était-elle devenue contagieuse ? Est-ce qu'un petit malin dans le genre de Paddy Mulloney s'était mis à raconter des histoires horrifiantes où il était question d'asphyxie, de cannibalisme, d'enterrés vivants ? Avait-il, par ces contes à dormir debout, semé dans les esprits le germe de la panique ? Ça n'avait rien d'impossible. Une fois, à Manhattan, j'avais été bloquée trois heures durant dans un ascenseur entre le trentième et le trente et unième étage. Je n'en revenais toujours pas de la rapidité avec laquelle les rapports humains entre les personnes présentes s'étaient dégradés. Quand les pompiers nous dégagèrent enfin, deux cadres d'état-major d'un vénérable cabinet d'agents de change étaient en train de s'écharper comme des loubards dans un terrain vague. Les occupants du bunker avaient probablement été laminés par le même engrenage.

Je me levai, me fit une tasse de café serré, puis, repoussant les images déplaisantes qui stagnaient dans mon esprit, j'allumai mon ordinateur et commençai à ébaucher un devis approximatif des premiers travaux de réfection. Cette tâche ingrate me fit du bien. Puis j'appelai Mulloney pour lui demander d'aller acheter dans une librairie quelques ouvrages de base sur la guerre de Sécession afin de ne pas paraître totalement ignare. Ayant grandi en Suisse et en France, je n'avais que de vagues notions d'histoire américaine. Sans doute parce que mon père, durant mon enfance, n'avait cessé de me répéter que c'était un pays invivable, un enfer de conformisme et d'hypocrisie, une nation de fauteurs de guerre et de massacreurs d'Indiens. Petite fille, j'avais pris cette profession de foi au pied de la lettre et m'étais fait un devoir de n'en jamais dévier. Plus tard, l'antiaméricanisme viscéral professé par les Français n'avait fait que me conforter dans mes a priori. Dans le milieu estudiantin – qui, par ailleurs, ne se nourrissait que de produits culturels *made in USA* ! –, il était de bon ton de dénigrer tout ce qui provenait du pays de l'Oncle Sam, et l'on ne s'était pas privé de me reprocher mes origines.

J'ai travaillé trois heures d'affilée, crayonnant des esquisses préparatoires que je demanderai ensuite à l'ordinateur de modéliser en images de synthèse afin d'obtenir une présentation aussi réaliste que possible du projet. Le côté excitant du problème, c'était le défi qu'impliquait l'installation d'une illusion de plein air dans un espace hermétiquement clos. Ce genre de paradoxe me passionnait car il relevait du tour de prestidigitation. Ce n'était plus de la décoration mais de l'illusionnisme. J'avais l'impression de sortir des lapins blancs d'un chapeau. Et j'étais douée pour ça. Foutrement douée : c'était ce qu'on appelle aujourd'hui mon « domaine de compétence ».

J'ai fini par perdre la notion du temps. Quand j'ai éteint l'écran, la nuit était tombée. Devereaux était rentré chez lui. Où ? Je n'en avais pas la moindre idée ! Parfois, je l'imaginais vivant avec sa vieille maman, à d'autres moments, je le voyais partageant son existence avec un jeune surfer adepte du SM, et dont il était l'esclave sexuel insatiable.

Mulloney avait laissé un paquet de livres sur le coin d'un bureau. Je les ai fourrés dans mon sac, avec mon disque dur portatif, et j'ai pris le chemin de mon appartement. Depuis mon entrée à l'Agence 13, j'avais quitté le motel pour m'installer dans un condominium assez charmant, construit dans le style hispano-texan, ce qui me donnait l'impression d'évoluer en permanence dans le décor d'un épisode de *Zorro*. En regard des prestations fournies, le loyer en était bizarrement peu élevé, et je soupçonnais le local d'appartenir au cheptel des « paradis inhabitables » de mon employeur. Sans doute quelque starlette y avait-elle été coupée en morceaux par son agent, un soir où ils étaient tous deux défoncés à la poudre d'ange ? Je préférais ne pas trop réfléchir à cet aspect de la question. Comme on dit : « *À cheval donné...* »

Trop énervée pour dormir, je me suis remise au travail, noircissant les feuilles de mon carnet de croquis. L'idée, c'était de truquer les perspectives en utilisant des astuces de cinéma, de créer des décors en trompe-l'œil, de jouer sur les variations lumineuses en fabriquant un microclimat de fantaisie. Il convenait surtout de rompre l'uniformité. Faire que les occupants de l'abri ne sachent jamais à quoi s'attendre en se levant le matin. Ferait-il beau ou mauvais ? Auraient-ils chaud ou froid ? Pleuvrait-il ?

Oui, *faire pleuvoir dans un appartement*... C'était dans ce sens que je devais aller. Abolir la notion d'extérieur/intérieur. Faire tomber de la neige du plafond !

À 2 heures du matin, la fatigue m'est tombée dessus. J'ai arraché mes vêtements pour me glisser dans mon lit. Hélas, les mauvais rêves m'ont vite rattrapée. Je n'ai pas tardé à me voir dans l'abri, au milieu de la foule en délire. J'étais écrasée, compressée par la cohue, encerclée de visages haineux ou distendus par la terreur. Tout le monde hurlait, se frappait, se griffait. J'étais en lambeaux, suffocante, piétinée, incapable de comprendre comment cela avait démarré. La population du bunker ne formait plus qu'une boule vociférante, un magma de membres brisés, un enchevêtrement dont plus personne ne pouvait s'extraire. Je savais que j'étais en train de mourir. Mon bras gauche avait été arraché à la hauteur de l'épaule et l'on m'avait tellement bourrée de coups que je n'avais plus une côte intacte. Les poumons perforés, j'étouffais dans mon sang.

Je me réveillai en sueur, entortillée dans ma couette, le cœur battant à tout rompre.

Incapable de bouger, je restais là, étendue sur le dos, à fixer le plafond, attendant que la transpiration sèche sur ma peau.

J'étais troublée. Le cauchemar était affreux, certes, mais, l'espace d'un moment, il m'avait permis d'approcher la vérité... Oui, durant une fraction de seconde, j'avais été sur le point de comprendre le pourquoi de cette abomination. Hélas, je m'étais réveillée trop tôt. Au fond de ma tête, une voix dont je n'identifiais pas le timbre, répétait : *Tu dois comprendre. C'est important, du moins si tu ne veux pas que ça se reproduise...*

Le lendemain, j'ai voulu soumettre mes esquisses à Devereaux mais il m'a déclaré sans détour que ce n'était pas sa partie. C'était Tobbey Zufrau-Clarkson que je devais convaincre, pas lui.

— Chacun son secteur, ma chère, a-t-il conclu. Moi je cherche les clients, à vous de les contenter. Si vous parvenez à les satisfaire, nous resterons bons amis. Dans le cas contraire…

Je me suis remise au dessin. Je voulais être prête à toute éventualité. Mon passage chez Madame Lucille m'avait appris que les clients sont capables de saboter les plus beaux projets en imposant des idées saugrenues dont on se demande de quel cerveau débile elles ont bien pu sortir. L'important, c'était de conserver son sang-froid et de sourire.

Le soir, épuisée, j'ai tout rangé dans mon attaché-case et préparé un sac de voyage.

— Ne vous chargez pas, m'avait conseillé Devereaux. S'il vous manque quelque chose, Tobbey enverra l'un de ses sbires l'acheter. Vous êtes son invitée. Il est possible qu'il vous garde quinze jours. Vous êtes habituée à ces caprices d'homme riche. Soyez patiente.

J'ai mal dormi. Trop nerveuse. Pour vaincre l'insomnie, j'ai parcouru les ouvrages sur la guerre de Sécession que m'avait procurés Paddy Mulloney. Ce n'étaient que famines, montagnes de corps mutilés, jeunes gens transformés en charpie par la mitraille des pièces d'artillerie, fantassins qui chargeaient, baïonnette au canon, en piétinant les blessés démembrés couchés sur le champ de bataille. Les chiffres énoncés faisaient dresser les cheveux : 30 000 morts en quarante-huit heures, 15 000 en douze heures… et ainsi de suite. J'ai fermé le bouquin et attendu stoïquement que le jour se lève en scrutant le plafond. Dans le ciel de L.A., les hélicoptères de la police menaient un ballet incessant, évoquant cette fois une autre guerre, celle du Viêtnam.

Champ de bataille à vendre

J'ai dû me taper trois heures d'embouteillage au milieu du smog pour rejoindre l'aéroport privé où se trouvait l'hélicoptère qui devait m'emporter vers Shiloh, dans le Tennessee.

D'emblée, j'ai été surprise. Mes années chez Madame Lucille m'avaient habituée au luxe. Nos clients possédaient leur Learjet, qu'ils aménageaient bien sûr comme un salon donnant sur la Cinquième Avenue. Rien n'était oublié, pas même les coûteuses statuettes vissées sur les tables basses. L'hélicoptère de Tobbey Zufrau-Clarkson, lui, sortait des surplus de l'armée. C'était un énorme appareil rébarbatif auquel ne manquaient que les mitrailleuses latérales et le fuselage criblé d'impacts de balles. Un pilote en treillis, ruminant un chewing-gum, m'accueillit par une parodie de salut militaire. Il s'obstinait à me donner du « madame » avec la morgue d'un marine s'adressant à une moins-que-rien de civile.

Il me fit grimper à l'arrière et asseoir sur un banc de tôle où il me sangla comme un paquet. Après avoir demandé l'autorisation de décoller à la tour de contrôle, il laissa chauffer le moteur. Le vacarme interdisait toute conversation. J'ai estimé que je serais probablement sourde à la fin du voyage.

Vingt minutes plus tard, nous filions au-dessus des California Mountains.

Ce fut une épreuve. Et qui me parut interminable. J'essayai de tuer le temps en cherchant de nouvelles idées et en bâtissant mentalement des argumentaires successifs... et contradictoires.

La veille, j'avais consulté le Net pour glaner des informations sur Tobbey. J'avais découvert qu'il était plutôt bel homme, dans la cinquantaine massive, chauve et viril. Une espèce de Bruce Willis, la gouaille en moins, une étincelle de cruauté en plus. Un horrible petit bouc le défigurait – une « impériale », comme disaient les Français à l'époque de Napoléon III – mais j'ai deviné qu'il s'agissait là d'un coup de chapeau aux modes en usage durant la guerre civile. Il n'avait rien d'un homme rassurant. Il impressionnait. On devait se sentir toute petite sous son regard, ça m'a agacée. Je déteste être attirée sexuellement par un client, ça complique tout. Je n'y peux rien : au fil du temps, j'ai découvert que je suis souvent excitée par les hommes qui me font peur et risquent de m'entraîner dans un affrontement douloureux, tant affectif que physique. Cela m'a conduite à privilégier les liaisons brèves, les rencontres sans lendemain. J'ai toujours essayé de ne pas laisser trop de plumes dans ces histoires de lit. Mais peut-être ma mère appliquait-elle la même stratégie ? J'ai souvent pensé qu'il était difficile de trouver de l'intérêt à un homme au-delà de deux semaines. Vivre avec un amant ou un mari est au-dessus de mes capacités. Excepté un enfant, je ne m'imagine guère cohabitant avec quelqu'un. Je finirai probablement dans la peau d'une mère célibataire racontant à son gosse que son papa est mort en héros, il y a très, très, très longtemps.

L'hélico s'est posé à mi-parcours pour se ravitailler en carburant. Le pilote a continué à m'ignorer. Il se donnait bien du mal pour paraître inaccessible. Le genre « corps d'élite » qui ne s'abaisse pas à frayer avec de simples civils. Je me suis demandé si ses copains allaient être taillés sur le même modèle. Les infos glanées sur le Web prétendaient que Tobbey vivait entouré d'une garde prétorienne. De jeunes types fanatisés rêvant d'encaisser une balle à sa place. Peut-être s'agissait-il de bobards ; le Net, comme Hollywood, est un foutu repaire de cinglés.

Nous sommes enfin arrivés à destination. Après avoir survolé une forêt d'érables rouges, l'appareil s'est posé au milieu d'une prairie. Tout était très vert, l'herbe grasse. « Nourrie par tous les morts », ai-je pensé sottement. Un parfum de chèvrefeuille flottait dans l'air.

Un Humvee s'est rué vers nous. Je déteste ces Jeeps plates. Elles ressemblent à des paquets de lessive montés sur roues et me font penser à des insectes tropicaux conçus pour se glisser sous les portes. On faisait dans le style militaire. Je me suis sentie mal à l'aise. J'avais de plus en plus l'impression de travailler pour le dictateur d'une république bananière. Une jeune femme en est descendue. Une Latino-Américaine à la peau brune. Elle était vêtue d'un treillis « camouflage » ajusté, et avait les traits tirés. Elle semblait à cran, tenaillée par une angoisse dont j'ignorais la cause.

— Evita Chavez y Goyaz y Nopales, a-t-elle dit en me saluant d'un signe de tête.

J'ai tendu la main ; elle a reculé avec un sursaut apeuré.

— Ne le prenez pas mal, a-t-elle murmuré, mais j'évite tout contact physique avec les gens.

— Phobie des virus ?

— Non, je suis médium. Quand je touche quelqu'un, je suis aussitôt submergée par un flot de renseignements intimes le concernant ; c'est dur à gérer. Je dois réserver mes capacités sensorielles au travail que j'effectue pour M. Zufrau-Clarkson. Je ne veux rien savoir de vous. Trop d'informations tuent l'information. Si j'engrange trop de choses, je n'arrive plus à faire le tri.

— D'accord, pas de problème, ai-je soufflé en essayant de paraître cool.

Une médium ! Bon sang, manquait plus que ça !

Je l'ai suivie dans le Humvee. Elle était mince et jolie, mais trop nerveuse à mon goût. J'ai regardé ses ongles rongés jusqu'au sang. Elle avait la tête d'une fille qui n'a pas dormi depuis quarante-huit heures.

— Je vais vous conduire au campement, a-t-elle annoncé en démarrant. Ne cherchez pas à prendre contact avec Tobbey, même s'il vous frôle. Attendez qu'il vous adresse la parole. Il déteste qu'on viole le périmètre de son espace personnel sans y avoir été invité, cela le hérisse, il devient agressif.

— Ah ? ai-je fait, et c'est quoi, son « espace personnel » ?

— Un cercle imaginaire de deux mètres de diamètre. Le cercle que pourrait décrire un homme brandissant un sabre, et pivotant sur lui-même à 360°.

— Quoi ?

— Je ne fais que citer sa propre définition de la chose. J'essaye de vous éviter un impair. Si vous le prenez à rebrousse-poil, il vous chassera sans un mot d'explication. Comme tous les hommes riches il érige ses caprices en loi divine et n'accorde de confiance qu'à ses intuitions.

La prairie était vide, mais au loin se dessinaient les toits d'une agglomération importante. Au vrai, il ne restait plus grand-chose du champ de bataille où s'était déroulé l'affrontement confus, hasardeux et meurtrier qui avait coûté la vie à tant de jeunes Américains. L'urbanisation galopante avait tout dévoré, ou presque.

— Tobbey s'est porté acquéreur de cette parcelle qui, à l'origine, était convoitée par des promoteurs immobiliers, m'expliqua Evita. Il a surenchéri jusqu'à ce qu'ils s'avouent vaincus. Il tenait à ce que cette portion de terrain reste intacte.

— Il pense que son arrière-grand-père est tombé ici, c'est cela ? risquai-je pour ne pas avoir l'air trop nulle.

— Oui, mais lorsque vous serez avec Tobbey, ne vous exprimez pas d'une manière aussi sceptique. Sachez qu'aucune de ses assertions ne peut être contestée. Je vais essayer de vous mettre au niveau aussi rapidement que possible. Je suppose que vous n'êtes pas spécialiste de la guerre de Sécession ?

— On peut dire ça comme ça. Je sais que le Nord et le Sud sont entrés en conflit dès qu'il a été question d'abolir l'esclavage, mais c'est à peu près tout. Je ne vis aux USA que depuis sept ans ; ma culture comporte des lacunes.

Nous étions arrivées aux abords d'un campement militaire. Evita arrêta le Humvee près d'une tente aux allures de réfectoire. Je la suivis à l'intérieur. Elle marcha jusqu'à la cuisine roulante et en rapporta un pot de café et deux tasses. Nous nous installâmes à l'écart. Autour de nous, tout le monde était affublé de treillis. On se serait cru à Biloxi[1]. Avec mon tailleur, mes escarpins et mon maquillage smoky, j'avais l'air d'une chanteuse dépêchée par le Théâtre aux armées. Je me sentais déplacée. Je n'avais pas besoin de tourner la tête pour savoir que les regards masculins me radiographiaient, du soutien-gorge à l'élastique de la culotte. Si on avait branché un détecteur de testostérone, il aurait explosé.

— Je dois vous expliquer deux ou trois choses nécessaires si vous voulez capter la personnalité de Tobbey, murmura Evita en se penchant vers moi. Sa famille – la branche Zufrau – était en partie française, originaire d'Alsace... Personnellement, je ne savais même pas que ça existait. Ils avaient émigré en Virginie pour échapper aux révolutionnaires coupeurs de têtes. Pendant plusieurs générations, ils ont mené la vie des riches sudistes. Immenses plantations, fêtes, bals, courses de chevaux. Le Sud, à cette époque-là, était un état féodal. Avec ses seigneurs et ses esclaves. Les maîtres cultivaient un certain art de vivre, une *dolce vita* où se mêlaient paresse et distinction. Ils étaient souvent cultivés, musiciens, poètes. On tenait salon, les dames jouaient du piano et chantaient... De ce point de vue, *Autant en emporte le vent* donne une peinture assez vraie du milieu.

1. Camp de formation de l'USMC.

— Ça, je sais, coupai-je, un peu agacée d'être traitée en collégienne. Et pendant qu'ils se la coulaient douce, les gens du Nord, eux, bossaient comme des brutes, bâtissaient des usines, des filatures, développaient les réseaux routiers et ferroviaires, bref, mettaient sur pied une nation moderne.

— Oui, admit Evita avec une légère réticence. Le Sud s'est laissé dépasser. Il se contentait d'exploiter les champs de coton et d'expédier le produit des récoltes au Nord, qui lui revendait à prix d'or tissus, vêtements et objets usuels. Le Nord est devenu une puissante nation industrielle, tandis que le Sud demeurait une zone agricole méprisant avec ostentation tout ce qui, de près ou de loin, se rattachait au modernisme. Cela faisait partie de sa philosophie, les planteurs tenaient à rester des gentilshommes campagnards.

— C'étaient surtout de fieffés prétentieux qui jouaient aux petits marquis, ricanai-je. J'ai lu qu'ils considéraient les États du Nord comme une nation de boutiquiers.

— Voilà où je voulais en venir, chuchota Evita. Tobbey a conservé quelque chose de cette mentalité. Ne soyez pas surprise s'il vous traite de haut. Après tout, vous venez de New York... Si vous n'étiez pas à demi Française, il n'aurait même pas accepté de vous rencontrer. Les Nordistes ont massacré sa famille. Presque tous ses ancêtres ont péri dans l'incendie d'Atlanta allumé par le général Sherman le 15 novembre 1864.

— C'était il y a longtemps... fis-je observer. Vous en parlez comme si cela s'était passé il y a trois semaines.

Evita haussa les épaules. Elle soupira :

— Trois semaines ou deux siècles et demi, vous savez, pour Tobbey Zufrau-Clarkson, c'est du pareil au même.

Je flottais un peu, décontenancée. Certes, dans le passé, j'avais eu affaire à des hurluberlus de la jet-set, mais aucun ne se croyait possédé par l'esprit d'un colonel sudiste mort à Shiloh, le 6 avril 1862 lors de la bataille qui opposa Johnston et Beauregard, champions de la Confédération, à Grant, Sherman et Buell, défenseurs de l'Union.

Je me suis penchée à mon tour vers mon interlocutrice. Nos fronts se touchaient presque. Dans mon dos, le taux de testostérone s'est élevé de plusieurs degrés. Les mecs devaient s'attendre à ce que nous nous prenions la bouche. J'ai soufflé :

— Pouvez-vous me dire *très exactement* ce que vous fichez ici ?

Evita a baissé les yeux.

— Je suis une médium renommée, a-t-elle lâché, le nez dans son gobelet de café. J'ai plusieurs fois collaboré avec la police pour localiser des disparus. Morts ou vivants. Mon pourcentage de réussite est plutôt exceptionnel. Je n'ai rien d'une arnaqueuse, si c'est ce que vous voulez savoir. Tobbey en est convaincu. Il m'a engagée il y a six mois pour retrouver la dépouille de son ancêtre, le colonel.

— Parce que vous croyez qu'il reste quelque chose du cadavre ? ai-je dit d'une voix saccadée. Après deux siècles et demi d'ensevelissement dans une terre aussi grasse, habitée par des millions d'insectes nécrophages ?

Evita s'est raidie. Elle m'a dévisagée, les yeux brillant de colère.

— Vous n'y connaissez rien, a-t-elle craché. *Il reste toujours quelque chose.* Même si les nécrophages ont dévoré les matières organiques, chair et os, subsistent les objets : des boutons de tunique, une boucle de ceinture, un pistolet, un sabre... L'âme du défunt est autant présente en eux qu'elle l'était dans son corps. On peut établir le contact avec le mort par le truchement de ces résidus. C'est pourquoi nous quadrillons le terrain avec une minutie d'archéologue. Mon boulot consiste à déterminer l'endroit où est tombé le colonel. Je travaille à la manière des sourciers. Je guette la vibration qui jaillira du sol.

Elle plongea la main dans sa poche et tira un minuscule débris d'étoffe décoloré, cuit par le temps.

— C'est un morceau d'une tunique ayant appartenu au colonel, fit-elle. Imprégné de sa sueur, de sa colère, de sa rage. Lorsque je parcours la prairie, je le serre au creux de ma paume. Je sais que, lorsque je passerai à la verticale de l'endroit où repose sa dépouille, un courant électrique me traversera le corps. C'est toujours ainsi que ça se passe. Ne me demandez pas pourquoi, je n'en sais rien.

J'ai hoché la tête. Elle avait l'air d'y croire. Je n'étais pas là pour entamer une polémique sur les pouvoirs extrasensoriels, je ne faisais pas autorité en la matière. Une interrogation demeurait, toutefois : dans quelle mesure ces fantasmagories allaient-elles influer sur mon boulot de décoratrice ?

J'étais venue transformer un ancien abri antiatomique en jardin d'Éden, pas faire tourner les tables.

— Pourquoi est-ce si important pour Tobbey Zufrau Clarkson de retrouver ce qui subsiste de son ancêtre ? ai-je lâché d'un ton aussi neutre que possible.

Evita s'est emparée du pot de café pour remplir nos tasses. Ce n'était vraiment pas la peine, nous étions déjà assez énervées !

— Pour lui, c'est une question de vie ou de mort, a déclaré mon interlocutrice. Il n'a pas le choix. L'esprit du colonel le harcèle depuis deux ans sous forme de cauchemars. Chaque nuit, Tobbey revit en rêve la bataille de Shiloh. Quarante-huit heures d'un combat épouvantable qui fit 23 000 morts. Un corps à corps atroce, dans la boue, sous une pluie battante, mais dont les Sudistes, pourtant inférieurs en nombre, sont sortis vainqueurs.

C'était en partie faux. Mes lectures m'avaient appris qu'il n'y avait eu, en réalité, ni gagnant ni perdant, et que les armées en présence étaient de force égale. Cependant, la presse du Sud avait su exploiter magnifiquement ce match nul et le transformer en victoire triomphale, à tel point que les Nordistes eux-mêmes avaient fini par se convaincre qu'ils avaient été vaincus ce jour-là ! Un bel exemple de désinformation.

— Tobbey voit la bataille se compléter en songe, peu à peu, comme un puzzle, a repris Evita. Quart d'heure par quart d'heure... C'est comme une sorte de feuilleton onirique, si je puis m'exprimer ainsi. Les épisodes s'ajoutent les uns aux autres, au fil du temps. Il perçoit les événements à travers les yeux du colonel. Il le voit s'équiper, mettre ses bottes, son chapeau, ceindre son sabre... ce genre de choses.

— Une sorte de film en caméra subjective ?

— Oui, on peut dire ça comme ça.

Evita avait la respiration courte ; ses pommettes se coloraient. Elle vivait ce qu'elle était en train de raconter.

— Depuis deux ans, poursuivit-elle, de rêve en rêve, Tobbey progresse dans le déroulement de la bataille. Un peu comme s'il visionnait une série télévisée. Les choses lui sont données de manière chronologique. Les conversations qu'il m'a rapportées sont d'une exactitude historique stupéfiante.

J'ai failli l'interrompre pour mettre un bémol à son enthousiasme. Tobbey Zufrau-Clarkson avait dû lire depuis son adolescence des centaines de bouquins sur la guerre de Sécession ! Il en savait sûrement autant, sinon davantage, que le plus pointu des historiens. Il n'y avait donc rien d'étonnant à ce qu'il soit en mesure d'en rapporter mot pour mot les propos tenus par tel ou tel protagoniste. Je jugeai plus diplomate de garder le silence. Evita paraissait si passionnée... Un peu de sueur luisait au-dessus de sa lèvre supérieure.

— Et où en est-il arrivé aujourd'hui ? m'enquis-je. À quel moment de la bataille ?

— Le colonel a déjà été blessé trois fois. À l'épaule droite, à la poitrine et à la cuisse gauche. Il est affaibli. Il a perdu beaucoup de sang. Néanmoins, il chevauche toujours à la tête de son détachement... ou du moins de ce qu'il en reste. À l'époque, les officiers supérieurs ne restaient pas planqués à l'arrière, à étudier des cartes en fumant des cigares. Non, ils montraient l'exemple en chargeant, sabre au clair. Ce qui explique le nombre important d'officiers tués au cours du conflit, et la vénération dans laquelle les tenaient les soldats.

La devinant repartie pour un nouvel exposé magistral, je la ramenai dans le droit chemin :

— Il a donc encaissé sa troisième blessure, et ensuite ?

— C'est là tout le problème. Si on se réfère aux minutes de la bataille rédigées par les survivants, le colonel n'a plus alors qu'une trentaine de minutes à vivre. Il va être décapité par un éclat d'obus alors que, venant de Owl Creek, il bifurque devant l'église de Shiloh pour faire face aux troupes de Wallace et de Sherman devant lesquelles les Confédérés sont en train de reculer. C'est à ce moment qu'il a eu la tête arrachée mais que son corps est resté en selle, les pieds calés dans les étriers, pendant deux minutes encore. C'est ainsi qu'il a galopé droit vers l'ennemi, le sabre brandi, avant de basculer enfin sur le sol.

— Il y a eu des témoins ?

— Oui, Jackson Trueblue, son ordonnance. La description est tirée de son journal de guerre.

« Allons bon ! ai-je pensé, ne manquait plus que la légende du cavalier sans tête ! »

J'avais beau ricaner intérieurement, j'étais troublée.

— Bien, ai-je lâché d'une voix lisse, je vois mieux les choses à présent. Mais qu'essaye donc de faire Tobbey ?

— Vous ne comprenez donc pas ? s'est impatientée Evita. S'il ne retrouve pas la dépouille du colonel avant d'assister en rêve à sa mort, il mourra lui aussi.

— Et pourquoi ça ?

— Parce que les trois autres blessures se sont inscrites dans sa chair. Tobbey ne s'est pas contenté de les rêver. La douleur l'a réveillé. Et, chaque fois, quand il a allumé sa lampe de chevet, il s'est rendu compte qu'il était couvert de sang. Des plaies s'étaient ouvertes spontanément, sur son front, son flanc et sa cuisse. Il a fallu l'emmener d'urgence à l'hôpital pour le recoudre et le transfuser. Ces blessures étaient graves.

Je suis restée muette mais le mot *stigmate* voletait dans mon esprit. Tous les psychiatres s'entendaient aujourd'hui pour admettre que l'hystérie pouvait engendrer des plaies très réelles d'apparition spontanée. Tobbey Zufrau-Clarkson était-il assez cinglé pour s'infliger lui-même de tels tourments ? Ça n'avait rien d'impossible.

— Et donc, ai-je complété, lorsqu'il rêvera de la dernière séquence…

— Il sera décapité, a murmuré Evita, les pupilles dilatées. Le seul moyen d'éviter cela, c'est de retrouver les restes du colonel mort sans sépulture, et de les inhumer avec tous les honneurs dus à son rang et à sa bravoure.

— Pourquoi ce fameux colonel a-t-il attendu si longtemps pour entrer en contact avec l'un de ses descendants ? me suis-je étonnée. Il aurait pu s'adresser au père de Tobbey, ou à son grand-père…

— Il l'a peut-être fait, a sifflé Evita en me foudroyant du regard. On n'en sait rien. Mais le père de Tobbey, Jonas, est bien mort décapité dans un accident de voiture. C'est du moins la thèse officielle. Tobbey, lui, pense que son père était assailli par les mêmes rêves, et qu'il a négligé l'avertissement qu'ils véhiculaient.

C'était imparable. La migraine commençait à me grignoter la cervelle. Pour me donner une contenance, j'ai fini mon gobelet de café froid. Le réfectoire se vidait. De toute évidence, on reprenait le travail.

— Je dois vous laisser, a bredouillé Evita. On a besoin de moi sur le terrain. Profitez-en pour manger quelque chose, puis demandez à l'un des assistants de vous conduire à ma tente. J'ai fait installer un deuxième lit de camp. Je suis désolée mais nous devrons cohabiter jusqu'à la fin des opérations. J'espère que cela ne vous sera pas trop désagréable, vous devez avoir l'habitude d'un confort moins sommaire.

J'ai pensé : « *Pauvre cruche ! Si tu savais dans quels motels pourris j'ai passé les deux dernières années… sans parler de la prison, bien sûr.* »

Elle s'est éloignée en tortillant des fesses dans son treillis ajusté. Il était évident qu'elle en pinçait pour son patron. Jadis, à New York, on m'avait infligé un spécialiste du feng-shui qui m'avait forcée à redessiner vingt fois mes plans, mais c'était la première fois que je pédalerais en tandem avec une voyante extralucide. La perspective de la « pyjama partie » ne m'enthousiasmait guère. Je n'ai jamais été fan des bandes de copines, les confidences cochonnes et les gloussements d'ados attardées style *Sex and the City* m'ont toujours mise mal à l'aise.

Mon estomac criant famine, je suis allée à la roulante réclamer une assiette de plat du jour. Du bœuf aux haricots-tomate. Manifestement, Tobbey ne donnait pas dans l'obsession nutritionniste, tofu et épeautre. C'était un bon point pour lui. J'en avais plein le dos des Californiens et de leur obsession du bio.

Une fois mon assiette saucée, un jeune homme au cou de taureau m'a guidée jusqu'à la tente des filles où j'ai abandonné mon matériel, book et ordinateur. Sur le lit de sangles qui m'était réservé, on avait déposé un treillis propre, une casquette de G.I. et des rangers. On attendait de toute évidence que je me joigne au carnaval. Avais-je le choix ? Mes *stilettos* et mon tailleur n'étaient guère adaptés aux fouilles et je voulais éviter de passer d'emblée pour une Nordiste prétentieuse.

Je me suis changée rapidement avant de ressortir. Le camp de toile était désert, toute l'équipe ayant rejoint le chantier de fouille. Je ne savais quelle attitude adopter. Devais-je rester à l'écart ou tenter de me mêler au groupe pour m'en faire accepter ? Tobbey m'avait fait venir pour me tester. Il était le maître, j'étais le caniche. Il allait sortir un sucre de sa poche, dire « hop » et j'allais devoir sauter, bien gentiment, pour l'attraper.

Jadis, j'avais eu une cliente qui me téléphonait à cinq heures du matin pour que je vienne illico prendre le petit déjeuner avec elle. Nous étions censées examiner mes projets ; en fait, elle se contentait, entre deux croissants, de lire *Variety* en commentant les potins du jour. Petit jeu de pouvoir. Plaisir de riches. Je connaissais ça.

J'ai escaladé un monticule pour contempler la prairie. C'était étrange de penser que tant d'hommes avaient trouvé la mort sur cette étendue d'herbe où flottait le parfum du chèvrefeuille. J'essayai d'imaginer la bataille, le chaos, les hurlements, le vacarme des déflagrations. Je savais que deux canonnières yankees, ancrées sur le fleuve, avaient pilonné le terrain, causant des ravages dans les rangs confédérés. « Il pleuvait des bras et des jambes coupés », avait écrit à son frère l'un des survivants de l'affrontement.

Tout à coup, j'ai perçu une présence dans mon dos. D'instinct, j'ai su qu'il s'agissait de Tobbey. Je n'ai pas bougé. J'aurais dû m'attendre à tomber dans une embuscade. Quelle gourde ! Il m'avait probablement prise en filature dès ma descente d'hélicoptère. En m'attirant sur son terrain, il s'assurait l'avantage. Immobile, je me le suis imaginé style Rambo, torse nu, les pectoraux badigeonnés à l'huile de friture, une serpillière nouée autour de la tête.

— Dans les dernières années de la guerre, a-t-il fait d'une voix sourde et lente, les soldats du Sud survivaient avec une poignée de cacahuètes par jour. Ils portaient des chaussures en carton qui se délayaient dans la boue à la première averse. Leurs uniformes étaient en loques. C'était une armée de mendiants, mais qui se battait avec un courage qu'aucun revers n'entamait.

Ayant rassemblé mes forces, je me suis enfin tournée vers lui. Il était affublé de l'une de ces tenues de parachutiste popularisées par *Tempête du Désert*. Malgré son affreux petit bouc, il restait bel homme. Massif, une gueule minérale, le crâne tondu à un millimètre. Quelque chose entre le Marlon Brando d'*Apocalypse Now* et le Bruce Willis de *Die Hard 4*. Impressionnant. Le regard surtout. Chirurgical. Des yeux d'exorciste. Quelque chose s'est noué dans mon ventre et j'ai détesté ça.

— L'armée de Lee souffrait d'une pénurie générale de matière première, a-t-il continué. Comme on manquait de métal pour fondre des balles, on envoyait des gars les récupérer sur les morts. Avec un couteau, ils les extrayaient des cadavres. Même chose pour la poudre. Le blocus empêchait le ravitaillement en salpêtre, à partir duquel on fabrique la poudre noire. Le président Jefferson Davies a dû promulguer une ordonnance obligeant les maîtresses de maison à thésauriser le contenu des pots de chambre familiaux. Des collecteurs assermentés passaient les ramasser. Des excréments, on tirait du nitre et, avec le nitre, on fabriquait de la poudre. Ainsi, chaque fois que les Confédérés chiaient, ils contribuaient à l'effort de guerre. Quelque part, ça devait les amuser d'expédier leur merde à la face des Yankees.

Il sentait la sueur et le tabac. Ses joues, mal rasées, se hérissaient de piquants poivre et sel. Ses mains me fascinaient, énormes, souillées de terre. Je les ai imaginées sur moi, et j'ai frissonné.

« Tiens-toi la bride courte, ma petite, me suis-je dit. Pas question d'être un numéro de plus dans le lit de ce GI Joe. »

Il a continué à décrire la bataille, les erreurs des généraux. Il a dressé un portrait au vitriol de Sherman, imbu de lui-même et mal embouché, insultant ses officiers et les terrorisant au point que ceux-ci n'osaient même plus lui transmettre les mauvaises nouvelles du front.

— C'était un soldat borné, refusant conseils et mises en garde, négligeant tout ce qui contrariait ses plans, et méprisant ouvertement l'adversaire. C'est ainsi qu'il s'est laissé surprendre. Il est parti se coucher. Deux heures plus tard, les Confédérés chargeaient en poussant leur fameux cri de guerre, surprenant les « bleus » en plein sommeil.

Je n'avais pas envie de subir un cours magistral. Chaque clan avait sa propre interprétation des événements, et chaque version était entachée de parti pris. Chaque général était tour à tour qualifié de stratège, d'imbécile, d'alcoolique, de boucher ou de génie. Difficile de s'y retrouver dans ce méli-mélo.

— Et votre arrière-grand-père, le colonel ? ai-je hasardé.

Tobbey a désigné la partie est du terrain.

— D'après le journal de Trueblue, son ordonnance, il se trouvait dans cette zone, attendant l'ordre de passer à l'attaque. Il commandait un détachement baptisé les

« Renards rouges de Virginie ». C'était une tradition chez les Confédérés, chaque régiment se donnait un nom flamboyant. Les uniformes étaient très fantaisistes. Ils n'étaient pas fournis par l'armée, chacun devait fabriquer le sien, et cela donnait des résultats surprenants ou grotesques. Les épouses, les sœurs, les fiancées rivalisaient d'originalité pour donner au futur héros l'allure la plus martiale possible en multipliant les plumets, les brandebourgs, les épaulettes. Au final, ça donnait un déguisement de maharadjah, ou assimilé.

— Je ne savais pas, ai-je avoué.

— Si, a continué Tobbey. Quand les détachements sudistes défilaient, ça évoquait davantage la parade des clowns qu'une armée régulière. Les Yankees en riaient à gorge déployée. N'empêche, ces clowns leur ont donné du fil à retordre.

Il a marqué une pause avant de reprendre :

— Le détachement du colonel n'échappait pas à la règle. Ses hommes portaient une queue de renard sur le chapeau et une tunique rouge sang bordée de fourrure de lynx. L'armement était hétéroclite. Chacun avait puisé dans l'arsenal familial : de vieux pistolets de duel, des mousquets datant de la guerre d'Indépendance. Un équipement obsolète qui ne faisait pas le poids devant celui des Nordistes composé de matériel flambant neuf sortant des aciéries. D'emblée, le combat était inégal. Le Sud ne s'était pas préparé à la guerre, il avait privilégié la douceur de vivre, les plaisirs de l'instant. Conter fleurette à une belle pêche de Géorgie[1] en sirotant un verre de Southern Comfort...

J'ai failli lui demander ce que les esclaves des plantations pensaient de sa fameuse « douceur de vivre », mais je me suis mordu la langue.

— La guerre est née d'une illusion, a murmuré Tobbey, le regard scrutant la plaine, comme s'il tentait de radio-

1. Georgia Peach. Archétype de la belle femme du Sud, épanouie, capricieuse et indolente.

graphier le sol pour y déceler la présence de restes enfouis. Dans les deux clans, on sous-estimait l'adversaire, on s'imaginait que le conflit serait court. Pas plus de trois mois, estimait-on. Une brève partie de bras de fer. On n'avait nullement conscience qu'on se préparait au pire. Cela explique l'enthousiasme et la joie avec lesquels on a accueilli l'annonce de la déclaration de guerre. Dans toutes les villes du Sud, on a dansé, chanté. Les femmes étaient déchaînées. Elles suppliaient leurs hommes de s'engager, d'aller casser du Yankee. De vraies harpies avides de sang et de carnage. Elles portent en grande partie la responsabilité de l'engagement massif des jeunes gens. Devant tant de fièvre, aucun garçon ne pouvait plus envisager de demeurer à l'arrière. Les femmes en auraient fait un paria. C'est de cette manière que s'est constituée une armée enthousiaste mais dépourvue de la moindre formation militaire. Ces gars-là ignoraient tout du maniement d'arme, de la stratégie. Aucun n'avait vu le feu. Leurs officiers étaient des fils de bonne famille sans expérience, qui partaient en guerre accompagnés de leurs esclaves, de leurs meubles, de leurs tableaux et de leur vaisselle fine, tout ça entassé dans une charrette. Le soir, au campement, on discourait beaucoup en buvant plus encore. On parlait d'envahir le Nord, de pendre Abraham Lincoln, cet avocaillon ridicule qui bégayait ses discours. Le lendemain, on se levait à midi, avec la gueule de bois en s'apercevant qu'on avait oublié de poster des sentinelles autour du campement… Pendant longtemps, ces gandins ont vécu dans la plus belle des illusions. Et puis, un jour, le réveil a sonné.

Il s'est tu. La bourrasque cinglait le tumulus au sommet duquel nous nous tenions plantés. Je frissonnai, de froid et de nervosité.

Tobbey a poussé un soupir.

— Pas la peine de vous présenter, a-t-il grogné en changeant de ton. J'ai lu votre dossier. Vous êtes une voleuse ayant échappé de justesse à la prison. Une trafiquante d'objets d'art. Ça ne me gêne pas, ça prouve simplement que vous êtes débrouillarde et décidée. On ne peut pas devenir riche en restant honnête, ça n'existe pas. Toute grande fortune est basée sur un crime, a dit je ne sais plus qui... Un conseil, toutefois, n'essayez pas avec moi. À ce petit jeu, je suis plus fort que vous. J'ai plumé les Nordistes sans le moindre remords. Ce n'est que de la récupération. Pendant la guerre civile, cette engeance de boutiquiers nous a saignés à blanc, le temps de la revanche a sonné. Si vous respectez ma loi, nous serons copains... et peut-être même davantage, car je sens que ça ne vous déplairait pas. Dans le cas contraire, les choses iront mal pour vous. Je vous ai fait venir parce que je ne sais pas combien de temps je vais rester coincé ici. Quinze jours ? Deux mois ? Je ne repartirai qu'avec la dépouille de mon ancêtre... ou la tête tranchée. Je voulais vous juger sur pied. À présent, venez, on m'attend sur le chantier.

Je lui ai emboîté le pas, le souffle coupé et le rouge aux joues. C'était comme si ce salopard m'avait baissé la culotte en public. L'accusation de vol ne m'atteignait plus vraiment. J'en avais pris mon parti. Je m'étais résignée à ce que, jamais, on n'admette que j'étais innocente. L'affaire était sordide au demeurant. Deux ans auparavant, ma patronne, Madame Lucille (née Sue Ellen Prueflower), m'avait officiellement accusée d'avoir subtilisé une statuette de grande valeur pour la remplacer par une copie. Il s'agissait d'un marbre d'une trentaine de centimètres, une *Diane au bain*, attribuée à un élève de Rodin mais portant la signature du maître, selon l'usage en vigueur à l'époque. Cette petite bonne femme aux cuisses rondelettes (qu'on taxerait aujourd'hui, en pleine dictature pro-ana, de préobésité) valait une fortune. Elle figurait au catalogue des objets dont je devais saupoudrer le décor d'un luxueux penthouse de la Cinquième Avenue. Sa disparition m'envoya en prison. Un souvenir que je préfère zapper, si vous n'y voyez pas d'inconvénient. La liberté sous caution me fut refusée sous prétexte que je pourrais fuir le pays en emportant mon butin. Tout ce que j'avais gagné depuis cinq ans passa dans les poches de mon avocat, un rusé renard qui réussit à obtenir le non-lieu pour manque de preuves. Je me retrouvai libre mais ruinée, avec une réputation en miettes. C'était très exactement ce qu'avait souhaité Madame Lucille. Je savais pertinemment qu'elle avait volé la statuette pour se débarrasser de moi. J'étais devenue trop connue. La jet-set ne jurait plus que par Mickie Katz, *la plus new-yorkaise des Frenchies*. J'avais fini par faire de l'ombre à ma patronne, la réduisant au rôle de simple comptable. Avide de célébrité, Lucille ne pouvait le tolérer. Par-dessus tout, elle craignait que j'ouvre ma propre boîte, emportant sa clientèle. Ces derniers temps, j'avais pris une telle importance que mon travail assurait 60 % des rentrées de l'agence. En proie à une jalousie pathologique, la mère Lucille avait préféré tuer la poule aux œufs d'or plutôt que de se voir reléguée au second plan. Son arnaque avait fonctionné à merveille. Flinguée, carbonisée, je ne trouvai d'emploi nulle part. La réapparition de la fameuse statuette – expédiée anonymement à son propriétaire – n'arrangea en rien les choses. J'étais devenue suspecte.

En fait, cette lamentable péripétie m'avait réveillée à un moment où j'étais en train de prendre la grosse tête, elle avait donc eu un côté bénéfique. Pour me consoler, je me répétais souvent, le soir, en attendant le sommeil, que ma disgrâce m'avait évité de devenir une seconde Madame Lucille.

Mais l'histoire ne s'arrête pas là. Un an après ma libération, Lucille se jeta du haut de son balcon, c'est-à-dire du quinzième étage. Elle n'avait laissé aucun message pour expliquer son geste. Par bonheur, son appartement était fermé de l'intérieur et, à l'heure du suicide, j'exerçais mon job de barmaid dans une boîte branchouille de Miami Beach, en présence de centaines de témoins ; ce qui m'épargna les soupçons de la police. N'empêche, son geste m'a toujours étonnée. Lucille n'était pas du genre à subir la torture des remords. J'ai souvent pensé que quelqu'un lui avait réglé son compte. Mais qui ? Dans le petit monde de la jet-set, une rumeur circula : j'avais fait liquider ma patronne. De simple voleuse je devins une dangereuse criminelle, quelqu'un qui pouvait mettre un contrat sur votre tête si vous aviez le malheur de lui chercher noise. Il devint hors de question de m'approcher. Une sacrée tache sur mon CV, quoi !

Je trottinais derrière Tobbey Zufrau-Clarkson dans l'herbe mouillée en direction d'une fosse autour de laquelle se pressaient une demi-douzaine de jeunes gens. La prairie, parsemée de trous, évoquait un cimetière dont on aurait violé les sépultures. Ça n'avait rien de rassurant. L'odeur de la terre éventrée sautait aux narines, mélange de pourriture et de moisi.

— Bien que le site ait été souvent visité, a commenté Tobbey, il recèle quantité de vestiges : boutons de tunique, insignes, balle Minié, fusil Enfield... Tout cela est en très mauvais état, bien sûr, mais démontre qu'on ne peut effacer le passé aussi facilement que le souhaiteraient les gens qui siègent à Washington, et les révisionnistes qui réécrivent la guerre civile au détriment du Sud.

Dès que nous fûmes au bord du trou, il parut oublier mon existence. Il se pencha afin d'examiner de menus débris exhumés par les jeunes gens couverts de boue qui piochaient au fond de l'excavation. Pour moi, ce n'étaient que des morceaux de métal rongés de rouille ; mais il identifia une boucle de ceinturon et un insigne d'un quelconque régiment carolinien. Evita le dévorait du regard, les lèvres frémissantes. Elle tenait à deux mains une espèce de fourche de coudrier comme en utilisent les sourciers. Elle avait probablement découvert le « gisement » grâce à ses dons et mendiait un compliment du maître. Quand Tobbey s'éloigna, l'ignorant, elle parut au bord des larmes.

« Bon sang ! me suis-je dit, ne deviens surtout pas comme elle ! Fuis cet homme comme la peste. »

Le reste de la journée s'écoula dans le désœuvrement et l'ennui. Tobbey avait disparu et je commençais à me demander ce que je fichais ici. Pour tromper l'attente, je visitai le « musée » improvisé sous une grande tente. On y avait rassemblé sur une immense table à tréteaux les trouvailles exhumées depuis le début des fouilles. Beaucoup de balles Minié, des tronçons de baïonnettes, des insignes de calot, des éperons, des gourdes, des mors, des étriers. Parfois, un lambeau d'étoffe que la glaise avait protégé de la corruption. Le clou de la collection, c'était une botte déchiquetée par un shrapnell, ce qui sous-entendait que son propriétaire avait eu la jambe coupée. J'imaginai le membre sectionné, pourrissant à l'intérieur de la godasse, et la nausée me prit.

— C'est triste, n'est-ce pas ? fit la voix d'Evita dans mon dos. Ils étaient souvent très jeunes, engagés sur un coup de tête, par romantisme adolescent, persuadés que la guerre serait courte. Ils voulaient briller aux yeux des filles, revenir en héros. La légende voulait que les gens du Nord soient des lâches, des ouvriers abrutis par le travail en usine, sans vraie patrie, n'ayant aucune vraie raison de mourir.

— Contrairement aux Sudistes… complétai-je.

— Oui, approuva Evita. Les Confédérés avaient réellement l'amour de leur terre, ils voyaient le Sud comme un paradis.

— Et les esclaves, qu'en pensaient-ils, eux ?

— Les grands propriétaires terriens répétaient que les Noirs étaient chez eux mieux traités que les Blancs de l'Union. Au Nord, disait-on, les Blancs sont les esclaves des industriels, ils s'épuisent dans les usines, dans des conditions épouvantables. Au Sud, les Noirs vivent au bon air, au soleil, ils ne croupissent pas dans des masures insalubres envahies par les rats. On riait en déclarant que, en réalité, les esclaves blancs jalousaient le sort des esclaves noirs.

— Cela me semble tiré par les cheveux.

Evita haussa les épaules.

— Je pense qu'ils y croyaient, sincèrement. Il n'y avait pas que de mauvais maîtres. Pensez que, dans certains États, la moitié de la population était constituée d'esclaves. La main-d'œuvre servile coûtait cher, on ne pouvait se permettre de l'abîmer. Même les paysans pauvres possédaient un ou deux esclaves. Dans ce cas de figure, il arrivait qu'une solide amitié se nouât entre ces hommes confrontés aux mêmes difficultés et partageant le même pain. On oublie souvent de préciser que le Nord était également raciste, et qu'on tolérait mal les anciens esclaves dans les villes. Quand la guerre a été officiellement déclarée et la conscription rendue obligatoire, des émeutes ont éclaté à New York, au cours desquelles la population a massacré de nombreux Afro-Américains. Les femmes hurlaient : « Nos fils ne se feront pas tuer pour la cause des nègres ! »

J'eus tout à coup l'impression qu'elle récitait un discours sorti de la bouche de Tobbey. « *La voix de son maître !* » pensai-je en dissimulant un ricanement.

N'étant pas spécialiste, je décidai de ne pas nourrir la controverse.

La nuit tombait. Nous gagnâmes le réfectoire où régnait le bourdonnement des conversations. Evita avait les traits tirés.

— Je m'inquiète pour Tobbey, m'avoua-t-elle soudain. Depuis quelque temps les rêves se font plus fréquents. Le puzzle se complète. Il va bientôt aborder le dernier quart d'heure, celui au cours duquel le colonel trouve la mort. Il est persuadé que cet ultime cauchemar le tuera et qu'on le retrouvera au matin, dans son lit, la tête tranchée. Pour éviter de dormir, il se bourre d'amphétamines. Son humeur s'en ressent. Il est à cran. À la moindre contrariété, il explose. C'est déconseillé à son âge. Il pourrait faire un infarctus. Parfois, il est atteint de logorrhée et parle trois heures d'affilée sans presque reprendre son souffle. On croirait Fidel Castro.

Elle se tut, regrettant de s'être laissée aller.

— Allons nous coucher, décida-t-elle. Demain, il faudra se lever à l'aurore. Les fouilles commencent au lever du soleil. J'espère que vous êtes matinale.

Je l'ai suivie. Je ne savais que penser d'elle. Au fil des années, j'ai fini par comprendre qu'il ne sert à rien d'analyser, au final, on ne sait jamais grand-chose des gens qui nous entourent.

Ronde de nuit

La tente était divisée par une cloison de toile translucide formant deux chambres rudimentaires. J'occupais celle de gauche. Evita me souhaita bonne nuit et se retira dans ses quartiers. À la lueur de la lampe électrique, je la vis se déshabiller en ombre chinoise puis se glisser dans son sac de couchage. Je décidai de l'imiter. Des diffuseurs d'essence de citronnelle bourdonnaient aussi fort que les moustiques. À travers la toile, je distinguais le balisage des allées du camp. Ça évoquait une piste d'atterrissage miniature pour très petits voyageurs du cosmos. Je m'étais préparée à affronter une insomnie tenace mais, contre toute attente, je sombrai dans le sommeil au bout de trois minutes.

Je fus réveillée, aux alentours de minuit, par des gémissements. Je crus d'abord que ma voisine était malade, puis je compris qu'elle était en train de faire l'amour car des grognements masculins caractéristiques sourdaient, en écho à ses plaintes.

Sans doute s'agissait-il de Tobbey... Ce salaud était venu la rejoindre alors même qu'il savait la tente occupée par une invitée. Cela ne l'avait pas gêné. Peut-être même en avait-il conçu une excitation louche. J'essayai de me boucher les oreilles en mâchouillant des injures. Pour un peu, j'aurais expédié une godasse dans la cloison de toile séparant les deux chambres. Puis les geignements s'estompèrent et je me rendormis. Ce répit fut de courte durée, je m'éveillai de nouveau en sursaut, alertée par une sensation de présence à mes côtés. Une odeur de sueur, de tabac et de sperme flottait dans l'air. J'ouvris les yeux. Tobbey se tenait assis à mon chevet, sur un tabouret, entièrement nu. Sa peau luisait de transpiration à la lueur de la veilleuse bleuâtre disposée à l'entrée de la tente.

— Ne craignez rien, murmura-t-il avec cet accent lent et chantant des natifs du Sud. Je ne suis pas là pour vous violer. J'ai eu mon compte avec Evita. Cette petite est une sauvageonne de la pire espèce. Jadis, si elle avait ramassé le coton, elle serait devenue la concubine en titre du maître, et la reine de la plantation.

Je me redressai sur un coude. Par chance, j'étais décente. Mon expérience des motels m'a guérie de l'habitude de dormir nue. Depuis, je m'enveloppe dans un maillot des Dodgers, six tailles trop grand, et qui me couvre les genoux. Je me suis appliquée à ne pas regarder son pénis qu'il exposait en devanture, style « Un plat du jour, un ! ».

— Je sais, ai-je rétorqué, vous voulez voir mes croquis du bunker ! Et vous étiez si impatient que vous avez négligé d'enfiler un caleçon. Je comprends ça, j'ai vraiment fait du bon travail.

— Non, a-t-il répondu sans même sourire, c'est moi qui voulais vous faire voir quelque chose.

— Eh bien, je crois que c'est fait, non ? Que vous faut-il de plus ? Une note ? Une appréciation ?

Il s'est levé, de mauvaise humeur.

— Bon sang ! Je ne parle pas de ma queue, mais de ça… et de ça…

Du pouce, il soulignait, sur sa chair, de longues boursouflures blêmes. J'ai réalisé qu'il s'agissait de cicatrices.

— Je sais que vous me prenez pour un affabulateur, a-t-il repris. Il fallait donc que je vous fasse toucher du doigt la réalité de la menace. Regardez bien ! *La cuisse… le flanc… la poitrine…* Les trois blessures encaissées par le colonel au cours de la bataille. Elles m'ont été infligées en rêve. La douleur m'a réveillé. Quand j'ai ouvert les yeux, j'étais couché sur mon lit, au milieu des draps imprégnés de sang. Touchez-les, bordel ! Je veux que vous les touchiez !

Il me faisait peur. J'ai obéi. C'était bien du tissu cicatriciel. Mon index a même détecté les trous laissés par les points de suture.

— Je suis confronté à une malédiction familiale, a-t-il repris, plus calme. Je dois l'affronter sans détourner les yeux. Ne pas prendre exemple sur mon père. Il est mort la tête tranchée, savez-vous ? Il roulait en décapotable, un câble tendu en travers de la route lui a sectionné le cou. Après l'accident, un petit échotier satirique local a cru malin de faire un bon mot en précisant que mon père ne conduisait pas une décapotable comme on le prétendait, mais une « décapitable ». J'avais quatorze ans. Un soir, je suis allé attendre le scribouillard à la sortie du bar où il avait ses habitudes. Je portais une cagoule du Camélia Blanc[1] et une batte de base-ball. Je lui ai broyé les rotules. Il a fini ses jours en fauteuil roulant.

— Vous pensez réellement que votre père a été victime de la colère du colonel ? ai-je demandé.

— Bien sûr, j'ai assisté à son calvaire au cours des derniers mois de sa vie. Les cauchemars, le rituel des trois blessures, les cris des domestiques, le médecin qu'on appelle en pleine nuit et à qui on fait jurer le secret… À l'époque, on a essayé de me tenir à l'écart mais j'avais déjà lu le journal de guerre de Trueblue, l'ordonnance du colonel, je savais à quoi m'en tenir. Le problème de mon paternel, c'est qu'il refusait d'admettre l'existence d'un monde occulte. Il se voulait matérialiste et athée, avec férocité. Jusqu'au bout, il a nié l'évidence, même lorsqu'il se réveillait, la cuisse si profondément entaillée qu'on lui voyait l'os. Il n'osait plus dormir. Il se gavait de café noir, très fort. Ce truc ignoble que boivent les Français et les

1. Nom originel du Ku Klux Klan.

Cubains. Le jour où il est mort, il se rendait à Richmond, il a senti venir le coup de pompe alors qu'il roulait. C'est du moins ainsi que je vois la chose… Il s'est garé sur le bas-côté pour éviter l'accident. Là, le cauchemar l'a rattrapé. Il s'est endormi, il a rêvé des dernières minutes du colonel… et sa tête a roulé sur le tableau de bord. Cette histoire de câble électrique tombé en travers de la route a été inventée par les autorités du comté qui ne savaient comment résoudre l'affaire. De toute manière, le gouverneur détestait mon père. Il a voulu éviter de faire de lui un martyr, la victime d'un attentat politique. Un accident stupide, ça vous déconsidère.

Pendant qu'il parlait, je le détaillais du coin de l'œil. Il était bien conservé pour son âge. Un savant équilibre entre le muscle et l'empâtement de la cinquantaine. Une force de la nature. Un torse et des bras de mineur. Une toison grise courait sur ses pectoraux. Par bonheur, il n'avait pas cédé à la mode métrosexuelle qui pousse les hommes à se faire consciencieusement épiler pour habiter un corps de petit garçon… ou de fillette. Personnellement, j'ai horreur de découvrir une peau glabre chez un homme, ça me donne l'impression de faire l'amour avec une femme, et ce n'est pas mon truc.

— Le compte à rebours est sérieusement entamé, a-t-il soupiré. Je sais que je n'en ai plus pour longtemps. Je joue mes dernières cartes. Je n'ai pas dormi depuis soixante-douze heures, je tiens à coups d'excitants. J'ai des poussées de tachycardie et de brèves hallucinations. Des choses incongrues qui surgissent à l'extrême limite de mon champ visuel ; il paraît que c'est classique en cas d'épuisement. Tout à l'heure, pendant que je baisais Evita, j'ai vu un renard rouge s'asseoir au bord du lit, réciter la table de multiplication par 9, puis disparaître comme il était venu.

Je me suis demandé si ladite Evita, de l'autre côté du panneau de séparation, suivait notre conversation… et ce qu'elle en pensait. Tout cela prenait un tour assez glauque. D'autant plus que je n'avais pas fait l'amour depuis un an, et que la proximité de cet homme ne me laissait pas indifférente. On prétend que la nudité masculine n'excite pas les femmes, voire qu'elle les dégoûte ; ce n'est pas mon cas.

D'un seul coup, il s'est agité. Il bougeait avec un naturel désarmant.

— Sortez de ce sac de couchage et allons faire un tour, m'a-t-il ordonné. Je vais enfiler mes frusques et je vous retrouve dehors.

Dès qu'il a quitté la pièce, j'ai bondi dans mon treillis léopard. Mes rangers lacées en dépit du bon sens, je suis sortie de la tente. Il était là, vêtu d'un jean troué aux genoux, d'un tee-shirt publicitaire Smith & Wesson et de bottes Tony Lama.

— Venez, a-t-il dit, faisons quelques pas sur le champ de bataille. La nuit, quand les bruits de la ville cessent enfin, on peut percevoir le phénomène.

— Quel phénomène ?

— Le soir du premier jour de la bataille, alors que les hommes étaient épuisés, il s'est mis à pleuvoir. Des trombes d'eau qui ont raviné le terrain, transformé la plaine en étendue de boue. Il s'est passé alors quelque chose d'étrange ; la plasticité de la glaise a enregistré les vibrations des voix, des cris... ces sons se sont gravés dans le sol comme dans la cire d'un microsillon. Quand la terre a séché, ils sont restés là, inscrits à jamais dans le paysage, et la nuit, quand le vent souffle selon une certaine orientation, il agit à la façon d'une aiguille de phonographe parcourant la surface d'un disque. Il ressuscite ce qui s'y trouve gravé depuis le 6 avril 1862. Si vous tendez l'oreille, vous entendrez galoper les chevaux, gémir les mourants abandonnés. C'est une expérience grandiose, un voyage dans le temps qui abolit les siècles. Venez...

J'ai pensé qu'il était dingue... ou qu'il se payait ma tête. Néanmoins, je l'ai suivi à travers la prairie. On n'y voyait goutte. J'avais peur de tomber au fond des innombrables fosses trouant le périmètre des fouilles.

— Écoutez ! Écoutez ! répétait Tobbey. Le vent se lève, ça va venir…

Je me suis dit qu'on ne devait pas s'ennuyer aux côtés d'un homme comme ça. C'était le délire assuré dès le petit déjeuner, on ne risquait pas de pantoufler !

À la longue, pourtant, ça devenait peut-être fatigant, quoique…

Machinalement, j'ai tendu l'oreille. À travers les sifflements de la bourrasque, il m'a semblé percevoir des plaintes lointaines. Je me suis ébrouée. J'étais en pleine autosuggestion. J'ai fait un effort pour redescendre sur terre en pensant que c'était dommage, le moment avait quelque chose de magique ; beaucoup de femmes se seraient rongé la main droite pour être à ma place, en compagnie d'un milliardaire du pétrole à moitié zinzin. Puis je me suis rappelé qu'il était bourré d'amphétamines, ce qui pouvait expliquer sa conduite bizarre.

D'un seul coup, il s'est calmé. S'approchant de moi, il m'a parlé en français. Il avait un accent atroce, mi-cajun mi-raton laveur, et j'ai eu un mal fou à le comprendre.

— Moi aussi je viens de France, a-t-il précisé, comme beaucoup de gens des États du Sud. Mes ancêtres étaient alsaciens, ils ont fui la Révolution. C'était leur première guerre civile. Ils ne savaient pas qu'une autre les attendait, dans leur pays d'accueil.

J'ai failli soupirer *Ach ! ya… Révoluzzion, grosse malheur…* mais je me suis contentée d'opiner d'un hochement de tête. Il a commencé à discourir sur Robespierre, Danton, Fouquier-Tinville. Il en parlait de manière curieuse, comme si ces personnages étaient nos contemporains, et les événements, récents. À l'écouter, on avait l'impression que CNN avait expédié ses gars à Paris pour couvrir l'exécution de Louis XVI, et que les forces de l'ONU allaient être parachutées pour empêcher qu'on ne refasse la même boulette avec Marie-Antoinette.

Il m'agaçait. J'ai eu envie de le gifler pour le ramener à la raison.

La crise passée, il s'est assis dans l'herbe, puis recroquevillé en chien de fusil. Il grelottait, en pleine descente de speed.

— Il ne faut pas que je dorme, balbutiait-il. Empêchez-moi de dormir. Ramenez-moi dans ma tente, vous vous installerez à mon chevet et, dès que je fermerai les paupières, vous me secouerez, d'accord ?

J'ai tout de suite imaginé le tableau : moi, m'endormant contre lui au bout de dix minutes, et me réveillant le matin, à côté d'un corps décapité. Non, merci, ce n'était pas ma tasse de thé. On serait bien fichu de m'accuser d'assassinat ; les erreurs judiciaires, ça suffisait, je sortais d'en prendre.

Je l'ai soutenu jusqu'à sa tente. Il pesait autant qu'un cheval mort. Je l'ai laissé s'effondrer sur son lit de camp puis j'ai murmuré :

— Vous bilez pas, toutes ces histoires de malédiction, c'est juste dans votre imagination.

Puis je suis sortie, en priant pour que ce soit vrai.

La guerre en mon jardin

Au moment de rentrer dans ma tente, j'ai cédé à une impulsion et je me suis carrément invitée chez Evita. Elle ne dormait pas. Nue, étendue sur le dos, elle fumait un petit cigare, un briquet chromé posé entre les seins. Elle était très belle, avec sa peau mate, luisante de sueur.

— Alors, a-t-elle attaqué, il t'a baisée toi aussi ? Non, je ne crois pas, sinon tu aurais l'air plus cool. Il est excellent dans son genre. Je te conseille de sauter sur l'occasion.

Elle ne m'impressionnait pas : en préventive, j'ai côtoyé des pétasses d'un autre calibre.

— Arrête tes conneries, ai-je lancé. Il faut que cette dinguerie prenne fin. Tu n'as qu'à lui annoncer, demain matin, que tu as découvert les restes du colonel et l'on pourra enfin plier bagage. Merde ! N'importe quel débris de ferraille fera l'affaire. Il va finir par se tuer à force d'avaler ces saloperies de drogues.

— Tu veux que je mente ! a aboyé Evita. Que je joue la comédie ? Je suis une vraie médium, pas une saltimbanque. Raconter des bobards ne servirait à rien puisque l'âme du colonel ne serait toujours pas en paix. Elle rattrapera Tobbey où qu'il aille... même au pôle Sud. Les fantômes n'ont pas le mal de l'air ! Ils voyagent vite, sans se soucier de la grève des aiguilleurs du ciel !

Elle me gonflait. J'ai tourné les talons pour regagner mes quartiers. J'étais ennuyée à l'idée que Tobbey Zufrau-Clarkson puisse nous faire une crise cardiaque avant que j'aie commencé mon travail. Le bunker représentait pour moi un défi passionnant, et c'était l'occasion d'une remise en selle qui pouvait effacer ma mauvaise réputation. J'avais hâte de m'y coller, il y avait trop longtemps que je me tournais les pouces. Je ne voulais pas finir « architecte d'intérieur » chez un entrepreneur spécialisé dans la remise en état des bungalows en aluminium pour camp de *trailers*.

Le sommeil s'est fait attendre.

Au matin, le train-train a repris. Petit déjeuner de crêpes au sirop d'érable, œufs-saucisses et café noir. Puis tout le monde a gagné la plaine pour creuser de nouveaux trous avec entrain. Comme Tobbey ne se montrait pas, la nervosité s'est emparée de moi. Je l'imaginais, couché sur son lit de camp, décapité par son ultime cauchemar. Ces fadaises devenaient contagieuses.

Deux heures plus tard, j'ai perçu l'écho d'une agitation au centre de la prairie. Très vite, la rumeur est remontée jusqu'au camp : *Evita avait enfin localisé la dépouille du colonel !*

Trop beau pour être vrai.

« Tiens donc ! ai-je pensé, on dirait que mes conseils ne sont pas tombés dans l'oreille d'une sourde. »

Quelqu'un a couru prévenir Tobbey qui a émergé de sa tente en titubant, l'air hagard. Il avait toujours la tête sur les épaules, c'était déjà ça.

Je lui ai emboîté le pas. Evita, très pâle, se tenait au bord d'une fosse fraîchement ouverte. Au fond du trou gisaient de menus débris de ferraille rongés par l'oxydation. Ç'aurait pu être de vieilles capsules de Coca-Cola, je n'aurais pas vu la différence.

— C'est le colonel ? a haleté Tobbey. Tu en es certaine ?

— Oui, oui, a bredouillé la jeune femme qui avait manifestement du mal à soutenir le regard de son patron. L'émanation a surgi… très puissante… Il doit s'agir probablement d'un tronçon de sabre…

Tobbey a sauté dans le trou, les mains tremblantes, osant à peine toucher les reliques.

J'ai éprouvé de la honte à le voir ainsi, diminué, en proie à des démons infantiles, et je me suis reculée. Personne n'a fait attention à moi. Passé le premier moment de stupeur, les assistants ont déployé une énergie disproportionnée pour descendre dans la fosse un caisson blindé où les restes furent déposés. On n'aurait pas pris davantage de précautions s'il s'était agi d'un fossile préhistorique.

Ayant recouvré son sang-froid, Tobbey distribuait déjà des ordres pour organiser l'évacuation.

Un peu plus tard, Evita vint me rejoindre sous la tente du réfectoire où j'éclusais du café amer. Elle tripotait son briquet chromé.

— Voilà, je l'ai fait, souffla-t-elle en s'asseyant en face de moi. Tu es contente ? Pour la première fois de ma vie, j'ai arnaqué un client.

— Ne dramatise pas, tu l'as sans doute sauvé de l'infarctus, grognai-je. Il était en train de se détruire.

— J'espère que tu as raison, soupira-t-elle en grimaçant. Parce que si tu as commis une erreur, le fantôme du colonel ne tardera plus à se manifester. Au prochain cauchemar, c'en sera fini de Tobbey Zufrau-Clarkson.

Une heure après, on démontait le camp. On nous avertit que Tobbey prenait l'hélicoptère pour rentrer en Californie avec les restes de son ancêtre. Nous étions conviées à l'accompagner.

— Que compte-t-il faire des débris ? demandai-je à Evita.

Elle haussa les épaules.

— Il va les inhumer dans le caveau familial, dans son ranch des collines. C'est vrai que tu ne connais pas encore la propriété… Tu vas avoir une surprise.

— Pourquoi ?

— C'est encore un champ de bataille... *en activité celui-là.*

Nous avons rejoint Tobbey dans le gros hélicoptère. Il ne nous a pas accordé un regard. Pendant tout le voyage, il a conservé le conteneur étanche sur ses genoux, comme s'il transportait un cœur humain en vue d'une transplantation. Sanglée sur mon siège, j'ai sommeillé. Le retour s'est révélé aussi fastidieux que l'aller.

J'ai perdu la notion du temps, puis l'appareil a amorcé sa descente. Alors que le soleil se couchait, nous nous sommes posés sur une piste gigantesque, aux abords du désert. Quand j'ai foulé le béton, le Santa Ana m'a giflée. Nous nous trouvions sur le tarmac d'une ancienne base du *Strategic Air Command.* Un haut lieu des vieilles phobies américaines. *La guerre froide, la crise des missiles de Cuba...* Un film en noir et blanc a défilé dans ma tête. C'était l'époque de la paranoïa érigée en système et de l'espionnite aiguë. L'angoisse d'un conflit nucléaire que beaucoup pensaient aussi inévitable qu'imminent. Le tout était de deviner qui, le premier, déclencherait l'apocalypse... et de s'interroger, dans les hautes sphères gouvernementales, sur l'opportunité d'une frappe préventive.

J'ai fait quelques pas dans ce décor d'un autre âge où tant d'hommes s'étaient préparés au pire en guettant, à l'horizon, l'éclosion éblouissante du fameux champignon atomique annonçant la fin des temps. Les bâtiments avaient subi l'érosion des tempêtes de sable. Toutes les inscriptions en avaient été effacées. Au sommet de la tour de contrôle, les antennes radars pendaient de guingois, tels les squelettes d'araignées mortes depuis des siècles. Jadis, ce lieu avait bouillonné d'activité, des bombardiers géants s'y posaient, des mécaniciens, des pilotes, couraient en tous sens... Il ne subsistait rien de ce *scramble*[1] permanent que des bâtisses vides, des carcasses bétonnées servant de caisse de résonance au vent.

1. Argot de pilote intraduisible désignant un état d'alerte.

Accroché au réseau de barbelés, un panneau de fer grinçait dans les rafales. Le sable ne l'avait pas entièrement poncé, et on pouvait encore y déchiffrer ces phrases, lourdes de menace :

Warning ! US Military Installations. Do Not Enter ! Restricted Area. Use of deadly force is authorized !

Evita m'a rappelée à la réalité en me touchant le bras.

— C'est par là que ça se passe ! a-t-elle crié en désignant l'autre côté de la piste.

Pivotant sur mes talons, j'ai découvert qu'une gigantesque oasis se dressait à la frontière du désert. Entre ces deux univers, le tarmac étirait la ligne frontière de son ruban bétonné.

— C'est le ranch, a expliqué Evita. Tobbey a fait irriguer les collines. La végétation s'est développée là où, il y a dix ans, ne poussaient que des cailloux. À présent, l'herbe ne cesse de gagner du terrain. Il y a même une orangeraie.

Ledit Tobbey nous attendait près d'un Dodge Weapon Carrier 51[1] en parfait état de conservation. Il s'impatientait. Nous avons dû courir prendre place dans le véhicule. Tournant le dos à l'aérodrome fantôme, nous avons emprunté une route bordée de palmiers. Au sommet d'une colline, se dressait une immense maison de style baroque hispanique. Une hacienda pour western hollywoodien des sixties. Un rempart en *adobe* blanchi à la chaux l'entourait. Des cactus candélabres proliféraient au long de la muraille, armée végétale hérissée de piquants.

Le Beep[2] nous a lâchés dans la cour. Des serviteurs se sont précipités à notre rencontre. Vestes blanches à col officier, gants de la même couleur, crânes tondus. Le sol était pavé de tommettes mexicaines rouge piment. La salle commune, basse, était structurée par une architecture de

1. Véhicule de transport de troupes qui participa au débarquement en Normandie.

2. Surnom du Dodge WC 51.

poutres énormes, scarifiées par les siècles. Une plaque de cuivre expliquait qu'il s'agissait d'anciens mâts récupérés sur des navires cabotant jadis au long de la Barbary Coast. Au-dessus de la cheminée colossale trônait l'inévitable portrait du colonel. Mince, hautain, les cheveux longs, il n'entretenait guère de ressemblance avec Tobbey. On devinait en lui le vrai gentilhomme sudiste, enraciné dans ses privilèges et résolument rebelle à tout changement. En regardant sa taille fine, assurément trop mince pour un homme, je me suis rappelé que, à cette époque, les mâles de l'aristocratie avaient l'habitude de porter des corsets afin de paraître plus élancés lors des soirées de la bonne société.

Les murs de la pièce étaient couverts de vitrines dédiées à la guerre de Sécession et dans lesquelles on avait entassé un bric-à-brac d'uniformes mités, de sabres rouillés et autres arquebuses que les mecs ont plaisir à collectionner depuis la nuit des temps pour d'obscures raisons. Tout avait été organisé pour faire comprendre au visiteur qu'il venait de pénétrer dans la *Wolfsschanze*[1] du maître de guerre. Pour parfaire l'ambiance, une stéréo dissimulée diffusait *Einzug der Götter in Walhalla*. On ne pouvait rêver plus kitsch.

Il se dégageait de cet empilement disparate une ambiance de tombeau pharaonique étouffante. D'immenses canapés de cuir fauve dessinaient un carré à l'usage des invités. Le moindre objet y était imprégné de l'odeur des milliers de cigares qu'on avait fumés ici. Evita et moi nous sommes assises tandis que Tobbey disparaissait dans les profondeurs de la maison. J'ai entendu des chevaux hennir, quelque part. Les serviteurs ont apporté des boissons fortes, aguardiente, mezcal, des trucs virils qui vous dissolvent une prothèse dentaire en trois secondes.

Des détonations ont résonné dans le lointain, suivies d'une rafale de pistolet-mitrailleur, me faisant sursauter.

1. « La tanière du loup », nom donné au QG de Hitler.

— Il faudra t'habituer, a soupiré Evita. C'est un camp d'entraînement. La plaine et les collines environnantes servent de terrain de manœuvres. On s'y entraîne à l'ingénierie de guérilla. Tobbey a même fait construire des villages factices où ses hommes s'initient aux techniques d'affrontement urbain.

— Les autorités ne protestent pas ? À l'heure du *Patriot Act*, il me semble que…

— Cet endroit a été cédé à Tobbey par l'armée des États-Unis. Nous sommes sur une propriété privée. Officiellement, le ranch est répertorié comme réserve de chasse. Il est donc tout à fait normal qu'on y entende des coups de feu. En outre, Zufrau-Clarkson a beaucoup d'amis dans le clan républicain. Ses « moniteurs » sont tous d'anciens marines. Il contribue par là à la réinsertion des vétérans. C'est donc, en quelque sorte, une œuvre sociale.

Je me suis approchée de l'une des hautes fenêtres pour essayer de regarder au-dehors ; le mur blanc m'en empêcha. Une explosion sourde a retenti, toute proche, faisant trembler les vitres. Une odeur piquante m'a agacé les narines.

— Pour un peu, ai-je murmuré, ça semblerait vrai.

— *Mais c'est vrai !* a pouffé Evita. Ils ne tirent pas à blanc. Toutes les munitions sont mortelles. Tobbey pense que les simulations ne servent à rien. Qu'il faut être confronté à un danger réel pour en tirer un quelconque enseignement. Un soldat qui n'a pas peur d'écoper d'une blessure ne se donne pas à fond… Je ne fais que citer ses paroles.

— Il doit y avoir énormément d'accidents !

— Non, pas autant qu'on croirait. Les gars savent ce qu'ils risquent, alors ils s'appliquent.

Evita a bu une gorgée d'alcool avant de conclure :

— Certains proprios plantent des nains de plâtre dans leur jardin, Tobbey, lui, y a installé la guerre.

— Et toi, ai-je lancé, que fais-tu ici ? Ton boulot est terminé, non ?

— Pas du tout, a-t-elle chuchoté. Je dois encore assurer le service après-vente. Veiller sur Tobbey au cas où le colonel reviendrait le hanter. Ce qui risque fort de se produire vu que les débris qu'on va inhumer ne lui appartiennent pas. J'avoue que je ne suis pas à mon aise. Je n'aurais jamais dû t'écouter. Nous avons peut-être déclenché quelque chose de terrible…

L'un des serviteurs en costume blanc s'est présenté au seuil du salon pour nous annoncer qu'une collation nous attendait. Fatiguées, nous avons grignoté sans échanger un mot, Evita et moi. Puis l'on nous a conduites jusqu'à nos chambres, au premier étage. Lit à baldaquin, coiffeuse en bois des îles, peau de tigre sur le sol. J'ai eu peur que, le lendemain, on ne m'oblige à porter une crinoline.

Je me suis jetée sur le lit sans me dévêtir. Tout autour de la maison, les détonations ont mené la sarabande jusqu'à une heure avancée de la nuit.

Bunker

Tobbey m'a laissée mariner trois jours dans mon jus. Evita s'était isolée dans ses appartements et passait le plus clair de son temps à bronzer sur la terrasse en sifflant de la tequila. Quant à moi, je trompais l'attente en ébauchant de nouveaux croquis. C'était un peu hasardeux puisque je travaillais d'après photos et qu'on n'avait toujours pas jugé utile de me faire visiter le fameux bunker.

Je buvais des litres de café et de *piña colada*, accoudée à la rambarde du balcon. De temps à autre, je voyais surgir de la broussaille des soldats en tenue de combat, trempés de sueur, remorquant un blessé ou une mitrailleuse M 50. C'était surréaliste et angoissant. À peine entrevus, ces fantômes disparaissaient au cœur de la végétation. Beaucoup semblaient harassés, presque terrifiés, et j'avais l'illusion qu'une guerre incompréhensible se déroulait autour de la maison. Une guerre clandestine dont mieux valait ne rien savoir. Je me faisais l'effet d'être retranchée dans une ambassade pendant que le pays s'embrasait sous mes fenêtres.

Je fus très surprise, le deuxième soir, d'être présentée à la famille de Tobbey. Je ne sais pourquoi, mais à aucun moment je n'avais imaginé Zufrau-Clarkson dans le rôle d'époux et de père. Sa femme, Jenny, la quarantaine, correspondait à l'image classique de la belle du Sud. Jolie, un peu molle, hautaine, et passant la moitié de sa vie à s'épier du coin de l'œil dans les miroirs. Ses quatre filles, Sarah Jane, Sue, Amanda et Barbie, se suivaient à un an d'intervalle. L'aînée, Sarah Jane, avait environ seize ans. J'ai trouvé amusant qu'un va-t-en-guerre de l'acabit de Tobbey soit obligé de vivre au milieu d'un tel gynécée. Ces cinq femmes avaient dû être un jour piquées par la mouche tsé-tsé, car elles semblaient toutes souffrir de la maladie du sommeil. Leurs gestes ralentis témoignaient d'une effrayante apathie. On s'attendait à les voir s'effondrer, la tête dans leur assiette de potage d'une seconde à l'autre. Il existait entre elles une telle ressemblance physique qu'elles paraissaient avoir été clonées à partir du même embryon.

Le repas fut un enfer. Les gamines n'ouvrirent la bouche que pour avaler des miettes de nourriture, la mère se crut forcée de me parler de la France qu'elle avait visitée lors d'une excursion intitulée *L'Europe en 3 jours*. C'était avant son mariage, avant qu'elle ne soit riche. Elle confondait la tour de Pise et l'obélisque de la Concorde ; puis elle évoqua le pape, qui vivait au château de Versailles, et dont elle avait reçu la bénédiction. Elle jugeait la tour Eiffel aussi laide que les tours du Watts, ce qui n'est pas peu dire. Pour elle, la France se résumait à deux mots : *hors service*. Ni les distributeurs de billets, ni les escalators, ni les métros ne fonctionnaient. Rien d'étonnant à cela, puisque les Français ne connaissaient que deux occupations, la grève et les vacances. Mais, après tout, c'étaient des Latins... des sortes de Mexicains, quoi ! Ceci expliquait cela.

Tandis que je subissais ce pensum, Evita m'expédiait des clins d'œil goguenards.

Le dîner fut ponctué de détonations et de rafales lointaines auxquelles j'étais la seule à prêter attention.

Au-dessus de nos têtes, un énorme lustre cliquetait de toutes ses pendeloques à chaque explosion.

Jenny nous pria d'excuser l'absence de son mari, qui avait dû repartir à L.A. pour un rendez-vous d'affaires.

J'avais la certitude qu'elle mentait, et que Zufrau-Clarkson, à peine débarqué, s'était empressé de courir rejoindre ses « soldats » dans la jungle artificielle implantée autour du ranch. Sans doute, entre hommes, avaient-ils alors procédé à l'inhumation des restes du colonel. Je le voyais très bien, assis près d'un feu de camp, en train de raconter à ses guerriers les fouilles de Shiloh. Pour terminer sa causerie sur une note plus légère, il évoquait ses parties de jambes en l'air avec la médium, puis mentionnait la décoratrice, qu'il comptait inscrire sous peu à son tableau de chasse.

Plus tard, alors que je me retrouvais seule avec Evita, je lui demandai :

— Jenny sait-elle que tu couches avec son mari ?

Elle haussa les épaules et prit le temps d'allumer une cigarette avec son briquet de GI.

— Je crois qu'elle s'en fout, soupira-t-elle. Tobbey l'a épousée pour qu'elle lui donne des fils dont il ferait des soldats. Au lieu de ça, elle a pondu des filles. Elle est donc rapidement tombée en disgrâce, mais cela ne la traumatise pas outre mesure. Elle aime le fric, le luxe, être une dame de la haute société, côtoyer les *Royals* dans les réceptions. Ce qui l'éclate, c'est de faire du shopping avec une carte platine à débit illimité. Si Tobbey divorce, elle touchera le jackpot et rentrera chez sa mère en emportant une tirelire de plusieurs dizaines de millions de dollars. Elle considère qu'en tant qu'ancienne capitaine de pom-pom girls d'un collège minable et reine de beauté de son comté, elle a plutôt réussi dans la vie. Je ne suis pas inquiète, elle ne cherchera pas à me flinguer. Elle doit estimer que je suis sur le point d'être virée et que tu vas prendre ma place dans le lit de Tobbey. Elle a peut-être raison, d'ailleurs.

— Je ne suis pas là pour ça, rétorquai-je d'une voix qui manquait d'assurance.

— Moi aussi, je disais ça, murmura-t-elle en s'éloignant.

Elle était ivre. J'ai compris qu'elle buvait pour combattre l'angoisse qu'elle éprouvait à l'idée d'avoir arnaqué Tobbey... et le colonel.

Le soir, à travers la cloison, je l'ai entendue psalmodier des incantations. Je ne suis pas superstitieuse mais ça m'a fait flipper, je ne le cache pas. J'avais l'impression de jouer dans un remake de *Rosemary's baby*. Pendant la nuit, j'ai rêvé que le fantôme du colonel entrait dans ma chambre. Pour me punir, il me coupait bras et jambes, à coups de sabre. Mon premier geste, en me réveillant, a été de me palper les cuisses et les épaules, à la recherche d'une cicatrice. Voilà que la folie de Tobbey déteignait sur moi.

Le lendemain, Jenny vint frapper à la porte de ma chambre. J'eus un frisson en lui ouvrant car, l'espace d'une seconde, je crus me trouver en présence du fantôme de Jackie Kennedy. Même tailleur, même toque de velours, rendus célèbres par les clichés de presse. D'une main, elle remorquait un Kelly noir, de l'autre un dossier bourré de feuillets jaunis. Par la porte de sa chambre demeurée entrouverte j'aperçus une déco très Laura Ashley.

— Je vais vous faire visiter l'abri, annonça-t-elle avec un sourire au carré.

C'était pour elle, de toute évidence, une occasion qui exigeait de se mettre en grande tenue. Tandis que nous sortions du ranch, elle m'expliqua qu'avant son mariage elle avait été agent immobilier, spécialisée dans la vente des bungalows sur pilotis perdus dans les collines. Les premiers à s'écrouler en cas de tremblement de terre.

— J'adorais ça, lança-t-elle avec enthousiasme. Rencontrer tous les jours des gens nouveaux, les convaincre. Gagner la partie. C'était aussi excitant que de jouer à la roulette.

Il y avait de la nostalgie dans son sourire.

Nous grimpâmes dans une Buick rouge de 1956, un modèle de collection entièrement restauré qui devait valoir trois Mercedes neuves. Je découvris que sa fille aînée, Sarah Jane, se tenait sur la banquette arrière. En dépit de sa maigreur pro-ana, et de ses yeux cernés, elle était jolie. Au contraire de sa mère, elle était habillée grunge, d'un maillot de footballeur et d'un bermuda rouge qui dissimulait son corps. Ses cheveux pendaient, raides et gras. Ayant senti mon regard, elle posa sur son nez une énorme paire de lunettes noires à la Audrey Hepburn.

Jenny lança la Buick en direction du vieil aérodrome. Le vent du désert me cuisait le visage et les bras. J'eus le souffle coupé.

— Vous allez voir, babillait Jenny, renouant avec son bagout d'agent immobilier, c'est un endroit pittoresque qui peut déconcerter, à première vue, mais dont le potentiel est énorme. Les volumes sont intéressants. Je pense que vous allez vous amuser comme une petite folle à retaper ça. J'aurais d'ailleurs quelques idées à vous soumettre. Nous sommes entre collègues, n'est-ce pas ?

Je répondis sur le même ton. J'avais l'habitude des caprices de propriétaires qui, pour avoir feuilleté trois revues d'ameublement, estiment en savoir autant que vous.

Le véhicule s'engagea sur l'interminable piste d'envol, là où, jadis, avaient décollé d'énormes bombardiers au ventre rempli de bombes atomiques. Un coyote égaré prit la fuite à notre approche. Des fissures géantes craquelaient le béton du tarmac. Surprenant la direction de mon regard, Jenny s'empressa de lancer :

— Ne craignez rien, l'abri a été construit pour résister aux séismes. Il est entouré d'amortisseurs qui absorbent les poussées telluriques.

Elle arrêta la Buick en face d'un bâtiment dont le crépi desséché s'écaillait. Le soleil avait brûlé les inscriptions peintes sur la façade. Le temps que je me secoue, Jenny trottinait déjà sur ses talons hauts. Je dus lui emboîter le pas, Sarah Jane dans mon sillage.

L'intérieur de la bâtisse n'avait rien d'engageant. Le sable, s'infiltrant par les vitres brisées, avait recouvert le mobilier. Sous cette pellicule poussiéreuse, bureaux et machines à écrire prenaient un aspect fantomatique. J'eus l'impression de visiter une épave. Jenny nous conduisit à travers un dédale de couloirs au seuil d'une porte blindée dont on avait graissé les charnières.

— C'est ici, annonça-t-elle. Derrière, il y a un escalier de béton de trois cents marches. Si vous n'y voyez pas d'inconvénient, je vais ôter mes chaussures !

Elle ponctua cet avertissement d'un petit rire niais qui arracha un soupir d'exaspération à Sarah Jane.

Ses stilettos à la main, elle repoussa la lourde porte et pressa un interrupteur, illuminant une perspective de catacombes. La voûte amplifiait de manière sinistre le moindre bruit. Je me fis la réflexion que le côté gothique de l'endroit devait plaire à Sarah Jane. Je n'avais aucun mal à l'imaginer, se glissant ici à la nuit tombée, pour fumer des pétards en philosophant sur le devenir de l'humanité.

— L'éclairage a été refait à neuf, continua Jenny. C'était une nécessité, mais tout le reste est demeuré en l'état. Je vous rappelle qu'on a condamné l'accès au bunker en 1965.

Je serrai les dents ; ça ne promettait rien de réjouissant.

Il nous fallut un moment pour arriver en bas, les mollets sciés. Là, j'eus le souffle coupé par la surprise. Ça n'avait rien à voir avec l'image qu'on se fait d'ordinaire d'un blockhaus ou d'un abri antiatomique : le truc confiné, le cauchemar de claustrophobe... le caveau où l'on doit se recroqueviller... Non. *C'était immense.*

Assez vaste en tout cas pour abriter la zone pavillonnaire d'une banlieue. Le plafond culminait à sept mètres. Il avait été badigeonné en bleu layette et parsemé de nuages. On se serait cru dans une illustration de livre pour enfants. C'était d'une époustouflante naïveté. Ça évoquait la déco de ces services pédiatriques hospitaliers censés calmer l'angoisse des jeunes malades.

Sur les murs, s'étalaient des paysages ensoleillés barbouillés dans un style analogue. Avec les années, les pigments avaient pâli, si bien que les dessins semblaient s'évanouir au sein d'un brouillard spectral. L'antichambre du Walhalla, le palais où les dieux nordiques accueillaient les guerriers morts au combat, les armes à la main.

J'ai réalisé tout à coup que ce qui s'étalait sous mes yeux ne correspondait absolument pas au paysage d'épouvante décrit par les photos que m'avait remises Devereaux. Où donc étaient passés les décombres ?

Dans mon dos, Jenny pérorait mais je ne l'écoutais plus. Instinctivement, mes yeux furetaient de-ci de-là, à la recherche de traces de sang.

— Il n'y a plus rien, avertit Sarah Jane qui trottinait à présent à ma droite. Ils ont tout nettoyé, tout remis en ordre avant de condamner l'abri. Ils ne voulaient pas laisser de traces accablantes. Néanmoins, à deux endroits, on peut voir que la peinture a été lacérée à coups d'ongles. Il y a aussi cinq graffitis.

Je la regardai. Elle m'opposa les yeux d'insecte que lui faisaient les lunettes noires. Elle avait l'air d'une petite idole. Figée, minérale. À peine vivante.

Agacée du peu d'intérêt que je portais à ses commentaires, Jenny Zufrau-Clarkson se tut et demeura en arrière, boudeuse. S'asseyant sur une chaise en fer, elle entreprit de se masser les pieds après avoir grogné :

— Je vous laisse faire le tour des lieux, nous discuterons ensuite.

— Tu viens souvent ici ? chuchotai-je à l'intention de Sarah Jane.

— Oui, fit-elle. Quand mes parents et mes sœurs sont couchés. Je prends mon vélo pour ne pas faire de bruit. C'est cool de rouler dans le désert et faire s'enfuir les coyotes.

— Tu n'as pas peur, ici, toute seule ?

— Non, je me suis aménagé un petit coin, là-bas, dans le fond, près des anciennes douches. Vous comprenez, il y a une atmosphère ici… Des vibrations. On se sent connectée. J'écris.

— Des poèmes ? Ton journal intime ?

Elle me dévisagea comme si j'avais proféré une insulte. Durant trois secondes, elle hésita visiblement sur la conduite à tenir. Devait-elle tourner les talons et me planter là, comme la grosse conne que j'étais ?

— Les poèmes et les journaux intimes, c'est bon pour les pucelles, cracha-t-elle entre ses dents. Non, j'essaye de raconter ce qui s'est passé ici… lorsqu'ils se sont entretués. Je me mets à leur place, dans leur peau. J'imagine ce qu'ils ont pu ressentir. Leur terreur a été telle qu'elle est restée imprégnée dans les murs, vous savez ?

Allons bon ! On était reparti pour un tour de manège.

Je pris garde à ne pas la froisser. Elle me rappelait celle que j'avais été, à quinze ans, lorsque je peignais une Venise de pacotille sur les murs de mon grenier. Et puis, d'une certaine manière, elle avait raison. Une atmosphère étrange régnait ici. Il était difficile d'oublier que trois cents personnes s'étaient jetées les unes sur les autres pour se massacrer sans qu'on sache pourquoi.

L'esprit en désordre, j'arpentai le béton en feignant de repérer les lieux, pour me donner une contenance. Contrairement à ce qui se passe d'ordinaire dans les films d'épouvante, le bunker ne recelait aucun coin d'ombre. Les projecteurs avaient été installés de manière à anéantir les ténèbres. On était aussi bien éclairé que dans une salle de chirurgie.

Je fis un effort pour redonner à mes pensées un tour professionnel. Des casemates se dressaient çà et là sur ce parking souterrain. Elles abritaient des dortoirs à couchettes superposées, des douches, des WC, des cuisines et des réserves de nourriture.

— À l'origine, m'expliqua Sarah Jane, ils voulaient que les gens restent ici pendant cinquante-six ans, le temps que les radiations cessent d'être dangereuses. Ils avaient prévu grand, parce qu'ils pensaient que les survivants ne pourraient pas s'empêcher de baiser, et que, forcément, les nanas tomberaient enceintes, et qu'elles accoucheraient... Venez voir ! Je vais vous montrer un truc marrant.

Sa petite main froide s'empara de la mienne, me tirant en avant. Elle me conduisit au seuil d'une nouvelle casemate.

— Ça, c'était le bloc chirurgical, annonça-t-elle. Il y avait des étagères avec un tas de manuels pour leur apprendre à se soigner eux-mêmes. Comment s'opérer de l'appendicite, comment accoucher... Le *Do it Yourself* de la chirurgie ! Ils étaient censés se former tout seuls, comme des naufragés sur une île déserte.

— Il n'y avait pas de médecin parmi eux ?

— Si, mais fallait prévoir que le toubib pouvait mourir, et donc apprendre à se débrouiller par soi-même.

La table d'intervention et le Scialytique étaient toujours en place, mais les instruments avaient en partie disparu. Les manuels, en revanche, achevaient de jaunir sur les étagères. Je m'emparai de l'un d'eux et le feuilletai. Je vis défiler des croquis numérotés. Il s'agissait de la manière dont on devait pratiquer une césarienne avec les moyens du bord lorsque votre bagage médical se réduisait à la préparation de la dinde de Thanksgiving. La chair de poule me remonta l'échine. Je reposai le fascicule à sa place.

— Il y en a plein, insista Sarah Jane. Je les ai tous lus. L'amputation de la jambe, la trépanation, l'ablation de la rate... Ça me rassure. Je me dis que, sachant tout ça, je serai capable de me démerder seule dans la vie.

— Tu devrais peut-être envisager des études de médecine, non ? hasardai-je.

— Non, riposta-t-elle aussitôt. Je suis une fille. Chez les Zufrau-Clarkson les filles ne font pas d'études. On les donne aux soldats.

— Quoi ? hoquetai-je, fusillée par la stupeur.

Sarah Jane haussa les épaules.

— C'est comme ça, soupira-t-elle. Il faut bien qu'on serve à quelque chose. Si on était des garçons, on deviendrait des combattants, mais mon père ne croit pas aux femmes soldats. Il dit qu'elles ne feront jamais de bonnes tueuses, qu'elles sont trop « du côté de la vie » pour apprendre à devenir sans pitié. Alors on est là pour assurer le repos du guerrier.

— Qu'est-ce que tu racontes ? bredouillai-je. Tu te fiches de moi, c'est ça ?

— Non, s'entêta Sarah Jane. À seize ans, on est offerte au meilleur combattant de l'année, celui dont le nom est inscrit sur le *wall of fame* de la caserne, celui qui a triomphé de toutes les épreuves de formation. On devient sa femme, et on part vivre avec lui sur le champ de manœuvres. C'est comme ça que ma sœur Willa nous a quittés, il y a deux ans.

— Mais quel âge as-tu ?

— Quatorze ans. Je sais, je fais davantage. On tient toutes ça de notre mère ; elle ne cesse de répéter qu'à quatorze ans elle en paraissait dix-huit. Bizarrement, aujourd'hui c'est le contraire, elle dit qu'elle en fait dix de moins. Allez y comprendre quelque chose !

— Tu prétends que ton père vous cède à ses soldats comme des trophées, à la fin d'une compétition ? ai-je grogné, méfiante.

— Oui, a renchéri l'adolescente. Ça galvanise les troupes. Ça leur donne envie de se sortir les tripes... c'est comme ça qu'il dit. Partir avec la fille du chef, c'est une sacrée récompense, non ? Il nous a expliqué que c'était pareil chez les Vikings, et qu'il fallait s'en sentir honorée. La fille du chef est toujours offerte au meilleur guerrier. Depuis la nuit des temps.

Je m'efforçais au calme. Cette petite dinde n'était-elle pas en train de me rouler dans la farine ? Je risquais de me couvrir de ridicule en déclenchant un esclandre. N'était-ce pas ce qu'elle souhaitait ? Avait-elle parié avec ses sœurs qu'elle arriverait à me faire gober les pires fariboles ?

Jenny Zufrau-Clarkson, qui s'impatientait, me tira de l'embarras en revenant à l'assaut, ses dossiers sous le bras. Elle tenait à me montrer ce qu'elle souhaitait obtenir de moi. Dans ce but, elle avait découpé trois cents photos dans des magazines. Elle espérait que je m'en inspirerais pour concevoir le décor final.

Les deux heures qui suivirent furent atroces. Son projet consistait à transformer l'abri en une réplique de Graceland, la maison d'Elvis Presley, qui lui avait fait forte impression lorsqu'elle l'avait visitée en compagnie de son team de pom-pom girls. Je fus à deux doigts de lui dire que c'était impossible car Elvis avait probablement fait appel à un décorateur extraterrestre. Seul un alien, en effet, serait capable de concevoir pareille abomination. Un alien, ou bien le décorateur de *Plan nine from outer Space...*

Je n'étais ni l'un ni l'autre.

La discussion s'enlisa ; Jenny finit par se retirer, maussade, me laissant plus lessivée qu'après un match de catch dans la boue.

Un verre de Southern Comfort à la main, j'entrepris de déambuler à travers la maison, qui était immense. Un truc dans le style de la veuve Winchester, à Frisco. Plus j'avançais, plus j'étais gagnée par l'impression de m'être égarée dans un musée. Des salles entières étaient consacrées à la guerre de Sécession. On les avait remplies de mannequins revêtus d'uniformes et brandissant des armes. Il y avait même des canons et des chevaux empaillés entre lesquels je dus me faufiler. Les mannequins me mirent vite mal à l'aise car on les avait modelés de manière hyperréaliste, d'après (ainsi que le précisait une plaque de cuivre) les photographies de combattants ayant réellement pris part au conflit. Les barbes, les cheveux, implantés poil par poil dans la résine, contribuaient à donner l'illusion de la vie. À force de zigzaguer entre toutes ces baïonnettes je devenais nerveuse. Certaines salles offraient à la contemplation des scènes de massacre trop fignolées à mon goût. (Dieu ! ces tripes dégoulinant des ventres cisaillés !) D'autres, au contraire, donnaient accès à des tableaux plus intimistes intitulés : *Les Adieux des fiancés*, ou *La Lettre tant redoutée*. On nageait en plein mélo, mais la vie est tellement riche en mélodrames que je ne me sentais pas le droit de ricaner. Dans l'aile ouest de la maison se tenait un bal où paradaient militaires en grande tenue et demoiselles en crinoline. Rien n'avait été oublié, pas même les serviteurs noirs costumés en valets à la française, et qui brandissaient des chandeliers d'argent.

La tête commençait à me tourner, l'angoisse à me serrer la gorge. Mon malaise provenait en grande partie de la physionomie trop convaincante des mannequins. *Toutes ces rides, ces cicatrices, ces sourires dévoilant des dents en mauvais état*... On n'était pas dans un magasin de vêtements, entouré de figures en plâtre, non, c'était... autre chose. Une obsession qui confinait à la folie. Soudain, j'ai perçu un mouvement sur ma droite et j'ai failli hurler, persuadée que les statues bougeaient dans mon dos. Mais non, c'était Evita. Elle me saisit par la main et m'entraîna à sa suite d'un pas rapide.

— Il ne faut pas rester là, murmura-t-elle avec véhémence. C'est dangereux. Je l'ai dit à Tobbey mais il n'a pas voulu m'écouter. Modeler des mannequins à l'effigie de personnes ayant existé, c'est carrément inviter les fantômes à sa table. Les Égyptiens de l'Antiquité le savaient. Tous les esprits sont tenaillés par l'obsession de récupérer leur corps d'origine. Peu importe si ce corps est en cire ou en résine, c'est toujours une enveloppe solide, et ils s'y installent avec jubilation. Ces galeries sont hantées. J'ai constaté, à plusieurs reprises, que les statues bougeaient à chaque nouvelle lune. *Les danseurs changent de partenaires.* J'ai des photos qui le prouvent. Je te les montrerai.

Je n'avais pas envie d'entendre ça.

— Arrête ! lançai-je, ça suffit.

— Ne joue pas les esprits forts, siffla-t-elle en me broyant le poignet. Tu l'as senti toi aussi, sinon tu ne serais pas en ce moment aussi pâle qu'un lavabo.

Je me dégageai d'une secousse. Nous étions arrivées au seuil d'une roseraie, immense, elle aussi. Dans cette baraque, tout était surdimensionné. Je me laissai tomber sur un banc en fer forgé, entre deux massifs. Le parfum des fleurs aurait flanqué la migraine à un cactus.

— Il va falloir se montrer prudentes dans les jours à venir, chuchota Evita en me rejoignant. Je crois que le fantôme du colonel est furieux du tour que nous lui avons joué. Il pourrait nous le faire payer.

Me saisissant la main, elle déposa quelque chose au creux de ma paume. Une espèce de bijou grossier composé de cuir et de plumes. Plutôt joli. Un talisman ?

— Je sais que tu n'y crois pas, fit-elle sans me regarder, mais ne t'en sépare jamais. Il peut dévier le choc en retour.

— De quoi parles-tu ?

— Vois cela comme un paratonnerre. Si la foudre te frappe, il déviera l'énergie maléfique qui ricochera... et touchera quelqu'un d'autre.

— Qui donc ?

Evita haussa les épaules.

— Je l'ignore. Jenny, peut-être ?

Et elle pouffa nerveusement. Je ne pus m'empêcher de l'imiter.

— Si elle va rejoindre Elvis, hoquetai-je, au moins ça m'évitera de reconstruire Graceland !

Je feignais de trouver la chose cocasse mais, dans mon esprit, une voix répétait : *Et si le ricochet frappait Sarah Jane, hein ? Tu y as pensé ?*

Je m'ébrouai. On devient rapidement fou à vivre avec les fous. Je devais résister, me prémunir contre la dinguerie ambiante.

— À propos, hasardai-je, Sarah Jane, l'aînée des filles Zufrau-Clarkson, m'a dit quelque chose de bizarre cet après-midi...

En trois phrases, j'évoquai l'histoire des « primes » offertes aux soldats, et je terminai par le traditionnel :

— Rassure-moi, elle se payait ma tête, n'est-ce pas ?

— Hélas non, murmura Evita. Tout est vrai. Dès que l'une de ses gamines atteint sa seizième année, il l'offre en récompense au meilleur élément de son armée privée. C'est ce qu'il a fait avec Willa, il y a deux ans. Il l'a donnée au major de la promotion, et elle est partie vivre avec lui, dans les collines, comme une squaw. On ne l'a jamais revue. Elle doit lui graisser ses fusils, tanner les peaux et coudre des mocassins. Si ça se trouve, il lui a déjà fait deux gosses.

— Tu déconnes ?

— Pas du tout. Obtenir la fille du chef en récompense, ça galvanise les hommes. Pour y arriver, ils se sortent les tripes comme pas possible. Bientôt viendra le tour de Sarah Jane. Puis de ses sœurs.

— Mais qu'en pense Jenny ? Ça ne la révolte pas ? Merde ! il s'agit de ses filles !

Evita eut un geste empreint de fatalisme.

— Tu n'as pas encore pigé ? Jenny est dans le même trip que Tobbey : la guerre civile inévitable et imminente ; le retour du chaos, l'affrontement ethnique, l'apocalypse. Elle vit, elle aussi, comme à l'époque de la Sécession, quand il n'y avait pas de plus grand honneur pour une mère que de donner sa fille à un soldat de la Confédération. Tu ne dois pas être dupe de ses sourires. Sous son air mou, c'est une fanatique.

J'étais anéantie.

— Fais très attention, ajouta encore Evita. Tu te déplaces en terrain miné. Ne te mêle surtout pas de leurs affaires de famille. Fais ton boulot et tire-toi.

— Mais on ne peut pas tolérer ce genre de choses de nos jours ! protestai-je.

Evita me plaqua sa main sur la bouche.

— Tais-toi ! ordonna-t-elle. Tu ne sais pas de quoi tu parles. Tu crois qu'il leur serait difficile de se débarrasser de nous ? Fais un pas de travers et tu disparaîtras de la surface de la terre en un clin d'œil. On ne te tuera pas, non, mais peut-être bien qu'on te coupera la langue avant de te céder à la troupe. Ça te plairait de devenir la putain de ces gars-là ? Je regrette, mais je n'ai pas envie de finir attachée sur un lit de camp, quelque part dans les collines, à me faire tringler vingt fois par jour par des bidasses en rut. Je ne plaisante pas. Le danger est réel. C'est un monde à part, ici. Avec ses lois propres. Ton patron ne t'a donc pas mise au courant ? Il y a beaucoup de fric à prendre à condition de porter des œillères et de marcher droit. L'Agence 13 a l'habitude de ce genre de deal. Si elle t'a recrutée, c'est parce qu'elle savait que tu ne peux pas te payer le luxe de faire la fine bouche. Je me trompe ?

J'ai retenu mon souffle. J'étais prise au piège.

— Bon, ça suffit, a conclu Evita. Cette conversation n'a jamais eu lieu. Je préfère t'avertir : je ne serai pas complice de tes conneries, je tiens à ma peau.

Elle me guida hors de la roseraie sans un mot, comme si elle prenait déjà ses distances.

Je me retrouvai dehors, dans la chaleur du désert. Je n'avais plus qu'une idée, faire mes valises et ficher le camp. Hélas, c'était impossible.

Cheval blême

J'ai fini par entrapercevoir Tobbey Zufrau-Clarkson. Sale, vêtu d'un treillis et d'un gilet de combat, harnaché comme pour envahir l'Irak à lui tout seul, il se frayait un chemin dans la végétation à coups de machette. Une troupe de soldats crasseux et exténués lui emboîtait le pas. La vision n'a duré qu'une paire de secondes, puis la végétation les a avalés. La veille, à l'aide de grosses jumelles trouvées dans la bibliothèque, j'avais scruté les collines environnantes. J'avais repéré, çà et là, des campements rudimentaires, des baraquements qui rappelaient les films censés se dérouler au Viêtnam. Au sommet de la plus haute colline, se dressait un fortin, style Alamo. Des véhicules chenillés se traînaient sur les pentes, échangeant de brèves rafales. Manque de chance, Jenny déboula sur le balcon pendant ma séance d'observation. Fort obligeamment, elle entreprit de m'expliquer le sens de ces manœuvres.

À travers ses propos, il m'apparut qu'elle croyait dur comme fer à l'imminence d'une nouvelle guerre civile. Pour ne pas rester muette, je lui demandai si elle avait peur. Elle sourit et déclara :

— Non. Il faut voir le bon côté des choses. Cette grande lessive peut être l'occasion de redémarrer à zéro, de se débarrasser des millions de parasites qui infestent la fourrure du lion. Un nettoyage par le vide. C'est pourquoi l'abri a une telle importance. Les hommes que Tobbey entraîne sont peu nombreux, mais ils appartiennent à l'élite du Sud. Quand les troubles éclateront, nous nous retrancherons ici, dans cette propriété où tout a été prévu pour soutenir un siège. Il ne faudra pas longtemps pour que les choses dégénèrent. Dès que les premiers missiles atomiques s'abattront sur les villes, nous descendrons dans le bunker. Nous y prendrons notre mal en patience, laissant zonards, gangsters, drogués, chômeurs et petits-bourgeois – toutes races confondues – s'entre-tuer au-dessus de nos têtes. Oh ! je n'ai aucune illusion, ils auront vite fait de saccager le pays. Les armes chimiques, les radiations pourriront tout. Les survivants crèveront en l'espace d'un an. Il nous faudra de la patience, certes, mais nous n'en manquons pas, nous attendons de prendre notre revanche depuis Gettysburg !

— Combien de temps comptez-vous rester enterrés ? m'enquis-je d'un ton égal.

— Cinquante-six ans, annonça-t-elle sans émotion apparente. C'est la durée nécessaire pour que les radiations retombent au-dessous du seuil dangereux.

— Alors vous sortirez...

— Oui. Contrairement aux autres, notre patrimoine génétique n'aura pas été altéré, nous serons sains, parfaitement humains. Nous nettoierons le pays de ses dernières hordes de mutants puis nous reprendrons les choses en main.

— Vous dites « nous », objectai-je. Vous espérez donc être encore en vie dans cinquante-six ans ?

— Non, avoua-t-elle avec une grimace. Ni moi ni Tobbey, c'est évident. Mais mes filles auront peut-être cette chance, et leurs enfants, en tout cas... Car des couples se formeront dans l'abri, des couples qui engendreront des bébés. Le bunker sera une arche de Noé. L'arche d'une nouvelle humanité.

— Votre arche contiendra beaucoup d'hommes, ce me semble, fis-je observer, et très peu de femmes.

Cette fois, elle se raidit et me jeta un coup d'œil vipérin.

— Exact, admit-elle. Mais celles qui descendront feront pour le mieux. Tobbey m'a prévenue que je devrai m'accoutumer à servir plusieurs hommes. Et qu'il en ira de même pour mes filles. C'est la loi de la guerre. Nous devrons nous soumettre aux contingences et assurer la survie de l'espèce afin que l'humanité qui émergera de l'abri, au jour de la délivrance, ne soit pas uniquement constituée de vieillards.

— Tout de même, ai-je insisté, trois cents hommes... C'est du travail.

— Tobbey m'a chargée de recruter des postulantes, riposta-t-elle. Evita semble intéressée. Elle a demandé à réfléchir mais je pense qu'elle finira par accepter. Vous-même serez peut-être tentée lorsque vous connaîtrez mieux notre programme ?

J'ai eu assez de présence d'esprit pour ne pas lui rire au nez.

— Pensez-y quand vous redécorerez l'abri, a-t-elle martelé en me fixant droit dans les pupilles. Imaginez que vous allez y vivre jusqu'au jour de votre mort et dites-vous : « Une fois emmurée ici, qu'est-ce qui pourrait m'empêcher de devenir folle ? »

Brusquement, j'ai eu l'intuition que ces dingues, en pénurie de femelles consentantes, envisageaient de « m'inviter » à partager leur captivité volontaire, contre ma volonté si nécessaire ; j'en ai eu froid dans le dos.

Je me suis isolée dans ma chambre pour esquisser d'autres croquis. S'il fallait loger trois cents personnes dans le bunker, le plus simple était de donner à cet espace l'apparence d'un village. Des petites maisons entourées de pelouses, de haies, de bosquets. Créer l'illusion d'un *home town*, ce fantasme si cher au cœur des Américains. S'inspirer de Norman Rockwell, chantre du bonheur provincial et du *home, sweet home*. Il me fallait une église, un drugstore, un cinéma, un barbier. Des boutiques « à l'ancienne », l'image d'un univers d'avant le déferlement technologique.

J'ai travaillé toute la journée dans cette direction. Le boulot m'occupait l'esprit, refoulant mes angoisses à l'arrière-plan.

Alors que le soleil se couchait, Evita a fait irruption dans mon dos.

— Viens, a-t-elle lancé. Tobbey nous attend en bas.

— Pourquoi ? ai-je demandé en me retournant.

Elle a soupiré :

— Je ne sais pas au juste. Il a l'air à cran. Je crois que c'est en rapport avec l'inhumation des restes. Il veut qu'on l'accompagne sur le terrain de manœuvres. Enfile des chaussures de marche. On va crapahuter dans les collines.

J'ai obéi avant de la suivre au rez-de-chaussée, avec une pointe d'appréhension. Cette histoire de sépulture ne finirait donc jamais ? Cela prenait l'allure d'une mauvaise blague aux conséquences inattendues et dont les échos catastrophiques ne cessent de se multiplier.

Planté devant la grande cheminée, sous le portrait du colonel, Tobbey affichait effectivement une sale tronche. À la fois inquiet et méchant. Un tigre qui vient de se prendre un seau d'eau glacée. Il empestait le bouc. Son treillis, amidonné de sueur, aurait tenu debout tout seul. D'un ton sec, il nous expliqua qu'il voulait que nous prenions part aux funérailles. Il ne comprenait pas vraiment ce qui se passait. Le colonel ne semblait pas satisfait des dispositions funéraires prises pour l'inhumation de ses restes.

— Il m'est apparu... souffla-t-il enfin, l'air hagard. *Je l'ai vu...* Vous comprenez ? Je l'ai vu réellement, pas en rêve... en vrai... Il ne s'agissait pas d'une illusion. J'ai des témoins, les gars qui m'entouraient lorsque ça s'est produit.

Evita est aussitôt devenue blême, quant à moi, cette « preuve » m'a laissée sceptique. J'imaginais assez mal des marines lambda osant contrarier le grand patron. Si Tobbey leur avait demandé : « Vous avez vu cet éléphant rose qui joue du saxophone en haut du palmier ? », tous les gars auraient répondu d'une même voix : « Sir, yes, Sir ! » Ne les avait-on pas programmés pour ça ?

— Il était terrible, a continué Tobbey. Monté sur un cheval blanc... Un cheval blême, comme dans les Écritures. Tout raide dans son uniforme, le sabre sur l'épaule. Il m'a regardé sans rien dire, mais j'ai lu le reproche dans ses yeux. Comme si j'avais fait quelque chose de mal. *Je n'y comprends rien.* Evita, vous allez essayer d'établir le dialogue avec lui. Je veux savoir ce qu'il veut, compris ?

La médium a hoché la tête. Elle n'en menait pas large. Puis Tobbey s'est avancé vers moi. Son odeur m'a submergée. D'un ton sourd, il a dit :

— Vous allez l'accompagner. Je ne veux pas qu'elle soit seule au milieu des hommes. Avec vous, elle se sentira plus à l'aise.

Autrement dit, je devais me débrouiller pour canaliser sur ma personne les fantasmes des mâles afin qu'Evita puisse travailler en paix. Merci du cadeau. Devais-je y aller habillée, ou seulement vêtue de ma petite culotte ?

Sans solliciter notre avis, il nous a presque poussées dehors où nous attendait une Jeep. Une fois au volant, il n'a plus cessé de répéter ce qu'il avait déjà raconté dans le salon. *Le colonel, le cheval, le regard chargé de colère...* Il radotait, quoi.

Je suis restée en retrait. Selon moi, soit il avait grillé un fusible, soit il avait été victime d'une mauvaise blague. Des soldats, victimes de brimades injustes, avaient probablement mis sur pied cette mascarade. Il suffisait d'un cheval (les écuries en regorgeaient), d'un uniforme (facile à dénicher dans le bric-à-brac du musée) et d'une touche de maquillage, pour fabriquer un colonel sudiste plus vrai que nature. Peut-être ses chers guerriers en avaient-ils assez d'être poussés à la limite de leurs forces ? Peut-être, également, en avaient-ils ras le bol de ses anecdotes sur la guerre de Sécession ? Tout était possible.

À la différence des Français – d'obédience catho, et très coincés sur ce point –, les Américains adorent les fantômes et les monstres. J'avais pu m'en rendre compte à mon arrivée aux USA. La troupe d'élite de Tobbey avait sans doute jugé amusant d'improviser un Halloween précoce, histoire de détendre l'atmosphère.

J'étais ébahie du retentissement que cette sottise avait sur les nerfs de Zufrau-Clarkson, milliardaire du pétrole, affairiste notoire et requin professionnel. Comment pouvait-on être à ce point superstitieux ?

La Jeep s'est lancée à l'assaut d'une colline. La végétation nous enveloppait. Au passage, j'ai pu me rendre compte que deux arbres sur trois étaient factices. La forêt tenait du décor de cinéma. Le désert renâclant à faire surgir du sable la jungle tant désirée, on y avait remédié en implantant des cocotiers de plastique aux feuilles en caoutchouc. C'était du matériel d'excellente qualité, et il fallait avoir le nez dessus pour prendre conscience de la supercherie.

Dès que nous sommes arrivés au campement, j'ai cessé de ricaner. Le regard des hommes accroupis autour du bivouac m'a cueillie à froid, me déshabillant avec insistance. Ça n'avait rien d'agréable. Ils étaient jeunes, entre vingt et vingt-cinq ans. Le crâne rasé, la face recuite par le soleil, les yeux arrogants.

Ils nous ont proposé du café en nous donnant du « madame » à tout bout de champ, mais leur politesse, trop appuyée, avait quelque chose d'ironique et d'insultant. Je les entendais ricaner dans notre dos et, sans doute, esquissaient-ils des gestes obscènes. Ce salaud de Tobbey m'a jetée en pâture à ses bidasses pour mieux s'isoler dans sa tente en compagnie d'Evita. Je savais qu'ils allaient parler envoûtement, protection, talisman et autres fariboles, mais ça ne m'a pas rassurée pour autant.

Histoire de couper court aux moqueries, j'ai lancé :

— Alors, il paraît que vous avez fait une rencontre ? Un colonel sur un cheval blanc ?

Le changement d'atmosphère a été aussi brutal qu'un coup de frein à cent à l'heure ; avec un brin d'imagination, on aurait senti l'odeur de caoutchouc brûlé des pneus. J'ai eu au moins le plaisir de voir s'effacer le sourire sur la face de ces jeunes brutes. Je suis devenue invisible, les regards se sont détournés, chacun s'est absorbé dans une tâche qui ne souffrait aucun délai : gratter la poussière avec un couteau, rouler une cigarette, huiler une arme, ouvrir une boîte de haricots.

— Un cheval blême..., ai-je insisté.

— M'dame, a murmuré un garçon aux traits bovins, faut pas parler de ça. Ce sont les histoires du patron, ça nous regarde pas.

Son ton était ferme, un poil menaçant, le style « dernière tentative de conciliation avant la gifle ».

Finalement, rien de tel qu'un bon fantôme pour qu'on cesse de vous considérer comme un objet sexuel. J'avais cassé l'ambiance. Le silence s'est installé. Peu après, Tobbey et Evita ont émergé de la tente, l'air tendus. Sans perdre une seconde, la médium s'est approchée du bivouac pour jeter dans le feu une poudre qui a produit une fumée odorante. Puis elle a décrit un cercle autour du campement en posant sur le sol, à intervalles réguliers, des cailloux colorés qu'elle tirait d'un sac. Je pense qu'elle traçait un pentacle dont les mauvais esprits ne pourraient franchir le périmètre. Croyait-elle vraiment à l'efficacité de son sortilège ou donnait-elle le change pour apaiser Tobbey ? Je me suis rappelé cette maxime d'un auteur de l'Antiquité : « Deux augures ne peuvent se regarder sans rire. »

La nuit tombait, nous nous sommes regroupés autour du feu. Les hommes fumaient sans dire mot. J'ai remarqué qu'ils scrutaient la végétation comme s'ils craignaient une attaque.

Bref, il ne s'est rien passé. Au bout d'une heure, j'avais les fesses meurtries et je m'ennuyais à mourir. Tobbey s'est redressé en grognant, a posté des sentinelles, puis nous a expédiées au lit. Evita et moi partagions la même tente, à l'écart.

— Qu'est-ce qui se passe ? ai-je soufflé lorsque nous nous sommes retrouvées en tête à tête.

— C'est ta faute, a-t-elle feulé. Le colonel a flairé l'arnaque. Il est en colère, il traque Tobbey depuis trois nuits.

— Arrête ! l'ai-je coupée. Je ne marche pas dans cette combine. C'est une supercherie, voilà tout. Quelqu'un essaye de le faire tourner en bourrique. Un gars qu'il a humilié ou…

— Aucun de ses hommes n'oserait une chose pareille ! Tu ne te rends pas compte. Ils le vénèrent comme un dieu. Ils veulent tous faire partie des élus, de ceux qu'on choisira pour descendre dans l'abri.

— Et toi ? Tu veux les rejoindre ? Jenny m'a laissé entendre que tu étais tentée.

— J'ai menti, pour gagner du temps. Et tu devrais faire pareil. Tant qu'elle verra en nous des reproductrices potentielles, elle ne tentera pas de nous faire du mal.

J'ai grimacé. De vilaines images m'ont traversé l'esprit. Moi, livrée aux petites brutes du bivouac. Nullement excitant.

— Tu crois que ta magie va calmer Tobbey ? ai-je chuchoté.

— Ce sont des gens du Sud. À cause des esclaves, ils ont toujours baigné dans un climat de sorcellerie. Vaudou, santeria, candomblé… Ceux du Nord ne peuvent pas comprendre, c'est une autre culture.

— Et toi, tu y crois, au fantôme du colonel ?

— Je crois aux énergies résiduelles qui subsistent après la mort. Elles traversent les siècles et flottent dans les airs, comme des éclairs de foudre en suspension. La plupart du temps, elles se dissolvent, mais elles peuvent également choisir de s'abattre sur quelqu'un. Leurs motivations ne sont pas évidentes. Il ne faut pas prêter aux fantômes une logique structurée. Ils suivent leurs impulsions, comme les animaux. Ils réagissent de manière disproportionnée, tels des enfants capricieux. Ainsi, le colonel s'acharne sur Tobbey alors que celui-ci a dépensé des fortunes pour essayer de le contenter. C'est injuste, mais il s'en fiche. Il veut obtenir satisfaction. Être inhumé selon les règles. Nous avons fait une connerie. Je n'aurais jamais dû t'écouter Nous risquons gros, toi et moi, dans cette affaire.

La leçon d'occultisme me faisant bâiller, je me suis allongée sur mon lit de camp sans me dévêtir.

J'ai bien sûr fait des rêves idiots dont je vous épargnerai le récit détaillé.

Il a fallu se lever à l'aube. Faute de douche, tout le monde puait. En l'absence de sanitaires, chacun a dû se soulager entre les arbres factices. Une horreur. Evita arborait une tête en papier mâché, et je ne devais pas avoir meilleure allure. Le cuistot a fait circuler du café noir brûlant et des sardines à l'huile. L'un des garçons nous a gentiment proposé des piments. Un autre, du saucisson d'âne mexicain. Un troisième, des fourmis grillées.

Tobbey a mis fin aux amabilités en jetant deux casques en Kevlar à nos pieds.

— Mettez ça, a-t-il ordonné. C'est du matos de premier choix. Ça vous évitera de perdre une oreille.

Comme je m'apprêtais à protester, il m'a attrapée par le coude pour me forcer à me relever.

— Gardez la bouche fermée le temps que je vous explique deux ou trois choses, a-t-il grondé. Vous n'êtes pas dans un parc à thème où l'on fait joujou à la guéguerre. Ici, pas de paint-ball ou autre connerie de ce genre. Tous les projectiles sont réels. C'est le principe fondamental de ma méthode. Pas de simulation, jamais. On n'apprend bien qu'en survivant. Le danger démultiplie les sécrétions d'adrénaline, c'est ce qui fait de nous des superhéros. Nos sens fonctionnent mieux, nous bougeons plus vite, nous voyons plus loin, nous entendons des choses qui d'ordinaire nous resteraient inaudibles. La peur, c'est comme le gaz NOS qu'on injecte dans les bolides de compétition, pour booster le moteur et lui faire cracher le feu.

Il a raffermi sa prise sur mon bras. La douleur a grimpé dans mon biceps.

— Ne vous avisez pas de frimer, a-t-il poursuivi. Suivez l'exemple de mes gars. S'ils se couchent, s'ils se mettent à courir, à ramper, imitez-les.

— Je ne comprends pas, ai-je lancé en luttant pour me dégager. Qui va nous tirer dessus ?

— Des robots, a-t-il grogné. Des machines équipées de détecteurs et qui patrouillent dans les collines. Elles sont programmées pour ouvrir le feu sur tout être humain en mouvement. Dans le commerce, on les équipe de projectiles en caoutchouc, inoffensifs. Elles font le bonheur des agences de sécurité. Beaucoup mieux qu'un doberman incontrôlable, qui finit un jour ou l'autre par bouffer la jambe de son maître. Je les ai bricolées pour qu'elles deviennent plus agressives. Elles sont la clef de voûte de mon programme de formation.

Instinctivement, j'ai regardé autour de moi. Des images de films de science-fiction m'ont traversé l'esprit. Je m'imaginais déjà des squelettes chromés, style Terminator, clopinant d'une démarche de retraité arthritique.

— Vous avez compris ? a martelé Tobbey. À présent, on va faire mouvement vers ce fortin, là-haut, au sommet de la colline. C'est l'objectif d'aujourd'hui. Si on y parvient, on y sera en sécurité. Je doute que le colonel puisse en forcer la porte.

Il m'a enfin lâchée. Je me suis frictionné le bras. À mon grand agacement, j'ai découvert que ça m'avait plu d'être malmenée comme un paquet. J'ai horreur de sentir la femelle des cavernes s'éveiller en moi. La soumission instinctive au mâle, toutes ces conneries... Bon, dans ces cas-là, mieux vaut zapper.

Pour parler comme les durs à cuire, nous avons « fait mouvement », histoire de rester « maîtres du feu ». J'étais plutôt nerveuse. Je dois avouer que les gars prenaient soin de nous. Chaque fois que nous relevions un peu trop la tête, ils nous rappelaient à l'ordre en nous tapant sur l'épaule. Il faisait atrocement chaud et j'ai vite été trempée de sueur. La tension nerveuse n'arrangeait rien. Soudain, j'ai vu apparaître mes premiers robots. Rien à voir avec les androïdes perfectionnés de *Blade Runner*, non. Ils ressemblaient à des lessiveuses montées sur train chenillé, ou à des aspirateurs industriels. Le sommet de leur « corps » était occupé par une tourelle d'où pointait un canon. Cette partie mobile ne cessait de pivoter sur elle-même, à la recherche d'une cible. Il fallait alors devenir plus immobile et plus silencieux qu'un rocher (Tobbey *dixit*) car ces foutues machines étaient équipées de détecteurs de mouvements. En outre, elles étaient en mesure d'établir une distinction entre le cri du busard et la voix humaine. Dès qu'elles avaient le moindre doute, elles ouvraient le feu.

Je le dis tout de suite, je n'ai pas aimé entendre siffler les balles au-dessus de ma tête. Ce bruit d'abeille en folie m'a amenée au bord de la crise de nerfs. Quand cela se produisait, les hommes de Tobbey répliquaient par un feu nourri. Dès que le robot avait encaissé trois impacts, il était programmé pour se déclarer « mort », et se mettre hors service pendant une demi-heure. Passé ce délai, il se réactivait et repartait en chasse. Je n'ai pas tardé à découvrir que trente minutes, ça passe vite quand on progresse en rampant sur un terrain accidenté dont les aspérités vous lacèrent le ventre et les coudes.

Mais il y avait également les drones[1], de mini-avions pas plus grands que des jouets, qui patrouillaient au-dessus de nos têtes, analysant le sol à la recherche d'une activité suspecte. Lorsqu'ils estimaient avoir localisé une cible, ils lâchaient un petit missile dont la charge détonante, quoique réduite, explosait en projetant des pierres en tous sens. Dès qu'ils apparaissaient dans le ciel, il fallait se camoufler en utilisant le terrain, se fondre dans les buissons, se recouvrir de sable, se glisser dans une crevasse. Chaque fois que cela se produisait, je crevais de trouille à l'idée de poser la main sur un serpent à sonnette.

Comme les lessiveuses ambulantes, les drones étaient programmés pour devenir inoffensifs durant trente minutes dès qu'ils avaient encaissé trois impacts. C'était le moment que choisissait Tobbey pour crier des trucs frisant le

1. Avion sans pilote, dont les évolutions sont commandées par un ordinateur embarqué.

ridicule comme : *BDA !* ou *Arclight !* ou encore *WIA*[1] ? Sans doute se prenait-il pour Chuck Norris ?

J'ai cru ne jamais atteindre le fortin. Nous progressions avec une lenteur effrayante. Enfin, à mon grand soulagement, nous nous sommes glissés à l'intérieur de la redoute.

— Ici, nous sommes à l'abri, m'dame, m'a expliqué l'un des jeunes gens. C'est une zone « hors feu », les machines sont programmées pour ne pas l'attaquer.

Enfin une bonne nouvelle !

J'ai regardé Evita, elle était d'une saleté repoussante et ses traits, déformés par la peur, avaient perdu toute séduction. J'ai pensé que je devais être dans le même état. Tobbey, nous jugeant trop arrogantes, avait trouvé amusant de nous donner une leçon d'humilité. C'était sa méthode, il nous dressait comme des juments rétives.

Le fortin était équipé de façon rudimentaire. Un dortoir, une infirmerie, une cuisine, une salle de douches, des toilettes chimiques. Le tout dans un état de délabrement avancé. Une mauvaise surprise nous attendait toutefois, l'alimentation en eau ayant été coupée par une explosion, il ne fallait pas envisager de se laver. Cela ne parut pas affliger les hommes.

Tobbey s'est approché de moi.

— Vous comprenez mieux, à présent, ce que je veux faire ici, a-t-il lancé. Il est important de se désintoxiquer des notions de confort, de sécurité. Redécouvrir l'instinct de survie des premiers âges de l'humanité. Toutes ces pulsions que la vie moderne a étouffées en nous. *Bite the bullet*[2], disaient les pionniers, il faut nous pénétrer de cet état d'esprit si nous voulons survivre au conflit que nous préparent les intellos et les politicards du Nord. Le Sud ne

1. *BDA* (Battlefield dammage assessment) : évaluation de la situation après un bombardement. *Arclight* : dénombrement des pertes subies. *WIA* (Wounded in action) : blessé au combat.

2. En clair « déchirer la cartouche avec les dents pour charger le fusil », vieille devise de la ruée vers l'Ouest, évoquant les combats acharnés des pionniers se serrant les coudes pour affronter l'ennemi.

commettra pas les mêmes erreurs que dans le passé. Cette fois, nous serons préparés.

J'étais trop fatiguée pour supporter son sermon revanchard. Déçu par mon apathie, il est parti rejoindre ses *grunts*[1]. Je me suis laissée tomber dans un coin et j'ai ôté mon casque pour me donner de l'air.

Au-delà de l'enceinte, les drones et les lessiveuses en patrouille s'obstinaient à faire un carnage parmi les coyotes qui avaient la mauvaise idée de pointer le museau hors de leur terrier. Au cours de mon interminable reptation, j'étais à plusieurs reprises tombée nez à nez avec des carcasses éviscérées.

Personne n'avait été blessé dans notre groupe, et je n'en revenais pas. Il faut croire que la méthode Zufrau-Clarkson fonctionnait. J'avais toutefois du mal à entrer de plain-pied dans sa folie, comme me l'avait conseillé Devereaux. Les sectes m'ont toujours terrifiée, et le mouvement paramilitaire de Tobbey en était une. Je n'étais pas certaine de pouvoir faire illusion bien longtemps.

Après les émotions de la journée, la routine du bivouac a été accueillie avec joie. Café, saucisses aux haricots, pain de maïs... Tout m'a semblé délectable.

Mais la tension est redevenue palpable au crépuscule, quand Tobbey a grimpé sur le chemin de ronde pour inspecter les alentours à la jumelle. Nous savions tous qu'il guettait l'arrivée du colonel.

Une pensée gênante m'a soudain traversé l'esprit : « Si le fantôme relevait d'une simple supercherie, il aurait dû être dégommé par les robots, non ? » Un homme monté sur un cheval constituait une sacrée cible pour les détecteurs. Fallait-il en déduire que nous nous trouvions en présence d'un véritable spectre ?

Pour m'en assurer, j'ai demandé à l'un des garçons si les machines patrouillaient toute la nuit.

1. Équivalent des grognards de Napoléon.

— Non, m'dame, m'a-t-il répondu. Faut bien qu'elles rechargent leurs batteries. À partir de minuit, elles rentrent au garage pour se connecter sur les prises d'alimentation. Tout est automatisé. Elles ne ressortent qu'au lever du jour. Leurs panneaux solaires prennent alors le relais, compensant l'énergie qu'elles bouffent en crapahutant.

J'étais rassurée. Le fantôme, prudent, se manifestait une fois les dangereuses mécaniques parties se coucher. Ma théorie était donc la bonne. Quelqu'un se déguisait en colonel pour effrayer Tobbey. Tout se résumait à une machination puérile. Une machination sortie d'un esprit enfantin…

J'ai frissonné, soudain visitée par un mauvais pressentiment.

Oui, c'était typiquement là une vengeance de gosse… un plan tordu de gamin… *ou de gamine.* J'ai alors pensé à Sarah Jane et à ses sœurs. Bien sûr ! C'était le moyen qu'avaient imaginé les filles de Tobbey pour se venger d'un père qui les distribuait comme des trophées de concours agricole. Elles avaient dû comploter ce traquenard avec force gloussements, au bord de l'hystérie, se réjouissant par avance de l'effet produit.

Une fois minuit sonné, elles sortaient un cheval des écuries et l'une d'elles s'engageait au petit trot sur la colline. Sarah Jane était grande et mince, plate comme une limande, elle n'avait aucun mal à endosser l'un des uniformes récupéré dans les réserves du musée. Un chapeau, un brin de maquillage, et l'illusion devenait complète. La peur de Tobbey faisait le reste, peaufinant le tableau.

Mais oui ! J'avais été idiote de ne pas y penser plus tôt.

Hélas, la blague pouvait tourner au drame. Il suffisait que l'un des gars, aiguillonné par la superstition, saisisse une arme et ouvre le feu sur le fantôme pour que Sarah Jane s'écroule, la poitrine transpercée. J'ai laissé mon regard courir sur les jeunes gens rassemblés autour du feu de camp. C'étaient des êtres solides et frustes. Courageux devant le danger quand il s'agissait d'affronter les balles et les explosions, mais qui devenaient singulièrement nerveux et incontrôlables dès lors qu'ils se heurtaient à l'incompréhensible, aux créatures de la nuit. Je me suis agitée, ne sachant quelle attitude adopter. Il n'était pas question pour moi de moucharder Sarah Jane, alors que faire ?

Sur une impulsion, je suis montée rejoindre Tobbey sur le chemin de ronde où il se tenait planté. Il arborait une expression colérique qui ne présageait rien de bon.

— Alors ? ai-je lancé platement. Ça se présente comment ?

Il tripotait une espèce de gros téléphone cellulaire sur lequel il pianotait un code.

— J'ai décidé de ne pas me laisser intimider, dit-il enfin. J'ai dépensé des fortunes pour satisfaire les exigences du colonel, je n'apprécie guère ses reproches. J'entends le lui faire comprendre dès ce soir.

J'ai grimacé :

— Et de quelle manière comptez-vous lui envoyer le message ?

Il a brandi le boîtier de télécommande.

— J'ai désactivé le mode nocturne des chasseurs, a-t-il expliqué. Cette nuit, au lieu de rentrer au garage, les robots vont continuer à patrouiller la zone de combat. Je pense qu'ils auront assez d'autonomie pour rester actifs jusqu'aux alentours de deux heures du matin. Ainsi, quand le fantôme pointera le bout de son nez, il sera accueilli par une salve de balles qui lui montrera ma façon de penser. Puisqu'il ne comprend que la force, autant lui parler le seul langage qu'il connaît.

J'ai dû devenir aussi blême que le foutu cheval dont il avait si peur. Ma montre indiquait minuit moins dix. Dans un quart d'heure tout au plus, Sarah Jane allait enfourcher sa monture pour se lancer à l'assaut de la colline. Je ne pouvais lui laisser courir ce risque. J'ai failli tout déballer ; la crainte des conséquences m'en a empêchée. Dieu sait quelle punition s'abattrait sur la pauvre gamine ! Tobbey n'accepterait pas de gaieté de cœur d'avoir été ridiculisé devant ses troupes, il voudrait laver cet affront par un châtiment exemplaire ; et cinglé comme il l'était, il fallait s'attendre au pire.

— Ce n'est peut-être pas une bonne idée, ai-je plaidé d'une voix hésitante. Le colonel pourrait mal le prendre... À mon avis, vous devriez mettre les machines hors circuit. Votre attitude a tout d'une déclaration de guerre.

— Je ne vous demande pas votre avis, a-t-il sifflé d'un ton menaçant. Il est temps que je lui montre qui est le maître ici.

Un doute m'a effleurée. À qui voulait-il donner une leçon, au fantôme ou au mauvais plaisant qui l'avait humilié ? Était-il vraiment dupe des manifestations spectrales ? Je n'en étais plus aussi certaine. Probablement soupçonnait-il l'un de ses soldats et entendait-il le châtier d'une manière exemplaire, à l'instar de ces généraux de la Rome antique qui exécutaient un légionnaire sur dix pour étouffer dans l'œuf toute velléité de rébellion. À ce petit jeu, cet abruti risquait fort de tuer l'une de ses filles.

Comme j'insistais, il m'a rabrouée et ordonné de ficher le camp. Les minutes filaient. Je suis redescendue. Tout le monde était déjà couché. Le fortin étant une zone « hors feu », aucune sentinelle n'avait été postée. Je n'ai pas réfléchi, je l'avoue. Sur un coup de tête, je me suis faufilée dans l'entrebâillement de la grande porte et j'ai couru dans la nuit, droit devant moi. Je devais à tout prix trouver Sarah Jane avant les machines de mort, et lui crier de faire demi-tour.

Par chance, j'ai une bonne vision nocturne, et j'ai pu sans trop de mal repérer le chemin que nous avions emprunté à la montée. Je courais courbée, en espérant que l'énergie en partie épuisée des robots ralentirait leurs capacités de détection. Après tout, ces horribles trucs s'étaient donnés à fond au cours de la journée, et leurs accus devaient être presque vides. C'est du moins ce que je souhaitais.

J'ai galopé, m'attendant à tout moment à prendre une balle entre les omoplates. Chaque fois que c'était possible, je m'aplatissais derrière un rocher pour reprendre mon souffle et scruter les alentours. La lune était pleine, et le sable blanc amplifiait sa lumière. Une « lessiveuse » s'est pointée. Le cœur battant, j'ai dû attendre qu'elle s'éloigne en cahotant.

De saut de puce en saut de puce, j'ai effectué en sens inverse le parcours sur lequel nous avions tant peiné quelques heures plus tôt.

Mettant en pratique ce que j'avais appris au cours de l'après-midi, j'ai réussi à déjouer la vigilance des patrouilleurs cybernétiques. À bout de nerfs, je me suis rapprochée du pied de la colline sans m'écarter du chemin principal. Je misais sur le fait que Sarah Jane emprunterait cette voie d'accès qui avait le mérite de lui offrir une retraite aisée si les choses tournaient mal.

Accroupie derrière un bloc de pierre, j'ai attendu. Il était une heure du matin. Le froid nocturne me faisait grelotter. J'espérais de toutes mes forces que la gosse n'aurait pas la mauvaise idée de sortir cette nuit. Sitôt de retour au ranch, je m'empresserais de provoquer une explication avec elle, et de lui apprendre à quoi elle avait échappé. M'écouterait-elle ? Ça, c'était moins sûr : avec les ados, on prêche le plus souvent dans le désert.

Une longue demi-heure s'est écoulée. Je commençais à reprendre confiance quand un bruit de sabots m'a fait tressaillir. Ça venait dans ma direction, d'un pas tranquille. Mon premier réflexe a été de me relever, c'était une erreur, je m'en suis rendu compte et j'ai vite replongé derrière mon rocher.

Tout à coup, dans une trouée de la végétation, le cavalier a surgi, éclairé par la lune. Un officier de la Confédération en grand uniforme, raide sur son cheval, le regard vide, le sabre au côté. Une queue de renard accrochée à son feutre.

J'ai ouvert la bouche pour crier « Sarah Jane, demi-tour, vite ! les robots n'ont pas été désactivés ! », mais les mots n'ont pas franchi mes lèvres. La créature qui chevauchait dans la nuit ne pouvait en aucun cas être une adolescente de seize ans, même grimée. Pas avec ce visage ridé, cette physionomie de vieillard hautain. J'ai connu deux secondes d'intense panique. Dans ma tête, une voix hurlait : *C'est le colonel ! C'est lui ! Fiche le camp avant qu'il ne te tranche la tête !*

J'ai failli tourner les talons et m'enfuir, mais je me suis reprise ; faisant face à l'apparition, j'ai crié :

— Sarah Jane, ôte ce masque et descends tout de suite de cheval ! Ton père n'a pas désactivé les robots !

Oui, un masque, ce ne pouvait être que ça ! Je m'étais presque fait avoir.

J'ai tendu la main pour saisir le cheval par la bride. Au même moment, les détonations ont éclaté, toutes proches. J'ai vu trois trous s'ouvrir sur la tunique de Sarah Jane, au milieu de la poitrine, juste avant qu'elle ne vide les étriers. La monture, terrorisée par le bruit, s'est cabrée avant de faire demi-tour.

Je n'ai pu retenir un cri en me jetant sur le sol, puis j'ai rampé en direction de l'adolescente. J'ai tout compris lorsque ma main a touché la sienne. Ce n'était pas Sarah Jane mais l'un des mannequins du musée. L'un de ces personnages hyperréalistes qui trônaient dans la salle de bal. Les gamines s'étaient amusées à le ficeler sur la selle avant d'expédier le cheval, d'une tape sur la croupe, en direction de la colline. Oui, c'est ainsi qu'elles avaient procédé lors des précédentes « apparitions ». Au bout d'un moment, l'animal, las de cette promenade sans but, rentrait à l'écurie de sa propre initiative, comme cela arrive souvent avec les chevaux quand on cesse de leur donner des ordres. Les adolescentes n'avaient plus alors qu'à récupérer le mannequin pour le cacher dans une remise, dans l'attente d'une prochaine manifestation spectrale.

La statue avait eu le torse déchiqueté par les balles. J'ai hésité sur la conduite à tenir. Devais-je l'abandonner là ou la faire disparaître ? Si Tobbey la découvrait, il ne lui faudrait pas longtemps pour comprendre qui tirait les ficelles. J'ai donc décidé de la mettre en pièces et de dissimuler les morceaux dans la végétation. J'étais furieuse d'avoir pris tant de risques pour rien. J'avais manqué de me faire trouer la peau pour cette petite conne de Sarah Jane ! Elle allait en entendre parler, la garce !

Après avoir éparpillé le pantin dans les fourrés, j'ai regagné l'abri du rocher. Tobbey estimait que les robots tomberaient en panne aux alentours de deux heures, je n'avais qu'à attendre sagement que ce délai soit écoulé. Une fois les « lessiveuses » HS, je me faufilerais dans le fortin en espérant qu'on n'aurait pas remarqué mon absence. Si l'on me posait des questions gênantes, je prétendrais m'être isolée avec l'un des gars pour donner libre cours à mes pulsions bestiales. Je refuserais, bien sûr, de révéler le nom de l'heureux élu.

Ça pouvait marcher, c'est le genre d'excuses que les hommes accueillent avec indulgence.

Par prudence, j'ai poireauté jusqu'à trois heures en claquant des dents, puis je suis revenue sur mes pas. Les « lessiveuses » ne bougeaient plus. Elles resteraient dans cet état jusqu'à ce que le soleil, frappant leurs panneaux, leur injecte assez d'énergie pour trottiner jusqu'au garage. En attendant, faute de courant, elles restaient plantées au milieu du paysage telles des poubelles publiques dans un parc. Aucune n'a tressailli à mon passage.

Je me suis glissée dans le fortin où tout le monde dormait. Évitant le dortoir, j'ai élu domicile dans l'infirmerie où trônait un lit de camp. C'est là que j'ai fini la nuit.

L'œuf de plomb

Evita est venue me secouer à l'aube. À son regard, j'ai compris qu'elle était au courant de ma fugue nocturne. J'avais mal partout et je tenais à peine debout. J'ai titubé jusqu'au réfectoire et avalé un broc de café noir. Tobbey a annoncé qu'il redescendait au ranch ; nous devions l'accompagner. Il a félicité les « petits gars » pour leur cran et leur endurance. Les jeunes brutes étaient aux anges, fières de servir un patron aux couilles d'acier qui n'avait pas peur de manger de la poussière avec ses hommes et partageait leurs risques sans souci de saloper son costume Armani.

— C'est comme ça qu'on gagne leur respect, nous a expliqué Tobbey durant le trajet de retour. Pendant la guerre civile, les généraux étaient tout sauf des planqués. Nombre d'entre eux sont morts à la tête de leurs troupes.

Allons bon ! C'était reparti !

J'ai cessé d'écouter. Je me suis crispée quand nous avons atteint l'endroit où, au cours de la nuit, j'avais rencontré le fameux fantôme. J'ai prié pour qu'un bout de mannequin ne dépasse pas des fourrés. Un pied, une main… ça aurait fait désordre. Mais Tobbey, absorbé par son éloge du général Lee, ne prêta aucune attention au paysage.

Nous atteignîmes le ranch sans encombre.

Mon premier réflexe fut de courir chercher refuge dans la baignoire la plus proche. La couleur de l'eau au contact de ma peau m'arracha un frisson d'horreur. Je restai là, à tremper, dans l'espoir que fatigue et courbatures s'en iraient avec la crasse, mais c'était trop demander. Une fois séchée, j'avalai trois comprimés d'Anacin et me jetai sur le lit. Le sommeil me foudroya à la seconde où ma joue toucha l'oreiller.

J'émergeai du néant au début de l'après-midi, l'estomac taraudé par la faim. À l'office, je retrouvai Evita attablée devant une pile de crêpes au sirop d'érable, une demi-douzaine de saucisses mexicaines et un pot de café. Comment cette fille faisait-elle pour manger autant et rester mince ?

— Où étais-tu passée, cette nuit ? attaqua-t-elle. Je t'ai cherchée partout. J'ai pensé que tu avais fini par craquer et que tu t'étais enfuie en courant.

À mi-voix, j'entrepris de lui raconter mon aventure nocturne.

— C'est un coup des gamines, grogna-t-elle en guise d'appréciation. Mais si tu leur en parles, elles nieront en bloc.

Je remontai passer des vêtements propres, puis j'entrepris de sillonner les innombrables pièces de la maison afin de dénicher Sarah Jane. Je finis par la découvrir, à plat ventre sous la table du fumoir, elle lisait un manuel de guérilla urbaine sur la fabrication des explosifs ménagers. Le genre de bouquin qu'aurait pu écrire mon père, je suppose. Dédaignant les précautions oratoires, je lui racontai les événements dont j'avais été témoin. Elle écarquilla les yeux, jouant la stupeur avec une science d'actrice chevronnée.

— Zut ! souffla-t-elle, alors c'était pas un vrai fantôme ? Je suis trop déçue.

Comme j'insistais lourdement sur le danger qu'il y aurait à réitérer une telle blague, elle s'agita et cracha, sans dissimuler son agacement :

— Enfin merde ! je vous dis que c'est pas moi, ni mes sœurs. On n'est pas complètement folles. Vous imaginez ce que papa nous passerait si on se faisait piquer ?

Elle semblait sincère, mais je la connaissais mal et je la sentais tout à fait capable de m'emberlificoter.

— Alors qui ? martelai-je.

— Evita ? proposa-t-elle. Elle gagne sa vie avec ce genre de trucs. Elle aurait tout intérêt à entretenir les délires de papa.

— Impossible, elle était avec nous dans le fortin. Le mannequin ne s'est pas hissé en selle tout seul. Il a bien fallu que quelqu'un sorte le cheval de l'écurie et l'équipe.

Sarah Jane claqua des doigts, de cette manière théâtrale qu'adoptent les adolescentes lorsqu'elles se savent le point de mire d'une assemblée.

— Je sais qui a pu faire ça, chuchota-t-elle en se rapprochant de moi. *Vince Vaughan.*

— Et qui est ce Vince Vaughan ?

Soudain volubile, elle prit une attitude de comploteuse pour m'expliquer :

— Ça s'est passé il y a deux ans, quand mon père a décrété que ma sœur aînée Willa serait attribuée comme récompense au major de la promotion. Il y avait deux types en compétition pour la première place. Vince Vaughan et Burton MacGraw. Ils avaient en gros des scores identiques, mais papa a préféré Burton pour je ne sais quelle raison. Il lui a donné Willa, et ils sont partis vivre tous les deux dans les collines, dans un campement de vétérans. C'est ce qui m'arrivera bientôt. Je quitterai la maison avec le major de la promo et je deviendrai sa femme. Il aura le droit de me baiser, et tout et tout... Je serai sa squaw, quoi. C'est pour ça que j'étudie la manière de fabriquer des explosifs... et des livres de cuisine, aussi, car je ne suis pas très forte question bouffe, et les hommes, ça aime grailler.

Elle parut réaliser qu'elle s'égarait, car elle reprit :

— Bref, le soir de la remise des trophées, Vince a piqué une colère épouvantable. Il a sauté sur Burton pour essayer de l'étrangler. Ça s'est transformé en bagarre générale. Selon lui, papa avait truqué les résultats. Il était le meilleur et Willa lui revenait. Ils ont tout cassé dans le réfectoire, c'était marrant. Le lendemain, papa a exclu Vince de son armée. Il l'a chassé du camp en lui ordonnant de ne jamais remettre les pieds dans l'enceinte du ranch. Seulement ça ne s'est pas passé comme ça.

— Oui ?

— Vince n'est pas parti. Depuis deux ans, il vit caché dans les ruines du vieil aérodrome. Je l'ai surpris à plusieurs reprises. Il ne m'a pas vue. Il change tout le temps de cachette. De temps en temps, il vient voler des conserves aux cuisines.

— Tu ne l'as pas dénoncé ?

— C'est pas mes oignons. Et puis je trouve ça plutôt mignon qu'il en pince à ce point pour ma sœur Willa. Vous vous rendez compte ? Deux ans à vivre camouflé, à bouffer du coyote ou du serpent. On dirait un vrai sauvage. La barbe, les cheveux longs, toute la panoplie, quoi.

— Que veut-il, selon toi ?

— Se venger, tiens ! Il n'a jamais pardonné à papa de l'avoir évincé. Si quelqu'un a monté cette combine de faux fantôme, ce ne peut être que lui. Il a été formé aux opérations de commando, il sait se glisser partout, ouvrir les serrures. Et il connaît les fantasmes de mon père. Le colonel, tous ces trucs de vaudou.

L'hypothèse tenait la route. Instinctivement, je m'approchai de la fenêtre pour scruter le paysage de l'aérodrome désaffecté. Ainsi, ces ruines abritaient un passager clandestin... Je finis par hausser les épaules : dès lors que les gamines n'étaient nullement impliquées dans cette sale blague, je n'avais pas à m'en mêler. Le contentieux opposant Tobbey à certains de ses hommes ne me concernait pas.

— Mais toi, demandai-je, ça ne te paraît pas bizarre d'être offerte en récompense à un inconnu sans qu'on sollicite ton avis ?

— Bien sûr que non ! protesta-t-elle comme si je venais de proférer une énormité. C'est trop cool. Ce type, ce sera un vrai héros, une bête. Il saura me protéger quand la guerre éclatera. Vous préféreriez que je me fasse sauter par un petit con de collégien ? Un crétin qui bouffe de la pizza en jouant à des nullités de jeux vidéo ? Un bozo gavé de mangas, et qui se pissera dessus quand il lui faudra défendre sa peau ?

J'eus la conviction qu'elle récitait un argumentaire maintes fois seriné par son paternel.

— Non, les ados branloteurs, très peu pour moi, conclut-elle. Je veux un vrai mec, un type avec qui j'aurai une chance de survivre. Et si vous étiez maligne, vous viendriez vous installer avec nous, dans l'abri. Au lieu de passer votre vie à faire des choses aussi futiles que décorer des appartements, vous participeriez à l'élaboration de la race future. Ça, c'est un vrai boulot de femme.

Son livre sous le bras, elle se dirigea vers la sortie du fumoir. Au moment de franchir le seuil, elle se retourna, et, avec un charmant sourire, me chuchota :

— Vers 3 heures, je descendrai dans le bunker pour écrire. Retrouvons-nous là-bas, je vous montrerai des choses. Vous avez entendu parler de l'œuf de plomb ?

— Non, avouai-je. De quoi s'agit-il ?

— Vous le saurez si vous venez.

Et, d'une pirouette, elle quitta la pièce, me laissant sur ma faim.

J'avais un peu de mal à digérer cette histoire de femmes offertes en prime. J'aurais bien aimé interroger Willa pour savoir ce qu'elle en pensait maintenant qu'elle avait expérimenté le concept pendant deux ans. Toutefois, je ne me faisais pas d'illusions, ces filles subissaient un bourrage de crâne quotidien depuis leur plus jeune âge. On les élevait dans le mythe d'un conflit imminent. Pas mal de temps s'écoulerait avant qu'elles ne prennent du recul et se disent que la fameuse guerre du Jugement dernier tardait à éclater.

Dans ma chambre, je rassemblai mon matériel d'enregistrement ; appareil photo et caméra numériques. Je ne pouvais pas me contenter de prises de vue fixes, seuls des travellings et des panoramiques permettraient d'apprécier l'immensité de l'abri souterrain.

Après le repas, je demandai au maître d'hôtel si je pouvais emprunter un véhicule pour descendre à l'aérodrome. Fort aimablement, il me guida jusqu'à une remise où s'alignaient des voiturettes blanches, semblables à celles qui circulent sur les greens.

Je m'installai au volant de l'une d'elles et quittai le ranch. J'étais soulagée de ne plus avoir personne sur le dos. Je commençais à supporter de plus en plus difficilement la présence de Tobbey, de Jenny et même d'Evita.

Pendant que je roulais, je ne pus m'empêcher de scruter les bâtiments abandonnés en songeant à ce type... *Vince Vaughan*... installé dans la base comme un passager clandestin. Était-il dangereux ? Il fallait être timbré pour squatter ces ruines chauffées à blanc depuis deux ans. En outre, les bâtisses servaient de dortoir aux coyotes et aux serpents, je n'y aurais campé pour rien au monde.

Je me sentais observée, comme si quelqu'un suivait mes mouvements à travers l'oculaire d'une lorgnette de visée. J'imaginais ce cinglé, au sommet d'un toit, dans la position du tireur couché, et s'amusant à caresser du bout de l'index la queue de détente de l'un de ces fusils au canon interminable qu'affectionnent les tireurs d'élite.

Ce n'était pas un fantasme très attractif. J'ai enfoncé l'accélérateur. Une fois à l'intérieur du bâtiment, l'angoisse de jouer les cibles vivantes a été remplacée par celle d'être mordue par un crotale. J'ai avancé en tapant des pieds. Les reptiles sont sourds, mais ils perçoivent les vibrations qui, généralement, les mettent en fuite.

Mon estomac s'est tout de même rétréci quand je me suis engagée dans l'escalier conduisant au bunker.

En bas, les projecteurs avaient été allumés. Il faisait frais et les aérateurs, en renouvelant l'air, avaient chassé les miasmes de l'enfermement.

Tout au fond, silhouette minuscule perdue sur l'étendue du « parking », Sarah Jane se tenait penchée sur une petite table, telle une écolière studieuse. Elle écrivait. L'écho de mes pas l'avait bien sûr avertie de ma présence, mais elle ne relevait pas la tête, soit parce qu'elle était à ce point absorbée dans son travail de création qu'elle avait perdu tout contact avec la réalité, soit parce qu'elle voulait me le faire croire, en bonne ado qui passe les trois quarts de son temps à se mettre en scène.

Je me suis approchée en essayant de conserver une expression naturelle. C'était difficile en un tel endroit. J'ai constaté que la gamine gribouillait d'une écriture serrée et illisible sur un gros cahier à couverture de cuir. Sur le sol, autour d'elle, l'entourant tel un rempart, des livres de poche écornés. Illustrations clinquantes à dominante rouge sang. Femmes guerrières en armure, superbes et farouches, les seins comme des obus d'acier. Beaux vampires mâles, plongeant leurs canines proéminentes dans la jugulaire de vierges blondes au plus fort de la pâmoison. Foutaises pour ados. Épées, châteaux, idoles et seigneurs de guerre. On se serait cru à Nuremberg. Ne manquaient que les torches, les bûchers… et le bruit des bottes.

La petite princesse goth a enfin daigné me regarder.

— Là-bas, a-t-elle annoncé en désignant un mur du bout de son Montblanc *Meisterstück*. L'équipe de nettoyage a oublié d'effacer certaines traces. Vous devriez y jeter un coup d'œil.

J'ai obéi. En m'agenouillant, j'ai distingué, au ras du sol, cinq traînées brunâtres comme pourraient en laisser des doigts dont les ongles viennent d'être arrachés.

— Les murs et le sol étaient couverts de sang, a-t-elle susurré dans mon dos. Ils ont utilisé des dizaines de litres de peinture pour dissimuler les taches. Mais ce n'est que du camouflage, elles sont toujours là, en dessous.

Abandonnant son pupitre, elle m'a guidée vers un minuscule graffiti gribouillé dans un angle du béton. J'ai lu :

C'est comme un trou de serrure pour lorgner de l'autre côté de la grande porte des enfers.

Je n'avais aucune idée de ce que cela signifiait.

Plus loin, les nettoyeurs avaient oublié une autre phrase :

Ce qu'il dit sera imprimé sur peau humaine par une machine à écrire chauffée à blanc.

Ça empestait la débâcle mentale.

— Je pense qu'ils ont écrit des tas de choses sur les murs au fur et à mesure que la panique s'emparait d'eux, a murmuré Sarah Jane. Tout l'abri doit être un gigantesque journal intime. Il faudrait pouvoir décaper la couche de peinture sans détruire ce qui se cache dessous. Alors, on comprendrait peut-être ce qui s'est passé.

— Ce matin, tu m'as parlé d'un œuf de plomb, ai-je fait observer pour rompre le charme malsain qui s'installait.

— Oui, a-t-elle fait dans un souffle. C'est comme ça qu'on surnommait la cachette à l'intérieur de la cachette.

— Quoi ?

— Cet abri a été construit comme une poupée russe. Vous savez bien : les petites bonnes femmes emboîtées les unes dans les autres. Ici, il y avait un endroit dissimulé dont seuls les officiers supérieurs connaissaient l'emplacement.

— Une espèce de *panic room* ?

— Oui. Mais pas seulement une pièce, il s'agissait d'un autre abri en fait, plus petit, mais tout de même assez spacieux pour accueillir un état-major. Sa fonction était d'offrir un refuge aux dirigeants en cas de mutinerie. C'était un bastion au cœur duquel ils pouvaient attendre que le calme revienne.

— Tu sais où il est ?

— Non, personne ne sait. C'était classé « secret-défense », et les plans ont été détruits après le massacre. Une fois à l'intérieur, on pouvait en bloquer l'accès afin de ne pas être envahi par les mutins.

Je ne comprenais pas où elle voulait en venir. Je le lui ai dit, elle a paru agacée.

— Enfin ! a-t-elle sifflé, vous ne pigez pas ? *Après la tuerie, on a constaté qu'il manquait des corps.* Le compte n'était pas bon. Alors il ne reste que deux solutions : soit certains occupants ont été entièrement dévorés par leurs copains, ce qui semble peu probable… soit ces mystérieux absents ont en réalité trouvé refuge dans l'œuf de plomb.

— Pourquoi ce surnom ?

— Parce qu'il est doublé de plomb pour arrêter les radiations atomiques.

Mal à l'aise, j'ai regardé autour de moi, comme si, par miracle, j'allais soudain voir se dessiner sur la muraille les contours d'une porte secrète.

— À mon avis, a continué Sarah Jane, voilà ce qui s'est passé : quand les choses sont parties en vrille, les officiers ont jugé plus prudent de se mettre à l'abri. Ils sont entrés dans l'œuf… et n'en sont jamais ressortis.

— Pourquoi ?

— Sais pas. Mais le truc le plus dingue, c'est qu'ils y sont encore. Du moins leurs cadavres. Je suis prête à parier qu'en attendant la mort, ils ont tout consigné par écrit, dans l'espoir qu'on trouverait leur rapport. Les militaires ont l'obsession des rapports, vous savez bien. La solution du mystère est là… quelque part à l'intérieur de ces murs. Je donnerais cher pour mettre la main dessus.

Elle respirait vite et son regard avait quelque chose d'halluciné. Jouait-elle la comédie ou sombrait-elle dans cette exaltation morbide chère aux fans du gothique ?

— Pourquoi n'ont-ils pas émergé de leur cachette une fois le massacre consommé ? ai-je objecté. Ça ne tient pas debout.

Sarah Jane s'est cambrée, la bouche mauvaise.

— Il est possible que le système d'ouverture soit tombé en panne, a-t-elle lancé. Ils se sont retrouvés emmurés vivants, dans l'incapacité de communiquer avec l'extérieur. Les sauveteurs, eux, n'ont pas pu forcer la porte de l'œuf. Ils ont dû se contenter de nettoyer le bunker principal sans s'occuper de la cachette secondaire et de ses occupants. *Ça signifie qu'ils sont toujours là...* depuis tout ce temps !

Elle m'a paru au bord de l'hystérie. J'ai eu peur qu'elle ne se roule par terre en bavant.

Elle s'est mise à marcher le long de la muraille en caressant le béton. Elle avait fermé les yeux pour mieux concentrer son attention sur les messages tactiles que lui transmettait le bout de ses doigts. Elle avait dû voir ça dans une série télé. Je ne savais que penser de la fable qu'elle venait de me servir. S'agissait-il d'une légende urbaine ? Des lieux comme celui-ci génèrent toujours des mythes grotesques, des histoires de loup-garou moderne qui font le délice des adolescents.

Brutalement, elle s'est retournée, le visage illuminé d'une joie malsaine.

— Et s'il restait des survivants ? a-t-elle haleté. Vous y avez pensé ?

— C'est impossible, ai-je soupiré. Comment auraient-ils pu survivre cinquante ans dans ce trou à rats ? Et même, en l'admettant, ils seraient aujourd'hui presque centenaires !

Sarah Jane s'est rapprochée de moi, trop près à mon goût. Je pouvais sentir son odeur, sueur et parfum mêlés.

— Vous ne réfléchissez pas assez, a-t-elle chuchoté comme si quelqu'un, l'oreille collée au mur, était en train de nous écouter. D'abord, en ce qui concerne la nourriture, l'abri contenait probablement d'importantes réserves de bouffe déshydratée. Assez en tout cas pour tenir soixante ans, jusqu'à ce que le taux de radiations soit devenu acceptable. Pour l'eau, il y a une citerne cachée. Un véritable lac souterrain destiné à alimenter les survivants pendant toute la durée de leur emprisonnement. Venez voir.

Elle m'a traînée dans les douches et ouvert l'un des robinets surplombant les lavabos d'acier inoxydable. Un jet couleur de sang a jailli. Au bout d'un moment, une fois la rouille éliminée, l'eau s'est clarifiée.

— Vous voyez ! a triomphé Sarah Jane. La flotte ne vient pas de l'extérieur. Ils ne pouvaient pas se permettre de boire de l'eau contaminée par les radiations atomiques. Ça monte des profondeurs. D'un lac artificiel spécialement créé pour alimenter le bunker.

J'ai capitulé :

— D'accord, j'admets qu'ils ont pu se nourrir de soupe en sachet pendant cinquante ans, mais ça ne change rien en ce qui concerne leur âge.

— Vous êtes idiote ou quoi ? s'est impatientée la gosse. Parmi ces officiers, il y avait des femmes. Je le sais, mon père a réussi à se procurer la liste de tous ceux qui ont participé à l'expérience. *Des femmes*... vous pigez ? Une fois bouclés dans l'œuf, des couples se sont forcément constitués ; ça a produit des mioches. Des mioches qui, aujourd'hui, doivent frôler les cinquante ans, et qui, eux aussi, ont pu engendrer des bébés...

La tête me tournait. À première vue, ça relevait du scénario de science-fiction, mais ça restait néanmoins envisageable. Si l'on poussait la logique jusqu'au bout, rien n'interdisait de penser que la deuxième génération de survivants en avait engendré une troisième ! Des jeunes dont les plus âgés approchaient de la trentaine.

— Ils ont pu continuer à vivre et à se reproduire, a insisté Sarah Jane. Pour cela, il leur suffisait d'une femme. *D'une seule.* Elle a servi d'épouse à tous les rejetons de la seconde génération. Et de mère unique à ceux de la troisième... Une nouvelle Ève.

L'hypothèse l'excitait. Elle avait les pupilles aussi dilatées que celles d'un chat tapi dans un coin sombre.

— On ne peut pas savoir, a-t-elle repris. Est-ce qu'ils nous entendent ? Est-ce qu'ils nous observent ?

Elle tournait sur elle-même en désignant les murs, comme si elle espérait découvrir des micros ou des caméras cachés. Je n'y croyais pas. La technologie des années soixante ignorait encore tout de la miniaturisation. Les premières caméras vidéo avaient la taille d'une valise. En outre, il était peu vraisemblable que le matériel électronique de l'époque ne soit pas tombé en panne. S'il existait des survivants – ce que je ne souhaitais pas ! –, ils devaient aujourd'hui vivre dans l'obscurité. Peut-être même étaient-ils aveugles...

Lisant dans mes pensées, Sarah Jane murmura :

— Ils doivent nous détester. Vous imaginez un peu ? Nous les avons condamnés à mener une existence d'hommes des cavernes. S'ils découvrent un jour le moyen de sortir de leur prison, ils nous massacreront.

Elle a posé la main sur mon épaule, comme si nous étions copines de collège, puis s'est mise à jouer avec une mèche de mes cheveux. J'ai détesté l'intimité ambiguë qu'elle essayait d'installer entre nous.

— Je regrette de vous avoir effrayée, a-t-elle chuchoté, mais il fallait que vous le sachiez puisque vous allez reconstruire l'abri. Je suis bien certaine que mon père a oublié de mentionner ce détail, n'est-ce pas ? Le petit paradis que vous nous mitonnez est pourri à cœur. Il y a un ver dans la pomme. Quand nous serons enfermés ici, il faudra compter avec cet ennemi intérieur. Ces fous qui vivent dans nos murs.

J'en avais assez. J'ai rompu le contact.

— Tu en as parlé à ton père ?

— Il n'écoute personne, a-t-elle soupiré. Il dit que ce sont des bobards de trouillards. Que l'œuf de plomb est une légende, qu'on n'en trouve trace nulle part. Moi, je sais que c'est vrai. Les survivants de l'expérience en parlent. J'ai lu les comptes rendus psychiatriques. L'un des gars raconte qu'il a vu l'un des murs s'ouvrir et les officiers s'engager dans ce passage. Bien sûr, on a prétendu qu'il s'agissait d'une hallucination.

— Si l'on nie l'existence du second abri, comment explique-t-on officiellement la disparition de certains corps ?

— Erreur d'écriture. La plupart des cadavres étaient défigurés. Il y aurait eu confusion. Les nettoyeurs, traumatisés par le spectacle, se seraient trompés lors du dénombrement... bref, des conneries.

Le silence s'est fait pesant. Nous sommes restées là, face à face, à écouter nos respirations. J'avais la désagréable impression qu'on m'observait depuis des dizaines de trous percés dans les murs, comme cela m'était souvent arrivé dans les motels pourris que j'avais fréquentés les deux dernières années.

— C'est pour ça que je viens ici, a conclu Sarah Jane. Je leur parle. J'essaye de calmer leur colère. De leur faire comprendre que nous ne sommes pour rien dans leur calvaire. Je voudrais éviter qu'ils ne soient tentés de nous trancher la gorge s'ils parviennent un jour à sortir. Mais c'est peut-être inutile... Qui sait s'ils n'ont pas déjà régressé au point d'avoir oublié notre langue ?

OK, dans une minute elle allait me rejouer *La Planète des singes*. J'ai décidé de mettre fin à l'intermède « coucou fais-moi peur ! ».

— Bon, ai-je déclaré en déballant mes appareils, c'est pas tout ça, en attendant j'ai du boulot.

Un éclair de mépris a fusé dans son regard mais je me suis éloignée. Je ne voulais pas devenir le cobaye de ses petites manipulations mentales.

Cette gamine était un concentré toxique d'adolescence. Paranoïaque, mégalomane, persuadée d'être différente des autres et hautement supérieure à 99,9 % de la population mondiale. Dès qu'elle se retrouvait seule, elle passait des heures plantée devant son miroir à se décréter tour à tour très jolie ou moche à faire peur. Esclaves de ses poussées hormonales, elle changeait dix fois d'humeur et de certitudes en l'espace de trois minutes. Comme tous les ados, elle était fascinée par l'extrême, le hors norme. Dans ce domaine, avec ses parents, elle était servie ! Ce n'est pas un hasard si les dictateurs ont toujours recruté leurs plus fidèles alliés parmi les gosses ; les Jeunesses hitlériennes en sont un bon exemple. Malgré tout, sous son arrogance, palpitait quelque chose de fragile, d'apeuré. L'angoisse de ne pas être à la hauteur, sans doute. J'aurais préféré découvrir en elle une rebelle dénigrant les théories familiales, mais ce n'était pas le cas. De toute évidence, elle épousait les thèses paternelles avec un enthousiasme inquiétant.

Le viseur collé à l'œil, j'ai entrepris de filmer l'abri sous toutes les coutures. Une fois de retour à Los Angeles, j'aurais besoin de ces documents pour obtenir un devis approximatif auprès de mon entrepreneur. Je voulais que Tobbey sache à quoi il s'engageait financièrement parlant. Au demeurant, la structure était saine. Elle n'avait pas bougé en soixante ans. Nous étions dans le désert, il n'y avait donc aucun problème d'humidité. Le danger aurait pu venir des tremblements de terre, fréquents dans cette région, mais le bunker avait été enchâssé dans un caisson antisismique qui absorbait les secousses. Le gros – le très gros – casse-tête serait de localiser le réservoir d'eau potable, et les génératrices d'électricité. Tobbey possédait-il des plans ? Les ingénieurs se débrouilleraient. En ce qui me concernait, mon boulot s'arrêtait à la conception décorative. J'étais là pour créer une illusion de bonheur, de paix et de sérénité en un lieu qui, a priori, évoquait tout le contraire. C'était le côté excitant de l'affaire. Le défi. La mission impossible qui fait saliver tout décorateur professionnel.

Quand je me suis retournée, Sarah Jane était plantée près de son pupitre et se grattait furieusement l'avant-bras gauche.

— Allergie ? ai-je demandé.

— Non, a-t-elle ricané. Puce.

— Quoi ? Tu as attrapé des puces ici ?

Avec un sourire de commisération, elle a tendu son bras vers moi. Une minuscule protubérance, à peine décelable, déformait son épiderme, vingt centimètres au-dessus du poignet. Ça pouvait passer pour une cloque ou une verrue.

— Puce informatique. Papa nous a fait greffer des balises émettrices, au cas où nous serions kidnappées. Avec ce système, on nous retrouvera où que nous soyons. C'est une bonne idée, mais parfois ça me démange.

Je connaissais le système. À L.A., les stars du show-biz en abusaient. Certaines faisaient même implanter des balises sur leur chien, au cas où il lui prendrait l'idée de se sauver. À plusieurs reprises, on avait retrouvé la puce dans l'estomac du coyote qui avait bouffé le clébard ! C'était courant dans les collines. Les coyotes avaient vite pigé que les chiens-chiens et les gentils chats des villas huppées constituaient d'excellents casse-croûte.

— J'ai fini, je remonte, ai-je annoncé. Je vais probablement rentrer à L.A. pour quelques jours, veux-tu que je te ramène quelque chose de là-bas ? Des CD, des DVD ?

— Non, merci. Papa tient à ce qu'on se déshabitue du progrès. Quand on sera dans l'abri, il faudra apprendre à gérer son ennui et à développer ses richesses intérieures. Alors je m'entraîne. L'écriture est un bon moyen de passer le temps. Mes sœurs apprennent à jouer du violon et de la guitare, mais je n'ai aucun don pour la musique. Vous comprenez, une fois enfermés ici, il faudra économiser l'énergie, l'électricité, tout ça. On ne pourra plus faire fonctionner les lecteurs de CD, et tous ces trucs. En plus, il faut s'attendre à ce qu'ils tombent en panne au bout de quelque temps. Ce n'est pas le cas d'un violon, d'une guitare, d'une flûte, qu'on peut facilement réparer. Moi, j'écrirai des pièces de théâtre qu'on jouera devant tout le monde. D'ailleurs, je voulais vous le dire... Dans vos plans, prévoyez une scène pour les exhibitions artistiques.

Elle m'a émue. Durant une fraction de seconde, je me la suis imaginée, vêtue de haillons, vingt ans plus âgée, déclamant des vers de mirliton devant une assemblée somnolente au cœur d'un bunker mal éclairé, ses parents, nonagénaires, roupillant au premier rang. La pauvre gosse.

J'ai pris congé, le cœur serré.

« Allons ! il n'y aura pas de nouvelle guerre civile », me suis-je dit en regagnant la surface. « Dans trois ans, Tobbey va s'écrouler, foudroyé par un infarctus. Sa femme et ses filles hériteront. Elles bazarderont le ranch pour s'en aller mener la grande vie à New York. »

En réalité, ça n'avait rien de certain. Jenny paraissait aussi cinglée que son mari, et il y avait fort à parier qu'elle reprendrait la croisade à son compte. Et puis, devant la dégradation de la situation internationale, on ne pouvait exclure l'hypothèse d'un emménagement préventif et précipité au sein du bunker. Un grand départ style « arche de Noé ». Tout cela était bien attristant.

J'ai soudain éprouvé l'envie furieuse de ficher le camp. De retour dans ma chambre, j'ai rassemblé mes maquettes, mes simulations vidéo, et j'ai décroché le téléphone pour prier Tobbey de m'accorder une entrevue au plus vite.

Il m'a reçue dans son bureau. Une pièce aux poutres apparentes, aux murs tapissés de tableaux signés Russell et Remington, les grands peintres de la conquête de l'Ouest. Les toiles déclinaient les thèmes habituels : les chariots formant le cercle pour affronter les Indiens, le voleur de bétail exécuté de façon sommaire, le bivouac... Ne manquait que John Wayne, son bracelet de cuivre et sa Winchester customisée. Une imagerie naïve, mais non dénuée de charme. Quelques bronzes, également, représentant des figures de rodéo ; virils mais assez fluides. J'ai déballé mes croquis, expliqué mon projet de petit village souterrain. Je m'attendais à devoir argumenter, mais ça l'a emballé. En homme d'affaires avisé, il a tout de suite réclamé des chiffres. Je les lui ai promis dès mon retour de L.A.

— J'aimerais que les choses soient rondement menées, a-t-il conclu, la mine sombre. La situation internationale se dégrade. Vous avez vu ? Les conflits se multiplient aux quatre coins du globe, les banques font faillite, les gouvernements baissent culotte devant les exigences de la canaille. Les attentats deviennent de plus en plus meurtriers. Si nous devons subir un second 11-Septembre, je ne réponds de rien. Des émeutes sanglantes éclateront, jetant la moitié de la population contre l'autre. Ce sera le début de la guerre ethnique qui couve depuis des décennies. Une guerre à laquelle tout le monde aspire en secret. Considérant cela, je pense que nous serons peut-être contraints de descendre dans l'abri plus tôt que prévu. Si vous désirez nous y rejoindre, vous êtes la bienvenue.

Je l'en remerciai vivement et lui annonçai mon départ pour L.A. Pourrait-il me faire ramener là-bas en hélicoptère ? Il m'assura que cela ne posait aucun problème et qu'il donnerait des ordres en conséquence. Je le quittai sur ces bonnes paroles, soulagée de constater que je n'avais pas travaillé pour rien.

Au moment de gagner le couloir, je remarquai qu'un des murs de la pièce était couvert de photographies d'Ernest Hemingway en compagnie de ses fils, Gigi et Patrick. Les garçonnets, mignons comme des lutins malicieux, avaient alors entre cinq et dix ans, ils paradaient aux côtés de leur père, les armes à la main, entourés d'animaux abattus au Wyoming, en Idaho. Apprentissage de la virilité. Mythe du jeune mâle adoubé par le sang. Et le *pater familias* en grand chasseur blanc, tueur d'ours, de lions, d'éléphants et de panthères. Massacreur originel dans l'exercice de son sacerdoce... Mon cœur s'est serré. En les regardant, j'ai compris à quel point Tobbey souffrait de n'avoir engendré que des filles. Au point d'en être réduit à rêver d'une famille fantasmatique. C'était triste. Puis je me suis demandé ce qu'éprouvaient Sarah Jane et ses sœurs lorsqu'elles contemplaient ces clichés.

J'ai regagné ma chambre afin de boucler ma valise. J'ai ouvert le minibar et me suis servi un verre de vodka. Tout à coup, j'ai aperçu une espèce de carnet jauni sur mon oreiller. En m'approchant, j'ai constaté qu'il s'agissait d'une brochure officielle datant des années soixante. Une inscription s'étalait en travers de la couverture :

DEPARTMENT OF DEFENSE. OFFICE OF CIVIL DEFENSE. THE PANTAGON. WASHINGTON, DC. 20310.

Le sous-titre était évocateur :

Comment construire un abri antiatomique obéissant aux normes de sécurité.

Il s'agissait d'un fascicule gratuitement distribué au public par le Pentagone à l'époque de la guerre froide. Outre un plan détaillé de l'installation, on bénéficiait de conseils pratiques en cas d'explosion nucléaire. J'appris ainsi que, pour échapper aux radiations, on pouvait improviser un abri dans sa cave à condition d'en tapisser les parois de livres et de journaux ficelés jusqu'à concurrence d'une épaisseur de quarante centimètres. Le sable était efficace à partir de quinze centimètres. Après l'explosion, il convenait de rester au moins deux cents heures à l'intérieur de la cachette. À l'époque, on considérait naïvement que le danger d'irradiation était très faible huit heures après l'explosion et quasi nul au bout de deux semaines. Une note précisait toutefois qu'il ne fallait pas espérer survivre si l'on se trouvait à moins de trente kilomètres du point de déflagration. En deçà, on était d'abord écorché vif par l'effet de souffle, puis cuit sur pied par la vague de chaleur. Une bonne nouvelle, toutefois : l'irradiation par les rayons bêta et gamma n'était pas contagieuse. Ouf ! j'étais rassurée. Un moment, j'avais failli m'affoler.

Je posai la brochure sur la table de chevet. Qui avait jugé utile de me faire ce cadeau ? Sarah Jane ? Jenny ? Tobbey ? Ce dernier semblait très désireux de me voir rejoindre les rangs de la race élue. Hélas, je ne me sentais guère la vocation d'une nouvelle Ève.

Énervée, je me versai une nouvelle rasade de vodka et m'étendis sur le lit. Cette volonté d'embrigadement me chiffonnait. Je ne tenais pas à être recrutée d'office, comme ces pauvres Françaises que le Régent faisait enlever de force par sa police afin de peupler la Louisiane, au XVIIIe siècle.

Assommée par l'alcool, je m'assoupis. Je ne tardai pas à rêver de l'œuf de plomb et de ses occupants supposés. À l'intérieur du bunker, un pan de muraille pivotait, laissant s'échapper une horde de créatures barbues et chevelues, dont l'anatomie simiesque avait quelque chose de néandertalien. Très vite, ces êtres grognants, un rien difformes, trouvaient l'escalier menant à la surface. À peine sortis des bâtiments, ils convergeaient vers le ranch. Dans les salles du musée, ils récupéraient les armes blanches exposées, coutelas, sabres, puis grimpaient à l'assaut des étages. Je m'éveillai en sursaut à la seconde où, dans le rêve, ils entrebâillaient la porte de ma chambre.

Je me dressai sur un coude, en sueur, suffoquant. Le verre vide roula sur le sol.

Un cauchemar stupide, je l'admets, mais mon cœur avait du mal à recouvrer un rythme normal. Incapable de bouger, je fixai la poignée de la porte, m'attendant à la voir tourner au ralenti, selon un poncif cher aux films d'horreur.

Pyjama partie

Je ne sais comment l'idée absurde d'une pyjama partie est née dans l'esprit de Jenny. Quoi qu'il en soit, au petit déjeuner, on nous a annoncé tout à trac que nous, les filles, étions priées le soir même de nous réunir autour d'un feu de camp au fond du bunker.

Le but de la manœuvre était, je pense, de laver l'abri antiatomique de son aura sulfureuse et de lui rendre un aspect convivial, ce qui, à mon sens, relevait de la gageure. Autant peindre une potence en vert et prétendre qu'il s'agit d'un arbre de Noël.

Les sœurs de Sarah Jane se montraient enthousiastes à l'idée de camper sous la terre et de griller de la guimauve en se racontant des histoires de fantômes, comme il est de mise lors des camps d'été. Toutefois, c'était de leur âge.

J'étais loin de partager cette excitation mais l'on me fit comprendre qu'il serait mal vu de me dérober à cette initiative maternelle, et qu'en cas d'absence au rendez-vous, mon séjour au ranch pourrait s'en trouver sérieusement écourté. Jenny possédait l'art de distiller la menace en l'enveloppant de sourires désarmants.

Le breakfast expédié, j'attirai Evita à l'écart pour lui soutirer une explication. Elle se contenta de hausser les épaules.

— Je n'y suis pour rien, grommela-t-elle. C'est Jenny qui a tout manigancé. Elle veut que je procède à une cérémonie d'exorcisme. Quelque chose qui apaiserait l'âme des défunts. Une sorte de purification des lieux, si tu préfères.

— Et tu vas le faire ?

— Je suis là pour ça.

Je l'ai sentie fuyante, plutôt mal à l'aise.

— Tu crois que ça va marcher ? ai-je insisté.

Elle a baissé les yeux.

— Ce n'est peut-être pas une bonne idée, a-t-elle fini par murmurer. L'imprégnation des lieux est très forte. On ne rendra pas sa virginité au bunker en prononçant trois formules magiques. Ce n'est pas comme ça que ça fonctionne. Jenny est bien gentille mais un peu naïve. On risque même d'indisposer la force qui dort en ces murs... voire de carrément l'exaspérer. Un peu comme si on réveillait un pit-bull qui somnole au fond de sa niche en lui gueulant dessus.

J'ai gardé le silence. Ce fatras occulte ne me convainquait guère mais j'éprouvais un mauvais pressentiment à la perspective de descendre dans le bunker ; somme toute, c'était comme si nous nous préparions à griller des saucisses au milieu d'un cimetière. Cette pseudo-fête avait quelque chose de blasphématoire. Elle empestait la provocation. À la place des morts, je n'aurais guère apprécié.

Toutefois, il a fallu obtempérer.

Le soir venu, nous avons pris le chemin de l'aéroport abandonné. Au cours de l'après-midi, Jenny et ses filles s'étaient activées pour préparer le terrain. Trois tentes avaient été installées au milieu du dortoir de béton. Une pour les gamines, la deuxième pour l'épouse de Tobbey, la dernière pour nous, les employées. Il y avait des lampions, une balançoire, des chaises longues, et même vingt mètres carrés de moquette en gazon synthétique pour parfaire l'illusion.

Une espèce de brûleur à gaz tenait lieu de bivouac. Des glacières attendaient dans un coin, pleines à ras bord de sodas et de steaks. Ce barbecue d'outre-tombe m'a serré l'estomac. Assises en tailleur, les filles chantaient en chœur une vieille rengaine de l'Ouest où il était question d'un juge ivrogne, d'un pendu et d'un bled nommé Cactus City. Il m'a semblé que Sarah Jane, à la différence de ses sœurs, jouait la comédie de l'amusement. Elle en faisait trop et riait faux. J'ai eu l'impression qu'elle cherchait à dissimuler son angoisse. Jenny nous a accueillies à bras ouverts, en parfaite maîtresse de maison. Elle avait les joues un peu rouges. Penchée sur une petite table roulante, elle s'affairait à préparer des drinks. Sans nous demander notre avis, elle nous tendit deux Martini avec olive, comme on en buvait dans les années cinquante en écoutant du Sinatra. J'ai tenté de faire bonne figure. Je me sentais à côté de la plaque, décalée. Cela m'était arrivé plus d'une fois, jadis, dans les fêtes d'étudiants. Cette impression d'avoir été parachutée au milieu d'une bande de Martiens. J'ai fait un effort pour sourire et parler fort, comme les autres. Je savais feindre, c'était déjà ça. J'avoue que je n'avais aucune idée de ce qui se passait dans la tête de mes compagnes de « bivouac ». J'ai toujours eu la conviction qu'en définitive on ne sait pas grand-chose des gens que l'on côtoie. La psychologie est un leurre, une manière de se rassurer, la pitoyable tentative d'un sonar essayant de mesurer une insondable fosse marine. Jadis, ma mère, mon père s'étaient dressés devant moi, énigmatiques et inatteignables. Je n'avais aucune idée de ce qu'ils avaient été réellement, de ce qu'ils avaient éprouvé à mon égard. L'avaient-ils su eux-mêmes ?

Devant Evita, Jenny et les gamines, j'étais gagnée par une sensation analogue. Ces femmes étaient des extraterrestres. Étrangères à moi, étrangères à elles-mêmes. Nous faisions semblant de communiquer. Il en allait ainsi pour 98 % des humains. Les 2 % restants étant probablement des extraterrestres infiltrés.

Jenny a commencé à radoter. Toujours les mêmes histoires de survie postapocalyptique. Elle s'évertuait à présenter ça sous l'aspect d'une grande chance qui nous était donnée. La mégalessive qui allait purifier le monde. Elle répétait qu'elle avait hâte que cela se produise. Le jour du Jugement dernier. Vraiment, Evita et moi serions bien sottes de ne pas en profiter. Elle s'est appesantie sur les joies que nous éprouverions à devenir des reproductrices au sein du bunker. Songez un peu ! Tous ces enfants auxquels nous allions donner naissance et qui constitueraient la race du futur. Les génitrices de l'ordre nouveau. Allions-nous vraiment laisser passer cette chance ? Nous étions jeunes, chacune de nous serait probablement capable de produire une vingtaine de bébés. N'était-ce pas merveilleux ?

Les gamines s'étaient rapprochées, formant un cercle qui buvait ses paroles. Elles hochaient la tête en souriant. Parfois, comme à la messe, elles reprenaient en chœur l'une des phrases prononcées par leur mère. J'ai compris qu'on essayait de nous « évangéliser ». Jenny s'échinait pour nous faire basculer dans le clan de Tobbey. Les fillettes m'ont fait de la peine. Si jeunes et déjà décérébrées, ça serrait le cœur.

Ça a duré comme ça plus d'une heure, je vous épargnerai la litanie. Pas mal de cocktails plus tard, Jenny a décidé qu'il était temps de manger, et les gosses se sont précipitées vers le gril électrique pour cuire les saucisses et les steaks. Une odeur de graillon a envahi le bunker.

Le barbecue et les tentes de camping avaient quelque chose de surréaliste dans ce décor de béton. J'avais descendu trop de cocktails et je commençais à décoller. Les taches rouges sur les pommettes de Jenny s'étaient sensiblement accentuées.

Pendant que les filles s'activaient, l'épouse de Tobbey m'a posé la main sur le bras et s'est penchée pour me chuchoter à l'oreille :

— *Ils sont là*... vous le sentez, n'est-ce pas ? Ils nous entourent, ils nous regardent. Là, ils se pressent à la lisière de la zone d'ombre.

— Qui ? ai-je bredouillé.

— Les morts, a soufflé Jenny. Ceux qui ont péri entre ces murs. Nous devons faire la paix avec eux. C'est nécessaire. Il faut qu'ils nous acceptent dans leur maison. C'étaient les premiers occupants du bunker, et ce territoire est resté le leur pendant près de cinquante ans. Ils considèrent notre installation avec une certaine méfiance, quoi de plus normal ? À nous de leur prouver que nous pourrons cohabiter en bonne intelligence. Ils nous regarderont vivre, cela les occupera. Les morts s'ennuient, ils sont toujours en quête de distraction. Notre existence quotidienne sera pour eux une espèce de sitcom. Quant à eux, ils deviendront pour nous l'équivalent de ces dieux lares que vénéraient les Romains de l'Antiquité. Des divinités mineures, qui nous rendront de menus services. Ainsi, nous vivrons en bonne intelligence, chacun rendant service à l'autre.

Je me suis demandé si elle croyait à ce qu'elle disait ou si elle était complètement bourrée. Malgré moi, j'ai jeté un coup d'œil par-dessus mon épaule pour sonder l'obscurité, là où la lumière des spots mourait en un cercle à peu près parfait. Jenny, en effet, afin de créer une atmosphère d'intimité, n'avait pas allumé la totalité des plafonniers, et seul le centre du bunker échappait aux ténèbres. Notre campement occupait cette tache jaune, bien réduite en comparaison de la surface de l'abri, et cette sensation d'isolement n'avait rien de réconfortant.

J'avais trop bu. Je devenais perméable aux sornettes. J'ai mâchouillé un hamburger en état second. J'avais de plus en plus l'impression que l'obscurité, dans mon dos, grouillait de présences malintentionnées.

Et puis les choses se sont gâtées quand Evita est entrée en scène. Tout de suite, elle a fait part de ses réticences.

— Je préfère être franche avec vous, a-t-elle déclaré. Ce genre d'exercice peut mal tourner. Si les âmes des défunts repoussent nos tentatives de conciliation, il faut s'attendre à un choc en retour.

— À quoi faites-vous allusion ? a glapi Jenny sans dissimuler son impatience.

— Les fantômes pourraient, par exemple, nous rendre folles de terreur en projetant dans nos esprits les images du carnage qui leur a coûté la vie. Nous pourrions même nous retrouver forcées de les imiter, et nous entre-tuer.

— Cela n'arrivera pas, a tranché Jenny avec cette assurance qui n'appartient qu'aux riches. Nos intentions sont pacifiques, les morts le sentiront.

J'ai failli crier : « Arrêtez vos conneries et tirons-nous d'ici. »

J'avais de plus en plus un mauvais feeling. Je ne croyais pas vraiment à la colère des spectres, mais j'avais peur d'une crise hystérique, ou psychotique, de l'une ou l'autre des participantes. J'imaginais très bien Evita, succombant à une espèce de possession vaudou, et se jetant sur nous en brandissant un couteau. On le sait, les histoires de macumba ou de candomblé finissent parfois dans le sang.

L'énervement croissant de l'épouse de Tobbey et de la diseuse de bonne aventure ne présageait rien de bon.

Une odeur de sueur et de colère planait à présent sur le bivouac. Les adolescentes ne riaient plus. Sarah Jane, très pâle, scrutait les ténèbres. J'ai eu un court instant l'illusion qu'elle adressait une supplication muette aux morts qui se bousculaient dans le noir. Peut-être les priait-elle d'excuser l'outrecuidance de sa mère ?

Comme Jenny insistait, Evita a dû se résoudre à céder. Après tout, elle n'était qu'une employée. Une fois de plus, je me suis demandé quelle était la part de la sincérité et de la comédie chez elle. Était-elle une habile arnaqueuse ou croyait-elle sincèrement à ce qu'elle faisait ?

Comme de coutume, elle a sorti de son sac des sachets de poudres odoriférantes et une multitude de breloques indiennes constituées d'os entremêlés de plumes et de têtes de serpents séchées. J'ai failli pouffer d'un rire nerveux. Tout ce cérémonial paraissait tellement... hollywoodien ! Et puis je me suis rappelé que je me trouvais en Californie, terre d'élection des aberrations mystiques, des sectes, et où les gourous les plus frappadingues ont pignon sur rue.

Evita, elle, avait commencé à dessiner un pentacle sur le béton. Brusquement, l'atmosphère s'est électrisée, comme pendant l'ultime minute qui précède une bataille. Si stupide que cela puisse paraître, j'ai eu, durant cette poignée de secondes, l'impression que tout pouvait arriver. Qu'une vague de folie allait déferler sur nous, nous poussant aux pires extrémités. Je me suis vue, me jetant sur Jenny pour lui arracher les yeux, lui déchirer les lèvres à belles dents, comme si… comme si un esprit étranger se glissait dans ma tête pour me convaincre de faire ces choses. Je me suis sentie au bord de la possession, capitulant devant l'emprise d'une force jaillie de l'obscurité.

Mon regard a rencontré celui de Sarah Jane, et il m'a semblé qu'elle éprouvait un trouble analogue. Son visage n'était plus celui d'une enfant, ses traits avaient désormais quelque chose de félin… d'atrocement beau. Une sauvagerie sans nom l'habitait, son sourire découvrait des dents bien trop longues pour être encore humaines. Quant à Jenny, les ombres mouvantes des lampions lui sculptaient un profil de louve et lui creusaient des orbites au fond desquelles brillaient des yeux d'une cruauté absolue. Nous nous faisions face, telles les femelles d'une meute prêtes à se déchirer. Pour un peu, je me serais senti pousser des griffes. Une faim grandissait en nous, un besoin viscéral. Quelque chose comme la joie de tuer, de réduire en charpie son adversaire, de disloquer sa carcasse, d'entendre ses os éclater sous nos dents…

Était-ce là ce qu'avaient éprouvé les premiers occupants du bunker juste avant le massacre ?

Oui, l'illusion a duré quelques secondes, entrouvrant une porte sur l'innommable, sur la volupté de faire mal, la sensualité de la destruction totale… et puis Evita a bouclé le cercle, et la parenthèse fantasmatique s'est refermée.

Nous nous sommes ébrouées. Une gêne s'est installée, et chacune d'entre nous a détourné la tête pour fuir le regard des autres.

Cela m'a rappelé les lendemains de partouzes étudiantes quand, l'excitation retombée, ne subsistent plus que les odeurs de foutre, de vin et de tabac, et que les filles, écœurées, se demandent si le jeu en valait vraiment la chandelle.

Soudain dégrisée, Jenny a décidé de lever le camp sans donner la moindre explication. Personne n'a protesté, pas même les gamines. Nous avions senti que quelque chose d'atroce avait failli se produire et qu'il s'en était fallu d'un cheveu. Abandonnant les reliefs du barbecue, nous avons pris le chemin de la sortie en essayant de conserver un semblant de dignité… et en nous retenant de courir. C'est ainsi que s'est terminée la pyjama partie.

Une chose était sûre cependant. Les morts du bunker ne voulaient pas de nous.

Cet incident fut la goutte d'eau qui fit déborder le vase.

Le soir même, n'envisageant pas de rester seule une minute de plus, j'allai rejoindre Evita. Quand elle apprit que je rentrais à L.A., elle proposa de m'accompagner.

— Il faut que je passe à mon bureau, m'expliqua-t-elle. J'ai mis plusieurs clients importants en attente pour suivre Tobbey dans ses déambulations. L'histoire du colonel, c'était un contrat juteux, soit, mais je dois penser à l'avenir.

— Tu crois qu'il va te laisser partir ?

— Oui, comme le fantôme ne s'est plus manifesté, il s'estime protégé par mes sortilèges. Quitter ce zoo me fera le plus grand bien.

Nous passâmes le reste de la soirée à deviser de choses et d'autres. La conversation sonnait faux, son unique fonction étant de retarder le moment où il nous faudrait, chacune dans notre chambre, affronter la solitude du ranch. J'en retirai toutefois l'impression qu'Evita, comme moi, trimballait un passé encombrant. Un passé qu'elle évoquait le moins possible, ou en des termes aussi allusifs que les miens. L'idée m'effleura qu'un lien affectif pourrait se tisser entre nous, pourvu que nous nous donnions la peine d'abaisser nos masques, ne serait-ce qu'une seconde. Une espèce de... sororité ?

Mais peut-être étions-nous déjà trop vieilles et trop blindées pour envisager de tels abandons ?

Le lendemain matin, traînant un sac de voyage, nous bondîmes sans nous faire prier dans le Dodge WC 51 qui allait nous transporter jusqu'à la piste d'envol.

Pressentiment

De retour à L.A., nous partageâmes un taxi pour gagner le cœur de la cité. Evita me donna sa carte de visite.

— On pourrait dîner un soir, entre filles, proposa-t-elle. Ça nous permettrait de parler librement, loin des oreilles ennemies.

J'acquiesçai de manière évasive. Je ne savais pas vraiment si j'avais envie de la voir. L'idée de me faire une amie me paniquait.

Le carton indiquait une adresse à Venice, sur le front de mer, ainsi qu'une raison sociale pour le moins surprenante : *Astral coaching*. Dès qu'elle fut descendue du véhicule, je me fis conduire à l'Agence 13. Devereaux m'y attendait. Je lui fis un long rapport pendant lequel il prit des notes et pianota furieusement sur sa calculette. Quand j'évoquai l'ambiance étrange qui régnait au ranch et les mœurs bizarres de ses habitants, il se contenta de hausser les épaules.

— Ça ne nous regarde pas, grogna-t-il. Les riches sont tous cinglés, vous le savez aussi bien que moi. Et les super riches sont super cinglés. C'est logique. Pour revenir à notre affaire, félicitations ! Voilà qui devrait nous rapporter un joli paquet. Dépêchez-vous de faire établir les devis. Je veux que Tobbey signe le plus vite possible.

Nous nous séparâmes sur ces bonnes paroles ; il n'avait accordé qu'un coup d'œil distrait à mon projet de village souterrain. Si Tobbey l'avait approuvé, lui, Devereaux, n'avait aucune critique à formuler.

J'étais à la fois soulagée et déçue. Comme tous les « créatifs », j'aime travailler dans une atmosphère d'enthousiasme collectif, mais c'est trop demander de nos jours, où il est bon de faire preuve de cynisme et d'avoir pour devise « Rafle la thune et pense à ta prochaine Ferrari ! Le reste, c'est juste du boulot... »

Sans perdre de temps, je passai vingt coups de fil pour rameuter les entrepreneurs susceptibles d'être intéressés par le projet. Le nom de Tobbey agissait à la manière d'une formule magique, et je n'eus aucun mal à obtenir des rendez-vous rapides.

Je passai la semaine à argumenter, discutailler, contester... Je perdis beaucoup de temps à expliquer à mes interlocuteurs que Tobbey Zufrau-Clarkson était certes milliardaire, mais qu'il savait repérer à cent lieues un devis artificiellement gonflé. Il ne fallait pas le prendre pour un crétin.

Peu à peu, les choses prenaient forme. J'aurais dû m'en réjouir, pourtant je n'arrivais pas à me défaire d'un inexplicable sentiment d'angoisse, comme si une catastrophe se préparait. Lorsque la nuit tombait, j'éprouvais beaucoup de peine à trouver le sommeil et, quand je parvenais enfin à m'endormir, c'était pour rêver du ranch, de l'abri, de Sarah Jane... Il s'agissait toujours d'histoires compliquées et inquiétantes dont je demeurais le témoin impuissant. Une fois, je fis un cauchemar dans lequel Tobbey et Jenny me faisaient descendre de force dans le bunker. J'avais les mains liées, un bâillon, et un soldat me portait sur son épaule comme un paquet. Jenny, souriante, son Kelly noir sous le bras, m'expliquait que je ne devais pas m'affoler. Ma vie allait enfin prendre un sens. Je deviendrais la mère de nombreux enfants. Je repeuplerais l'Amérique pour le plus grand bien de la race blanche.

Tobbey, demeuré en arrière, claquait la porte de l'abri et pianotait un code sur le clavier du verrou électronique. « Voilà ! annonçait-il d'un ton triomphant. C'est programmé pour ne se rouvrir que dans cinquante-six ans. » Je poussai alors un hurlement de terreur... et me réveillai en sueur.

Je dus bientôt m'avouer que j'avais peur de retourner au ranch. Peur d'être enlevée par ces cinglés et d'être incorporée d'office à leur harem souterrain.

Le lendemain, Evita m'appela.

J'ai l'habitude de vivre seule. La présence des hommes m'insupporte, je ne suis bien qu'en compagnie des chats, des chiens et des enfants. Pourtant, ce soir-là, j'éprouvais le besoin physique d'une présence à mes côtés. Je découvris que j'étais heureuse de l'entendre. Nous convînmes d'un rendez-vous dans un bar de célibataires aux alentours de 22 heures. J'étais tout de même crispée. Les soirées entre filles me mettent mal à l'aise car je n'ai pas la confidence facile et, si j'éprouve la plus grande méfiance envers les mâles, je ne prends pas pour autant plaisir à disserter avec force gloussements sur leurs travers. Néanmoins, il était urgent que je me change les idées.

Evita m'attendait devant une tequila. Elle était habillée en Armani noir, et maquillée comme pour un défilé de mode. Un réticule D&G gisait sur le bar. J'ai eu peine à la reconnaître. Elle buvait sec en dévisageant les mecs pardessous. J'ai estimé qu'elle portait une petite fortune en tissu sur le dos.

— Je sais ce que tu vas me dire, a-t-elle soupiré. Tu as la trouille d'y retourner. Tu te demandes si tu ne ferais pas mieux de t'évaporer dans la nature.

— Un peu, oui..., ai-je concédé. Tobbey et Jenny sont barges. Tu as pensé à ce qui arrivera s'ils décident tout à coup d'anticiper leur « départ », et courent s'enfermer dans le bunker... en nous obligeant à les suivre ?

Elle a haussé les épaules.

— Ils ne peuvent pas. Pas encore, a-t-elle marmonné. L'abri n'est pas prêt à les accueillir. Mais j'admets qu'il faudra faire attention quand approchera la fin des travaux. Une fois bouclés là-dedans, personne ne pourra les forcer à en sortir, pas même l'armée. Ce truc a été conçu pour résister à une frappe nucléaire rapprochée. S'ils nous enlèvent, on sera bonnes pour faire les putes jusqu'à un âge avancé.

— Et ça ne t'effraye pas ?

— Il y a du fric à prendre, beaucoup de fric... et j'ai de gros besoins. Quant à toi, tu sais bien que tu n'as pas le choix. J'ai décidé d'assurer le coaching astral de Tobbey jusqu'à la dernière minute. Il m'a demandé de prévoir les moments décisifs du monde futur. De jouer les Nostradamus, si tu préfères... Mais, à un moment donné, il faudra sauter du train en marche, c'est sûr. Quand les choses commenceront à se gâter, je te ferai signe.

Elle semblait confiante ; un peu ivre aussi. Elle allumait carrément les mecs. Au bout de vingt minutes, un type genre *trader* survolté s'est approché pour lui murmurer quelque chose à l'oreille. Elle a ri, puis s'est levée pour le suivre en m'adressant un petit geste d'adieu. Je me suis retrouvée seule et conne devant mon verre. La soirée était fichue, je n'aurais jamais dû venir. Je m'étais trompée, de toute évidence Evita n'en avait rien à foutre de moi. Je m'en suis voulu de cette réaction adolescente. Depuis quand avais-je besoin d'une « meilleure copine » ? Alors j'ai continué à boire. Pendant mes années de disette, j'avais perdu l'habitude d'avaler autre chose que de la mauvaise bière ; je n'avais plus l'endurance de jadis, l'alcool m'a cueillie en traître et je suis partie en vrille sans trop avoir conscience de ce qui m'arrivait. J'ai émergé du brouillard au lit, chez moi, couchée sous un type qui me besognait comme s'il avait décidé de m'utiliser comme bélier pour défoncer la porte d'un château fort. Peut-être était-ce Hulk ? Tout cela était confus, irréel. Je n'ai pas joui mais je me rappelle avoir vomi partout dans la pièce.

Hormis ces rares détails, c'était le blanc total. L'amnésie pur jus.

C'est avec une gueule de bois atroce que j'ai réceptionné les devis définitifs. Chaque fois que je surprenais mon reflet dans un miroir, je pensais : « Pourquoi ce masque de Halloween dont je suis affublée ne se décolle-t-il pas de ma figure ? »

La semaine était finie. Il fallait rentrer au ranch, obtenir de Tobbey qu'il signe le contrat et commencer les travaux. Je me sentais dans l'état d'esprit d'un permissionnaire qui remonte au front.

J'étais encore loin de me douter de ce qui m'attendait là-bas.

L'œil du cyclone

J'ai retrouvé Evita à l'aérodrome privé. Elle avait aussi mauvaise mine que moi. Le pilote nous a jeté un regard goguenard. Nous devions avoir l'air de deux putes sortant d'une nuit d'orgie en compagnie d'une équipe de foot. J'ai éprouvé une bouffée de haine envers moi-même. Comment avais-je pu à ce point perdre le contrôle ? Ce n'était pas mon genre. J'en venais à penser qu'on avait pu verser du GHB dans mon verre. Foutu dragueur ! Encore un requin de bar pour célibataires.

Le vacarme du rotor a décuplé ma migraine. Ratatinée dans son coin, Evita grimaçait en se comprimant les tempes à deux mains, comme si on essayait de lui extraire le cerveau par les narines. Pendant le voyage, j'ai vérifié à plusieurs reprises que j'étais convenablement habillée. J'avais quitté mon appartement dans une telle confusion mentale que je redoutais d'avoir oublié d'enfiler une pièce de vêtement. M'étais-je coiffée ? Avais-je bien deux chaussures de la même couleur ?

J'ai tâtonné dans mon sac, à la recherche du flacon d'Anacin. Quand je l'ai débouché, Evita a tendu la main vers moi, paume ouverte.

Le reste du trajet s'est passé à attendre que les pulsations douloureuses qui distendaient mon crâne s'apaisent.

J'avais honte. Qu'est-ce que Tobbey allait penser de nous ?

Enfin, l'hélico s'est posé sur la piste désaffectée. Il n'y avait personne pour nous accueillir. Je m'en suis étonnée auprès du pilote qui a haussé les épaules.

— J'sais pas, m'dame, a-t-il bougonné. J'ai pas réussi à établir le contact avec le ranch. Possible qu'ils aient une panne de récepteur. Ça arrive quand le vent de sable se lève. Ça couche les antennes. Y a peut-être une voiture au bord de la piste. Sinon, faudra que vous montiez à pied. Un peu d'exercice, c'est pas mauvais, ça vous fera de belles cuisses.

Il s'en foutait. Je n'ai pas insisté. Trop fatiguée pour chercher querelle. Evita sur mes talons, j'ai gagné le bout du tarmac. Il faisait déjà horriblement chaud et je n'avais pas envie de crapahuter à flanc de colline jusqu'au ranch. Par chance, deux voiturettes blanches attendaient au parking. Je me suis glissée au volant en prenant garde à ne pas toucher la tôle du capot sur laquelle on aurait pu faire frire un espadon. Je trouvais bizarre que Tobbey n'ait dépêché aucun domestique pour nous réceptionner. C'était inhabituel pour quelqu'un qui mettait tant d'application à jouer les gentlemen du Sud.

Evita s'est laissée tomber à mes côtés et j'ai lancé la mini à l'assaut de la colline.

Les cahots ont réveillé migraine et nausée. C'était un jour à s'enfermer dans un sarcophage en attendant l'avènement d'un nouveau millénaire.

Lorsque nous avons franchi le portail du ranch, j'ai été frappée par le silence et l'inactivité des lieux. La baraque, où, d'habitude, évoluait une nuée de domestiques véloces, avait l'air abandonnée.

Je ne sais pourquoi, mais une pensée étrange m'a traversé l'esprit : « Il n'y a plus personne de vivant là-dedans. »

Une fois la voiture garée à l'ombre, j'ai avancé vers la véranda d'un pas hésitant. Une voix intérieure me criait de tourner les talons et de m'enfuir sans regarder derrière moi.

Au seuil du hall, j'ai été suffoquée par l'incroyable quantité de mouches qui bourdonnaient dans l'air. Puis j'ai aperçu les pieds de Jordan, l'un des serviteurs, qui dépassaient de l'encoignure d'une porte. Jordan lui-même était couché sur le sol, la veste et les gants blancs qu'il portait pendant son service étaient rouges. Derrière moi, Evita a poussé un gargouillement un peu ridicule. J'ai continué à marcher, les jambes molles.

Ils étaient tous là, dans la salle à manger, réunis pour le repas familial. Tobbey trônait au bout de la table, calé entre les accoudoirs de son fauteuil espagnol. La moitié supérieure de son crâne avait disparu. Sa tête s'arrêtait à deux centimètres au-dessus des sourcils, tel un melon décalotté. Jenny s'était abattue sur la table. Le sang coulant de son visage fracassé avait rempli son assiette avant de déborder sur la nappe.

Les filles, elles, gisaient sur le sol, leurs sièges renversés, comme si elles avaient eu le réflexe de prendre la fuite. Le carrelage de la salle évoquait une piscine remplie de sang. Le brouillard de mouches emplissait la pièce. Je levai la main pour me protéger des insectes qui martelaient mon visage.

La seconde d'après, je me détournai pour vomir. Evita, blême, s'était accroupie sur le sol. Paralysée par la peur, elle avait uriné sur ses chaussures.

J'ai pensé : « C'est le colonel... Il est venu se venger. Il les a tous tués. C'est le colonel... »

J'ai couru vers la sortie, incapable de supporter une minute de plus le contact des insectes sur ma peau.

Après...

Après, j'avoue avoir perdu le fil pendant plusieurs minutes. Je me revois en train de courir en rond dans le patio. Je ne pensais plus qu'à une chose, à ces mouches aux pattes trempées de sang qui s'étaient promenées sur ma figure. J'étais persuadée que des dizaines de minuscules taches rouges maculaient mes pommettes, à la façon d'un essaim d'éphélides. Je crois que je me suis ruée sur la fontaine pour m'asperger le visage. Quand je me suis relevée, ma robe trempée me collait au corps. Alors j'ai revu

Tobbey, scalpé au ras des sourcils, là où le sabre du colonel l'avait frappé... et Jenny, se vidant de son sang dans son assiette... et les filles, gisant sur le sol, les jambes emmêlées au pied des chaises sur lesquelles elles étaient assises une seconde plus tôt.

Evita m'a saisie aux épaules et secouée de toutes ses forces.

— Tais-toi ! a-t-elle crié.

Alors, seulement, j'ai réalisé que je hurlais de façon continue sans en avoir conscience.

— La ligne téléphonique a été coupée et le radio-émetteur saccagé, a-t-elle expliqué d'une voix sourde. Les cellulaires ne fonctionnent pas ici, nous sommes trop loin du réseau. Il faut retourner à l'hélicoptère et demander au pilote d'appeler le shérif du bled voisin.

Je me suis laissé traîner jusqu'à la voiturette blanche. Evita s'est glissée au volant. Très pâle, elle semblait néanmoins avoir le contrôle de ses nerfs. Nous avons dévalé la pente jusqu'à la piste. Il n'y avait personne dans l'hélico. Nous avons perdu un quart d'heure à fouiller les bâtiments pour découvrir le pilote, allongé dans un hamac, tétant un pétard, des écouteurs sur les oreilles, occupé à se carboniser les neurones à l'heavy metal. Il lui a fallu pas mal de temps pour comprendre que nous n'avions pas viré cinglées et le décider à grimper dans le cockpit pour allumer la VHF.

Pendant qu'il bredouillait dans le micro, je me suis tournée vers Evita pour demander :

— Il y a une ville près d'ici ?

Elle a haussé les épaules.

— Si on veut, Mount Sierra, un gros bourg. Une espèce de cité fantôme dans le style de Barstow. Une ville minière de la Ruée vers l'or qui s'est vidée au fil du temps. C'est aujourd'hui un lieu pour touristes et un centre de regroupement Wicca[1]. L'arrivée de Tobbey et de ses

1. Abréviation pour Witchcraft, sorcellerie. Mouvement féminin regroupant des « sorcières » de tous âges, très populaire aux USA.

hommes a redonné vie au commerce local. Des bars se sont ouverts, des « attractions » visant le public masculin.

— Les flics arrivent, a balbutié le pilote en descendant de l'hélico. Bordel ! Quelle histoire !

Mon estomac s'est crispé à cette idée. Je n'avais aucune envie de me retrouver confrontée à la police. Avec mon passé, les enquêteurs auraient tôt fait de me coller une étiquette de suspecte. Je connaissais trop bien leur manière de procéder, à l'emporte-pièce, en allant d'emblée au plus facile.

La chaleur étant atroce, nous avons dû nous replier à l'ombre d'un bâtiment. Le pilote nous a apporté de quoi boire. Il avait perdu sa morgue coutumière. À un moment, il s'est éclipsé pour planquer sa dope. Puis il a commencé à poser des questions auxquelles Evita n'a pas répondu.

— Ce sera déjà bien assez de radoter devant les *pigs*, a-t-elle craché. Je préfère économiser ma salive.

Au bout d'une demi-heure, trois voitures de patrouille sont apparues dans un nuage de poussière. Le shérif en est descendu, suivi de ses adjoints. C'était un homme dans la soixantaine, fatigué, le visage cuit comme une vieille poterie indienne et tout aussi fendillé. Sa bedaine pendait par-dessus son ceinturon. Il arborait une expression contrariée.

— Cal Benwright, a-t-il grogné en guise de présentation. C'est quoi, ce délire ? M. Tobbey aurait été assassiné avec toute sa famille ?

Il nous a dévisagées avec hargne et méfiance, Evita et moi. De toute évidence, il cherchait à nous situer. Étions-nous des putes ? Oui, sans doute, qu'est-ce que des filles normales auraient fichu dans un camp d'entraînement, hein ?

Avec des gestes d'une lenteur exaspérante, il a sorti un carnet et relevé nos identités. Il ne semblait pas pressé de grimper au ranch. On le sentait embêté, en plein déni de réalité. Enfin, il a consenti à remonter dans sa voiture, nous a ordonné de nous entasser à l'arrière, et a mis le contact. Il a freiné devant le portail, est descendu du véhicule pour avancer d'un pas hésitant vers la maison.

— Monsieur Tobbey ? lançait-il à intervalles réguliers. Monsieur Tobbey, vous êtes là ?

Manifestement, il ne croyait pas un mot de ce que nous lui avions dit. La main posée sur la crosse de son arme, il est enfin entré dans la bâtisse. Il avait peur de déranger. Pour un peu, il se serait essuyé les pieds avant de pénétrer dans le hall. Il n'est pas resté absent plus de deux minutes. Quand il est ressorti, son visage avait viré du rouge brique au rose pâle.

— Foutudieu ! c'est la merde ! a-t-il balbutié à l'un de ses adjoints. Ils ont tous été massacrés. Faut prévenir le coroner du comté. C'est trop gros pour nous.

— Mesdames, a-t-il haleté en se penchant vers nous, on va vous emmener au poste pour enregistrer votre déclaration. Va falloir vous armer de patience. Ce n'est que le début de la procédure. Des inspecteurs de la criminelle vont vite prendre le relais. Et peut-être même les gars du FBI si c'est une histoire de terrorisme. Je vous conseille de décommander tous vos rendez-vous pour les jours à venir.

Voilà, c'était confirmé. Il nous prenait pour des putes, mais comme il était poli, il avait dit « rendez-vous » au lieu de « clients ».

Le shérif est resté sur place avec une partie de son équipe. Le troisième adjoint nous a véhiculées jusqu'à Mount Sierra, une bourgade assez pimpante, cultivant le genre pionnier. J'ai remarqué plusieurs herboristeries, mais également des officines de cartomanciennes, sans oublier les inévitables boutiques d'objets « magiques ». Des enseignes en tôle peinturlurée se balançaient au-dessus des portes : chats noirs, sorcières chevauchant des balais, citrouilles grimaçantes...

Le troisième adjoint se nommait Colin Galway. Dans les trente ans, plutôt joli garçon si on aime le genre ancienne star du rodéo. Par bonheur, les bureaux étaient climatisés. Je suis allée mouiller un mouchoir en papier au distributeur d'eau pour me nettoyer les joues. Je ressentais des fourmillements à la hauteur des pommettes, comme si des dizaines de mouches aux pattes engluées de sang s'y promenaient encore.

J'avais conscience de perdre la boule. Colin Galway s'est montré courtois. L'une après l'autre, il nous a fallu raconter qui nous étions, ce que nous fichions au ranch, depuis quand nous étions là...

J'ai tout de suite vu que l'histoire du bunker à redécorer le faisait tiquer, et j'ai dû lui communiquer les coordonnées de l'Agence 13 afin qu'il puisse entrer en contact avec mon patron. J'ai choisi de rester discrète sur les théories de Tobbey. Quand j'ai voulu faire état des contrats, j'ai pris conscience que j'avais laissé tomber ma mallette dans le hall de l'hacienda, au seuil de la salle à manger.

— Vous faites pas de bile, a lancé Galway avec un sourire rassurant, s'ils sont là-bas, le shérif va les retrouver.

Mais cela ne m'a pas du tout rassurée. Je savais qu'il se montrerait moins poli dès que mon CV ferait surface. Il pourrait y lire des choses comme : *Soupçonnée de vol d'objet d'art, a bénéficié d'un non-lieu. Mort suspecte de la plaignante, alibi apparemment inattaquable. Hypothèse de la vengeance non écartée. A pu faire liquider son accusatrice par une tierce personne. Dossier classé faute d'éléments.*

En l'espace d'une seconde, je passerais du statut de belle fille traumatisée à celui de dangereuse salope.

Les dépositions enregistrées, on nous a conduites, Evita et moi, dans une salle d'attente sans ouverture sur l'extérieur. Une fliquette nous a apporté d'autorité du café et des sandwiches au pastrami (froid) avant de rappeler à Evita qu'il était interdit de fumer en ce lieu.

Evita a tiré un agenda de son sac, pour y griffonner quelques mots qu'elle m'a fait lire :

Gaffe à ce que tu dis. Ils nous enregistrent.

J'ai haussé les épaules. Elle ne m'apprenait rien. J'étais encore gamine que mon père me conseillait déjà de me défier de tout ce qui porte un uniforme.

Je me sentais sale. À plusieurs reprises, j'ai vérifié qu'il n'y avait pas de traces de sang sur mes vêtements ou mes chaussures. La migraine me martelait les tempes au-delà du supportable.

Trois heures plus tard, Cal Benwright est revenu, plus ennuyé que jamais. Il s'est enfermé dans son bureau pour passer un million de coups de fil. De temps en temps, à travers la paroi vitrée, il nous jetait un regard alourdi de rancune. Nous avions troublé la quiétude de sa petite ville. Il nous en tenait rigueur.

Comme cela arrive souvent dans ce genre de situation, j'étais anesthésiée. J'avais le plus grand mal à me persuader de la réalité de ce qui venait d'arriver. De temps à autre, les images de la salle à manger me traversaient l'esprit de manière fugitive mais, au fil des heures, elles devenaient floues. Au point que j'en arrivais à douter d'avoir assisté à cette scène.

Je pensais à Sarah Jane, la seule des quatre sœurs avec laquelle j'avais noué de brefs contacts. Il me semblait impossible qu'elle soit morte à cette heure... Enfin, la question que j'aurais dû me poser depuis le début fit surface : *Qui les avait tués ?* Il ne pouvait s'agir du colonel, bien sûr, alors qui ?

Ce type d'exécution familiale faisait penser au mode opératoire de certains cartels de la drogue. Tobbey devait avoir beaucoup d'ennemis. On ne parvient pas à une telle position sans piétiner une armée de concurrents.

Tout à coup, l'atmosphère du bureau a changé. Deux hommes en costume clair venaient de faire irruption, un badge de la police coincé dans la pochette. Les types de la criminelle, à n'en pas douter. Le shérif s'est levé pour les accueillir. La tension est devenue palpable. J'ai soupiré, le cirque allait recommencer. D'ici quinze minutes, ayant à peine jeté un coup d'œil aux dépositions enregistrées par l'adjoint de Benwright, ils reprendraient tout de zéro. Evita a craché un juron en espagnol.

— On n'est pas dans la merde..., a-t-elle maugréé. Et qui va me payer mes honoraires maintenant ? Bon sang ! Quand je pense à tout ce temps perdu !

Bien évidemment, ce que je redoutais s'est produit. On m'a rappelée dans la salle des interrogatoires, mais cette fois, mon interlocuteur était un inspecteur de L.A. Quarante ans, chauve, une gueule de boxeur, des mains énormes aux ongles jaunis. Il s'est présenté : détective Lomax, Homicide Squad.

— Eh bien, Miss Katz, a-t-il ricané, on a un drôle de pedigree, ce me semble…

Il parcourait mon dossier, l'œil allumé, comme s'il était en train de lorgner la double page centrale de *Playboy*.

Le petit jeu du chat et de la souris a duré une trentaine de minutes. Il cherchait à me mettre mal à l'aise. J'ai demandé si j'étais accusée du massacre et si je devais d'ores et déjà exiger la présence d'un avocat.

— Pour le moment, vous n'êtes pas sous le coup d'une inculpation, a-t-il grommelé. D'après les premières constatations, Tobbey et sa famille ont été abattus hier soir, aux alentours de 23 heures. Vous affirmez avoir rejoint votre copine dans un bar à 22 heures et être restée en sa compagnie jusqu'à minuit, environ. À ce moment-là, vous en êtes repartie ivre morte avec un homme dont vous ignorez l'identité, et que vous avez néanmoins ramené à votre domicile. Jolie mentalité ! On vérifiera. Le barman aura peut-être meilleure mémoire que vous. Apparemment, vous avez un alibi. Je dis bien *apparemment*. Ce serait tout de même mieux qu'on retrouve le type qui vous a sautée, et qu'il déclare sous serment avoir passé la nuit entre vos cuisses. Maintenant, vous allez me dire ce que vous fricotiez avec Tobbey. Il vous aurait engagée pour décorer un bunker… Vous déconnez, là ?

Ça a duré comme ça une heure et demie. Il mettait systématiquement en doute chacune de mes réponses. Il éclatait de rire à la façon des mauvais acteurs des *sixties*. Ses dents étaient trop blanches et trop parfaites. Une prothèse sans doute. On aurait dit qu'il tenait à les exhiber. Il multipliait les grossièretés pour me déstabiliser. Il s'adressait à moi comme à une criminelle récidiviste. J'ai tenu bon. Mon père m'avait préparée à ça dès l'âge de dix ans.

Je connaissais tous les trucs. Le mépris, la violence, les insultes, les câlineries... On y avait joué avec Daddy. Il appelait ça des « répétitions ». Ça m'avait souvent amenée au bord des larmes, mais j'avais fini par m'endurcir. De ce point de vue-là, j'étais tout sauf une novice.

Il a fini par jeter l'éponge. Un autre l'a remplacé, plus âgé, plus élégant. *Distinguished grey.* Une espèce d'ersatz de George Clooney. Il s'est présenté : Dave Dogson.

— D'après vous, a-t-il attaqué, qui pouvait en vouloir assez à Tobbey Zufrau-Clarkson pour l'abattre, lui et sa famille, d'une rafale de fusil-mitrailleur ?

J'ai sursauté. Dans mon esprit, le massacre avait été perpétré à l'arme blanche. Au sabre, plus précisément. J'ai réalisé que je m'étais laissé influencer par cette stupide histoire de colonel fantôme.

J'ai bêtement répété :

— Fusil-mitrailleur ?

— Oui, a confirmé Dave Dogson. Vous n'avez pas vu les impacts ? Les murs en sont criblés. Celui qui a fait ça était animé d'une rage démentielle. On dirait qu'il avait l'intention de tout détruire autour de lui. Par ailleurs, quelles relations entreteniez-vous avec Sarah Jane ? Mlle Chavez y Goyaz y Nopales dit qu'une certaine complicité s'était établie entre vous. Tout ce que vous pourrez dire nous sera utile pour la retrouver.

— *La retrouver ?* ai-je balbutié. Elle n'a pas été tuée ?

— Non, du moins, on le suppose. Ses trois sœurs ont été abattues, c'est vrai, mais pas elle. On ignore ce qu'elle est devenue.

Lorsque je m'étais arrêtée au seuil de la salle à manger, j'avais été trop horrifiée pour dévisager les cadavres des gamines, au demeurant barbouillées de sang. J'étais partie du principe que la famille tout entière avait été massacrée. J'éprouvais un réel soulagement à l'idée que Sarah Jane était peut-être encore vivante. Et soudain, tout s'est mis en place. Les pièces du puzzle se sont emboîtées.

Vince Vaughan ! Mais oui ! Pourquoi n'y avais-je pas pensé plus tôt ?

— Je crois savoir ce qui s'est passé, ai-je haleté. Ça remonte à deux ans. Sarah Jane m'en avait parlé.

Et j'ai raconté l'histoire de la querelle opposant les deux soldats qui convoitaient Willa, la fille aînée de Tobbey. Dogson a froncé les sourcils quand j'ai expliqué le système de la « fiancée » offerte en récompense au major de la promotion.

— Bon sang, a-t-il grogné, vous prétendez que ce gars utilisait ses propres filles comme des trophées de concours ?

— Oui, tout le monde vous le confirmera. D'ailleurs, dans la maison, vous trouverez placardé sur un mur une espèce de tableau d'honneur affichant le classement des hommes.

— Donc, ce Vince Vaughan campait dans les ruines de l'ancien aérodrome, et cela depuis deux ans ?

— C'est ce que prétendait Sarah Jane. Elle avait l'air de bien l'aimer. En tout cas, elle ne l'a jamais dénoncé. Elle disait aussi qu'il attendait l'occasion de se venger.

Je me suis interrompue pour reprendre mon souffle. Je voyais que Dogson avait du mal à me suivre dans cette direction.

— Tobbey était barjot, ai-je soupiré, gagnée par la lassitude. Il croyait à des trucs dingues. La guerre raciale, la fin du monde, les fantômes, les mutants... C'était un festival de légendes urbaines à lui tout seul. Il a fini par s'entourer de gens aussi cinglés que lui. Vous savez comment ça se passe, non ? L'illusion groupale, vous avez entendu parler ? Vous n'allez pas prétendre que vous n'avez jamais eu vent de ce qui se passait ici !

Il est resté silencieux, à caresser ses cheveux argentés d'un geste machinal.

— Je pense que Vaughan a pété les plombs, ai-je conclu. Pourquoi hier soir ? Je n'en sais rien. Quoi qu'il en soit, il est monté jusqu'au ranch, a massacré toute la famille, sauf Sarah Jane, qu'il a emmenée avec lui à titre de dédommagement. Interrogez les autres soldats, je suis sûre que leur analyse de la situation sera semblable à la mienne.

Dogson a secoué la tête.

— Non, a-t-il lâché. Ils refusent de parler. Ils n'ont rien vu, rien entendu. Ce sont d'anciens marines, on n'arrivera pas à leur faire cracher le morceau. On les a formés pour résister aux interrogatoires. Ils répètent tous la même chose : ils suivaient une formation commando de deux ans dans le but d'intégrer le service de sécurité de Zufrau-Clarkson Industries. Surveillance des champs pétrolifères, prévention du terrorisme, etc. Ça tient debout. Les détonations continuelles ont pu couvrir la rafale tirée à l'intérieur de l'hacienda. De toute manière, les murs sont épais. Et puis, ce genre d'arme ne fait pas tellement de bruit, il n'y a qu'au cinéma que les FM produisent un boucan d'obusier.

Il a quitté la salle pour s'en aller conférer avec ses collègues. Quand il est revenu, accompagné du « boxeur » et du shérif, le ton avait changé. Je n'étais plus une suspecte mais une informatrice. J'ai dû tout répéter, dans le détail, tandis qu'ils essayaient d'obtenir de la Navy le dossier militaire de Vaughan.

— Alors, a fulminé Benwright, le shérif, selon vous, ce type aurait enlevé Sarah Jane pour en faire sa femme ? Mais c'est une petite fille !

— Pas tout à fait, ai-je riposté, elle a presque quinze ans. Il y a autre chose : Sarah Jane m'a dit que son père avait fait greffer à toutes ses filles une balise de localisation, au cas où elles seraient kidnappées par des terroristes. Là, sous la peau de l'avant-bras. Ça la démangeait, c'est pour cette raison qu'elle m'en a parlé.

Les trois hommes ont échangé un regard.

— Bordel, a tonné le « boxeur », il faut savoir sur quel canal elle émet, sinon on ne pourra jamais la repérer.

Ils m'ont de nouveau abandonnée. Une agitation effroyable s'était emparée du poste de police. Tout le monde téléphonait en même temps. La fatigue commençait à me rattraper. En une seconde, j'avais perdu tout intérêt à leurs yeux. Une auxiliaire de police m'a sortie de la salle d'interrogatoire pour me ramener dans l'espace de repos où Evita rongeait son frein, les yeux cernés.

— J'ai dû boire dix litres de café, a-t-elle murmuré, je n'arrête pas de pisser. On en est où ?

J'ai fait le point avec elle.

Elle a grimacé avant de dire :

— Je savais bien que cette connerie avec Vaughan finirait par mal tourner. Ce mec qui campait dans les ruines, qui bouffait des lézards... il me faisait froid dans le dos.

— Tu l'as vu ?

— Entraperçu plutôt, et de loin. À deux ou trois reprises. Enfin, je crois... Une silhouette entre les ruines. Un vrai fantôme. Il était sacrément doué pour se fondre dans le décor. Chaque fois, j'ai détourné la tête pour lui faire comprendre que je ne le dénoncerais pas. Ça n'était pas mes oignons. Je pense qu'il fascinait Sarah Jane. Une espèce d'amitié interdite, tu vois le genre. Le trip qui allume les gamines à cet âge. Elle lui déposait de la bouffe, ici et là, comme des offrandes. Du savon, des vêtements de rechange. Je l'ai surprise une fois. À mon avis, le mec a fini par faire une fixation sur elle. Dans sa tête, il la considérait déjà comme sa petite femme.

Ça se défendait. Moi aussi, à quinze ans, j'aurais été capable de nourrir en cachette un évadé planqué dans la montagne. J'aurais eu l'impression de faire quelque chose de formidablement excitant. De super romantique. Les adolescentes fonctionnent comme ça, il leur faut leur ration de sublime ou elles s'étiolent.

— Avec un peu de chance, il ne lui fera pas de mal, ai-je affirmé.

— Sauf s'il tente de se l'envoyer et qu'elle refuse. Là, ça risque de tourner au vinaigre. Et je ne crois pas que la gosse soit réellement d'humeur à la bagatelle après avoir assisté au massacre de sa famille. Ce genre de type, dès qu'on le contrarie, réagit avec violence. Surtout s'il s'est bâti un film sur ses rapports avec la môme. À mon avis, il a depuis longtemps pété un fusible et ne raisonne plus comme nous.

Nous avons été interrompues par la fliquette qui nous apportait de nouveaux sandwiches. Elle a expliqué que nous devions encore rester à la disposition de la police, mais que nous pouvions prendre un peu de repos. Des lits de camp seraient bientôt mis à notre disposition. Pour le moment, il n'était pas question de quitter Mount Sierra. En outre, la nuit ne tarderait plus à tomber.

Je n'ai pas eu la force de protester. La journée s'était passée en interrogatoires et contre-interrogatoires. La gorge me brûlait, je n'avais plus de voix.

J'ai mangé sans appétit. Dans les bureaux attenants, les téléphones ne cessaient de sonner, les hommes de hurler.

— Ils auront beau perquisitionner l'hacienda, ils ne trouveront rien d'utilisable, a marmonné Evita. Tobbey cryptait tous ses documents. Il était paranoïaque au dernier degré. S'ils essayent de forcer ses coffres, tout le contenu en sera aussitôt incinéré par le dispositif de sécurité interne. Je le sais, il me l'avait expliqué. Seul Tobbey possédait les combinaisons des chambres fortes.

J'aurais voulu me laver les dents, prendre une douche. Alors que je commençais à m'assoupir, Dave Dogson a franchi le seuil de la pièce. Il avait tombé la veste et dénoué sa cravate. Les poches, sous ses yeux, avaient gonflé depuis le matin. Il restait néanmoins séduisant quand on aime le genre vieux *cover boy* pour chemises Arrow.

— Bon, a-t-il lancé, on a tout recoupé, vos témoignages tiennent la route. Je vous demande encore un peu de patience, pour le moment tout le monde est sur les dents, mais dès qu'on trouvera quelqu'un de libre, on vous reconduira à L.A.

Il était évident qu'il ne nous en dirait pas plus. Il n'y a que dans les romans que les flics tiennent les témoins au courant de la progression de l'enquête. Dans la réalité, vous cessez d'exister dès que le citron est pressé jusqu'à la dernière goutte et, si vous faites montre de curiosité, on vous rembarre sans ménagement.

J'ai fermé les yeux, essayant de m'imaginer Sarah Jane et Vince Vaughan. L'avait-il attachée ? Était-elle consciente… ou pétrifiée de terreur ?

Ils avaient maintenant vingt-quatre heures d'avance sur la police. Ce n'était rien si la balise implantée sous la peau de Sarah Jane pouvait être localisée... C'était beaucoup, au contraire, si le signal demeurait indécelable parce que crypté ou émis sur une fréquence inhabituelle. Tout était possible avec Tobbey.

Si sa fille avait été enlevée de son vivant, me dis-je, il n'aurait pas fait appel aux flics, il aurait tenu à régler les choses lui-même, en s'appuyant sur son armée privée. Il y a donc fort à parier que le dispositif de repérage est sophistiqué, sans commune mesure avec ceux auxquels les autorités sont habituées.

Cela risquait de compliquer les choses.

Comment Vaughan se déplaçait-il ? En voiture ? Avait-il volé un Humvee ? Non, trop repérable. Si ça se trouve, il était déjà à Los Angeles, quelque part dans les California Mountains. Si c'était un as du camouflage, comme le prétendait Sarah Jane, on aurait le plus grand mal à suivre sa trace.

La nuque calée contre le dossier du fauteuil, j'ai glissé dans un sommeil houleux où, de temps à autre, fulguraient les images du massacre. Tobbey, avec sa moitié de crâne, Jenny, le visage plongé dans son assiette de sang coagulé, les filles en vrac, sous la table où elles avaient cherché refuge, minces corps enchevêtrés et déchiquetés par les balles.

Evita m'a secouée parce que je gémissais. J'ai ouvert les yeux, le visage moite, le cou mouillé. Mon odeur aigre m'a indisposée.

— Il y a du nouveau, a murmuré Evita. Cet après-midi, les flics et les hommes du shérif ont essayé de lancer une battue sur le territoire du ranch. Ils ont été accueillis par les robots chasseurs et les drones. Il y aurait eu plusieurs blessés. Les chiens ont été littéralement mis en pièces. Leur maître est venu faire un scandale tout à l'heure, exigeant leur remboursement. C'est comme ça que j'ai appris ce qui s'était passé. Les types de la criminelle commencent à se sentir dépassés. Ils ont réclamé l'intervention du SWAT[1].

Un quart d'heure plus tard, Dogson et son copain au faciès martelé sont venus nous chercher. Cette fois, il s'agissait de nous faire dire tout ce que nous savions des installations militaires du domaine. J'ai expliqué que les robots cessaient de fonctionner durant la nuit, et qu'ils en profitaient pour recharger leurs accus en un lieu mystérieux dont j'ignorais la localisation.

— Mais ils redeviendront actifs dès le lever du soleil, ai-je insisté. Si vous voulez battre les fourrés, il vous faudra le faire entre minuit et l'aube.

— Comment désactive-t-on ces saloperies ? s'est impatienté le « boxeur ».

J'ai haussé les épaules.

— Tobbey utilisait une télécommande, ai-je lâché. Je ne sais pas ce qu'elle est devenue et, de toute façon, il fallait taper des codes sur le clavier.

— Tout est enterré, a insisté Evita. Le centre de contrôle des robots est enfoui au cœur de la colline. N'espérez pas en forcer l'entrée. Tobbey a pris ses précautions. Tout vous pétera à la figure. Le seul moyen pour vous rendre maîtres des lieux, c'est d'affronter les androïdes chasseurs en plein jour, et de les démolir l'un après l'autre. Ça prendra du temps parce qu'il y en a beaucoup en réserve. Une véritable armée, à ce que prétendait Tobbey. N'oubliez pas que les drones ne vous feront pas de cadeau. Les gars du SWAT ont beau être entraînés, ils risquent de sacrément déguster.

— C'est du délire ! a grondé le « boxeur ». Vous êtes en train de nous dire que nous allons être tenus en échec par des machines tueuses ?

— Oui, a jubilé Evita. Vous avez bien compris. Tout le territoire autour du ranch est une zone d'entraînement. Le danger peut surgir de n'importe où.

1. SWAT (Special weapons and tactics) : Groupe d'intervention puissamment armé et disposant de véhicules blindés.

Les inspecteurs se sont retirés, mécontents et inquiets. C'était autre chose que d'assiéger des pilleurs de banque. Quelque part, ça m'a réjouie. Au fond, je ne suis pas une bonne citoyenne, je dois tenir ça de mon père.

Il faisait nuit à présent. Quand j'ai regardé par la fenêtre, le désert m'est apparu sous la forme d'un abîme de ténèbres, une masse cosmique, infinie et terrifiante, sans la plus petite lumière. La fliquette s'est repointée pour nous conduire à la salle de douches, puis, de là, dans un réduit où s'alignaient des lits de camp. Une odeur de chaussettes moites flottait dans l'air. Il a bien fallu s'en accommoder. Elle nous a ensuite remis des serviettes de toilette et des couvertures. Elle était d'une amabilité irréprochable mais ne souriait pas. Ses yeux nous épinglaient comme des papillons sur une plaque de liège. De toute évidence, elle ne nous aimait pas.

Je me suis allongée sans me déshabiller, Evita s'est installée sur un deuxième lit de camp.

— Tu étais très attachée à Tobbey ? ai-je fini par lui demander.

J'ai cru qu'elle ne répondrait pas, mais au bout d'une minute, elle a murmuré :

— Non, c'était surtout physique… C'était un très bon coup. Mais, c'est curieux à dire… sa mort me libère. Il me tenait par les sens, et je déteste ça. Être enchaînée sexuellement. Dépendante. Prendre plaisir à ne plus être qu'un morceau de viande. Je ne sais pas si tu vois ce que je veux dire ?

Je voyais très bien. J'avais connu ça, moi aussi, et j'avais détesté.

— Arrive un moment où on se fait honte, a poursuivi Evita. On sait que le type le sait, et ça l'excite, qu'il va sans cesse vouloir aller plus loin, pour voir ce qu'on est prête à accepter. À partir d'un certain stade, ça devient intolérable, il faut que ça s'arrête. En fin de compte, la mort de Tobbey, c'est une délivrance. Je vais cesser de me dire qu'il faisait de moi une chienne.

Je ne pouvais qu'approuver. Toutes les femmes, à un moment de leur vie, passent par le trip *9 semaines et demie*, version non censurée. Si on ne peut l'éviter, il convient que ce dérapage soit bref. L'intensité, quand elle dure, se change vite en dégoût.

J'ai sombré dans le sommeil. Assez curieusement, alors que je m'attendais à être assaillie de cauchemars, j'ai bien dormi.

L'odeur du mauvais café nous a réveillées aux aurores. Il y avait du nouveau. Les avocats de Tobbey venaient de débarquer en force. Une escouade d'hommes et de filles en vêtements noirs Armani, avec attaché-case et crocs affûtés. Ils ont exigé de nous rencontrer et, d'emblée, ont déclaré qu'ils assureraient notre défense si la police était tentée de nous chercher des poux dans la tête. C'était un gros cabinet. « Requins, Caïmans et associés », aurait dit mon père. Le plus vieux d'entre eux, un sexagénaire nommé Silas Stanley-Mitchell, à la physionomie d'empereur romain, a tout de suite mis les choses au point.

— Vous êtes les dernières personnes encore vivantes à avoir approché physiquement Tobbey, a-t-il déclaré. Nous comptons sur votre collaboration pour essayer de comprendre ce qui s'est passé. Techniquement, Zufrau-Clarkson Industries est désormais sous le contrôle de la fille aînée de Tobbey, Willhemina, pour 60 % des parts. Le problème, c'est que nous ignorons où elle se trouve.

J'ai compris qu'il faisait allusion à Willa. J'ai répété ce que j'avais déjà expliqué aux flics. Willa, devenue squaw, vivait quelque part dans les collines, en compagnie de son seigneur et maître. Personne ne l'avait vue depuis deux ans, pas même ses sœurs.

Silas Stanley-Mitchell a écarquillé les yeux.

— Vous voulez dire que l'héritière d'un empire du pétrole vit dans une cabane de branchages en cousant des mocassins ? a-t-il balbutié.

Il a fallu lui exposer dans le détail les principes éducatifs de Tobbey. Plus je parlais, plus il présentait les signes d'un malaise grandissant.

— J'ignorais ces particularités, a-t-il avoué. Nos relations avec Tobbey étaient purement techniques. Nous le savions un peu... excentrique, mais c'est souvent le cas avec les gros clients. Nous ne nous mêlons jamais de leur vie privée. Quoi qu'il en soit, il nous faut mettre la main sur Willa au plus vite. La mort de son père va provoquer un effondrement du cours de l'action Zufrau-Clarkson Industries. Il est capital de montrer que l'empire n'est pas à la dérive, qu'il y a bien un capitaine à la barre.

— Un capitaine spécialisé dans la confection des mocassins ? ai-je ironisé.

Il a émis un claquement de langue agacé.

— Peu importe ! Sa présence est symbolique. On pourra toujours prétendre qu'elle secondait son père dans la marche des affaires, et qu'elle est parfaitement au courant de la stratégie de l'entreprise. Nous nous chargerons du reste. Pouvez-vous nous mener jusqu'à elle ?

J'ai dû lui parler du terrain de manœuvres, des robots chasseurs, des drones. Ça l'a refroidi.

— Willa est quelque part là-dedans, ai-je conclu. Perdue dans la jungle artificielle qui couvre les collines. Ce ne sera pas facile de lui mettre la main dessus.

— Vous pourriez louer un hélicoptère, a suggéré Evita avec une certaine malice. Survoler le champ de bataille en parachutant des tracts lui annonçant la mort de son père... ou encore, faire des annonces au moyen d'un haut-parleur. Le problème, c'est que les drones risquent de prendre l'hélico pour cible et de le descendre en vol.

Silas se mordillait la lèvre inférieure.

— Il faut que l'information lui parvienne, a-t-il murmuré. Le plus vite possible.

Il semblait croire qu'à peine mise au courant, Willa n'aurait qu'une idée en tête : bondir hors de la jungle pour s'asseoir dans le fauteuil directorial de Zufrau-Clarkson Industries et dicter son courrier à une secrétaire empressée. J'essayais d'imaginer Willa aujourd'hui, après deux ans passés au service de l'homme auquel elle avait été offerte. Était-elle prisonnière de ce type et dépendante de sa volonté ? Avait-elle des enfants ? Son « époux » la laisserait-il libre de quitter le territoire du ranch pour regagner la civilisation ? J'en doutais. Un mec de cet acabit n'accepte jamais que sa femme soit investie d'un énorme pouvoir. Il veut la tenir sous sa coupe, servante docile et dévouée.

Je m'efforçai d'exposer cet aspect de la situation à Silas.

— Vous suggérez qu'elle est captive de cet énergumène ? a-t-il grincé.

— C'est à envisager en tout cas. Je tiens à souligner que, si vous essayez de l'exfiltrer, il faut vous préparer à rencontrer une vive résistance. Son « mari » risque de ne pas être d'accord. Or, c'est un soldat aguerri.

— Je dois en discuter avec mes associés, a grommelé Silas en se levant. Vous allez nous accompagner toutes les deux en tant que conseillères techniques. J'ai d'ores et déjà loué la moitié d'un hôtel du village voisin, vous vous y installerez en compagnie de mes assistants. Vous êtes désormais sous notre protection, la police n'a aucune raison de vous retenir.

J'ai compris qu'il nous proposait un marché. Donnant donnant. Nous l'aidions à récupérer Willa et il ouvrait le parapluie du cabinet au-dessus de nos têtes, sans que nous ayons à débourser un dollar. Une telle protection ne se refusait pas, surtout avec mon pedigree.

Avec Dogson et le « boxeur », il fut tranchant. Les deux flics durent s'incliner. Leurs menaces restaient sans effet sur Silas.

C'est avec soulagement que je quittai le poste de police pour grimper dans l'une des trois voitures qui avaient véhiculé l'état-major de Stanley-Mitchell jusqu'en ce coin perdu du désert.

Cache-cache

L'hôtel s'appelait *La Cloche et la Chandelle*[1]. C'était une halte pour touristes, pas davantage. Chambres décorées dans le style Halloween. Lits vibrants. Tableaux « inquiétants » peuplés de chats noirs et de ruines gothiques. Tout cela sentant l'usure et le cabotinage commercial. Je me suis ruée sous la douche. Il me fallait des vêtements propres. Enveloppée dans un peignoir, je m'allongeais sur le lit quand Evita est venue me rejoindre.

— Je viens de discuter avec Silas, m'a-t-elle annoncé. Il envisage de nous rétribuer si nous collaborons avec lui. Il souhaite que nous l'aidions à prendre contact avec Willa.

— Je sais, ai-je soupiré. En fait, il veut que nous allions la chercher à sa place. Il ne tient pas à se faire trouer la peau. Il se fiche de Sarah Jane. Elle est trop jeune pour diriger Zufrau-Clarkson Industries. La récupérer ne servirait par à grand-chose. Même d'un point de vue symbolique.

— Tu comptes accepter ?

— Avons-nous le choix ? Tant que son cabinet nous protège, les flics nous foutront la paix.

— Pourquoi nous emmerderaient-ils ? On a des alibis en béton !

[1] Allusion à un rituel de sorcellerie.

J'ai haussé les épaules.

— Tu rêves, ma fille, ai-je grogné. En ce moment même, ils voient en nous des éclaireuses envoyées au ranch par les ravisseurs. Ils croient qu'en leur parlant de Vince Vaughan nous essayons de les lancer sur une fausse piste. Je connais leur manière de fonctionner.

Evita a pâli.

— Hé ! a-t-elle balbutié, tu déconnes ?

— Non, hélas. Nous sommes suspectes. Toi, avec tes histoires de médium, moi avec mon bunker à redécorer... De la foutaise à leurs yeux. Un moyen pour s'introduire dans l'hacienda et vivre dans l'entourage de Tobbey, le temps d'élaborer un plan de bataille.

— Mais Tobbey est mort ! Qui paierait la rançon de Sarah Jane ?

— Le cabinet d'avocats... les actionnaires de Zufrau-Clarkson Industries. Tobbey vivant, ç'aurait été impossible. Il aurait mobilisé son armée, quadrillé le pays. Sa puissance d'investigation dépassait de beaucoup celle des flics. Et puis il était riche. Il aurait pu offrir une énorme récompense. Tout le monde se serait mis à traquer les kidnappeurs. Non, il fallait l'abattre. C'était obligatoire. Lui mort, sa puissance de feu s'écroulait. Le coup redevenait jouable.

Evita se rongeait l'ongle du pouce.

— Je n'avais pas envisagé les choses sous cet angle, a-t-elle lâché. Dis donc, tu as l'air de sacrément t'y connaître en enlèvements, toi !

— Si la police ne retrouve pas très vite la trace de Vaughan, nous serons dans le pétrin. Comme il leur faudra se mettre quelque chose sous la dent, ils se rabattront sur nous. C'est pour ça que nous avons besoin de Silas Stanley-Mitchell. Toutes seules, nous sommes vulnérables.

Evita m'a lancé un regard à la fois angoissé et haineux. On a frappé. C'était l'une des assistantes de Stanley-Mitchell qui m'apportait des vêtements propres achetés en hâte dans l'un des magasins de Mount Sierra.

— Excusez-moi, a-t-elle fait avec une diction très Harvard, mais le choix était limité. J'ai pris ce qu'il y avait de plus neutre.

Sur ce, elle s'est éclipsée. J'ai enfilé le jean (trop long) et le tee-shirt (trop serré) qui me faisait une poitrine à la Lara Croft. Pas de doute, j'allais avoir du succès auprès des jeunes avocats du staff.

Stanley-Mitchell nous attendait au Starbucks, de l'autre côté de la rue, devant un café à la vanille. Le shérif lui tenait compagnie.

— C'est moche, ce qui arrive aujourd'hui, était en train d'expliquer Cal Benwright. Les petits gars de M. Tobbey faisaient vivre la ville. Ils savaient s'amuser. On n'avait jamais de gros pépins avec eux. Ils pratiquaient l'autodiscipline. Quand l'un d'eux se mettait à déconner, ses copains l'évacuaient avant que les gens ne se plaignent. On voyait qu'ils avaient le sens des responsabilités.

— Vous pensez qu'ils vont s'en aller ? a demandé Silas.

— Ça a déjà commencé. J'en ai vu qui taillaient la route, le sac sur le dos. Comment le leur reprocher ? Ils n'ont plus rien à espérer maintenant que M. Tobbey est mort : ils ne feront jamais partie de son service de sécurité. À la radio, ils disent que les actions des Zufrau-Clarkson Industries sont en train de s'écrouler et qu'on pourra bientôt allumer le barbecue avec.

Silas a eu du mal à demeurer impassible. J'ai pensé qu'il devait posséder pas mal de ces fichues actions dans son portefeuille. Si l'empire de Tobbey s'écroulait, il serait enseveli sous les ruines, comme beaucoup d'autres spéculateurs.

Avec une nervosité manifeste, il nous a pressées d'avaler notre petit déjeuner.

— Le SWAT va de nouveau tenter de déterminer l'emplacement du garage à robots, m'a-t-il chuchoté. S'ils parviennent à le localiser, ils le feront sauter. Ça nous laissera le champ libre pour explorer les collines. Je tiens à ce que vous vous chargiez de la prise de contact. Je crains que Willa ne fasse une crise de nerfs, ou ce genre de chose. Il faudra qu'une femme s'occupe d'elle.

— Comment savoir si elle n'est pas déjà partie ? ai-je objecté.

— La police vérifie l'identité de tous ceux qui quittent le ranch. Pour le moment, aucune femme n'a été signalée. Le problème, c'est que je ne sais même pas à quoi elle ressemble. Tobbey veillait jalousement à ce qu'aucune photo de ses enfants ne soit publiée dans la presse. Il pensait les protéger des kidnappeurs.

— Toutes les sœurs Zufrau-Clarkson se ressemblaient comme deux gouttes d'eau. Willa ne doit pas faire exception. Il n'y a qu'à se représenter Sarah Jane plus âgée de deux ans.

Tout le monde s'est entassé dans les voitures. La chaleur grimpait. Les habitants de Mount Sierra, debout devant leurs maisons, nous dévisageaient comme si nous étions des autruches échappées d'un cirque ambulant.

Quand nous avons atteint l'aérodrome désaffecté, les réjouissances commençaient. Le SWAT avait dépêché trois camions blindés et deux hélicoptères. Hélas, les choses ont vite tourné au vinaigre. Surgis de nulle part, les petits drones ont pulvérisé le rotor de queue des deux hélicos qui, transformés en toupie, se sont écrasés au sol avant d'exploser. Les pales des rotors ont traversé la jungle en tournoyant sur elles-mêmes, sectionnant les arbres factices. Lorsque l'équipe de secours a voulu récupérer les blessés, elle s'est fait mitrailler par les « lessiveuses ». Deux brancardiers sont restés sur le carreau. Ça virait à l'hécatombe. Les drones, eux, s'en donnaient à cœur joie. Ils virevoltaient au-dessus des arbres tels des oiseaux métalliques. Leurs ailes interceptaient les rayons du soleil, créant des effets lumineux dignes d'un casino de Vegas.

Dogson et son copain, en dépit des gilets pare-balles dont ils étaient revêtus, ont jugé plus prudent de faire reculer le périmètre de sécurité.

— Ces gens sont trop sûrs d'eux, rageait Silas dans son coin. Ils ne connaissent que la manière forte. Ce n'est pas ainsi qu'il faut procéder.

Se tournant vers moi, il a ajouté :

— Vous seriez plus maligne, n'est-ce pas ? Vous avez déjà fait ce parcours et en êtes revenue sans une égratignure. Vous sentiriez-vous le courage de recommencer si la situation l'exigeait ?

À tout hasard, j'ai dit : « Pourquoi pas ? »

Je le voyais venir avec ses gros sabots. Il n'avait qu'une idée en tête : nous expédier, Evita et moi, à la recherche de Willa. C'était un boulot trop salissant pour ses petits diplômés de Harvard. Trop mortel, également.

Sur la colline, le fiasco était total. Les types du SWAT battaient en retraite en essayant de cacher leur affolement. Ils n'avaient guère l'habitude d'affronter des robots. Le vent a rabattu vers nous la fumée des incendies et la puanteur du kérosène en feu. Tout le monde s'est mis à tousser. Il a fallu se réfugier dans les voitures.

— A-t-on des nouvelles de Sarah Jane ? ai-je demandé.

Silas a haussé les épaules.

— La police cherche en vain à repérer le signal de la balise. Elle n'émet pas sur le canal habituel. Je fais confiance à Tobbey pour avoir fignolé quelque chose de tordu. Une signature qu'il aurait été seul à pouvoir localiser. À aucun moment, il n'a pensé qu'il ne serait plus là pour retrouver sa fille. Il s'est toujours imaginé en traqueur, en archange vengeur. Cela ne nous facilite pas la vie aujourd'hui.

— Ça signifie que Vince Vaughan a désormais une sacrée avance sur les flics.

— Sans doute. De plus, nous ignorons la portée de la balise. Son signal est-il capable de traverser le béton ou la roche ? Si Vaughan est tapi avec sa prisonnière au fond d'une caverne, il est possible que l'accumulation des obstacles étouffe le signal. Cela fait beaucoup d'inconnues.

À son ton détaché, j'ai saisi que le sort de Sarah Jane ne constituait pas, à ses yeux, une priorité.

J'ai refoulé une bouffée de haine.

— Il faudrait interroger les soldats qui fuient le ranch, ai-je lancé. Essayer de leur faire dire s'ils ont vu Willa au cours des deux dernières années, et à quel endroit. Cela nous ferait gagner du temps.

— Excellente idée ! Je vais demander à mes petits gars de s'en occuper. Comment se nommait le type avec qui elle vivait ?

— Je ne sais plus. Bret... ou Burt... Non ! Burton !

— Burton, c'était son nom ou son prénom ?

— Aucune idée. Je ne me souviens pas. Mais il doit bien exister une liste des recrues dans les papiers de Tobbey, non ?

Silas a ébauché un geste de lassitude.

— Tout est bouclé dans la chambre forte, a-t-il soupiré. En outre, les documents sont probablement cryptés. Même si on met la main dessus, il nous faudra des semaines, voire des mois, pour casser le code. Nous n'avons pas le temps de fignoler, il faut mener cette affaire au pas de charge, ou bientôt Willa n'héritera plus qu'une montagne de dettes.

« Et toi, tu te retrouveras en train de vendre des assurances-vie au porte à porte dans le Wisconsin, ai-je pensé.

Trois quarts d'heure plus tard, l'un des assistants de Stanley-Mitchell est venu nous chercher. Le cordon de police avait retenu l'un des « stagiaires » de Tobbey qui s'apprêtait à tailler la route avec armes et bagages. L'homme acceptait de répondre à nos questions moyennant un café, un sandwich et une cinquantaine de dollars. Il attendait à l'écart, sous une tente dressée pour échapper aux assauts du soleil. C'était un type jeune, au visage émacié, tout en muscles et tendons, avec, dans les yeux, une froideur de parfait sociopathe. D'une saleté effrayante, il puait comme un clochard de la Bowery. Il s'exprimait d'une voix sans timbre, respectant cette politesse de robot qu'on enseigne aux marines. En quelques phrases, il nous expliqua qu'il avait fait l'Irak, mais qu'il avait quitté l'armée à la fin de son engagement, pour « incompatibilité philosophique ». Il pensait que le prochain conflit aurait lieu sur le territoire des États-Unis, et qu'aller verser son sang à l'étranger était une perte de temps en sus d'un incontestable gâchis humain. Voilà pourquoi il avait rejoint l'armée privée de Tobbey à la suite d'un article paru dans *Soldat de Fortune*[1].

Je le laissai dévider son curriculum, puis lui demandai s'il avait entendu parler de Willa et de son compagnon, Burton. Peut-être les avait-il rencontrés ? Et dans quel secteur de la propriété ?

— Sauf votre respect, madame, répondit-il. J'étais un nouveau, un bleubite, comme on dit chez nous. Un cador comme Burton MacGraw ne m'aurait même pas adressé la parole. C'était un ancien, un vétéran. Il ne participait plus au stage depuis longtemps. Il était trop doué pour faire un bon instructeur. Il n'aurait pas eu la patience de supporter la maladresse des nouveaux. Ce n'était plus vraiment un soldat, plutôt un guerrier, si vous pigez la différence… On n'avait plus rien à lui apprendre. Il attendait son heure dans la forêt. Ça se passe souvent comme ça avec les types des LURP[2].

— Les LURP ?

— Oui, la Reco, si vous préférez.

— La Reco ?

— Les groupes de reconnaissance, les éclaireurs. Des solitaires qui apprennent à se débrouiller seuls avec les moyens du bord. Ils survivent en bouffant des saloperies. Des chenilles, des insectes. Ils dorment dans la boue, ils s'habillent avec des feuillages. Ils s'appliquent à devenir invisibles. Parfois, ils finissent par perdre le contact avec le reste de l'humanité. Ils redeviennent sauvages, comme un chien sans maître. Ce sont de drôles de mecs. Un peu timbrés. À force de vivre coupés du monde, ils succombent

1. Magazine professionnel à l'usage des mercenaires.
2. Lone Unite Range Patrol.

à leurs démons. Il arrive qu'on ne puisse plus les récupérer.

— Burton était ainsi ?

— Je ne sais pas, madame. Je l'ai aperçu de loin. On nous conseillait de ne pas chercher à l'approcher. Il se baladait à moitié nu, le torse zébré de cicatrices. C'était un fauve. Un Berserker[1].

— Traînait-il une femme dans son sillage ?

— Vous voulez parler de Willa, la fille aînée de Tobbey ? Oui. Tout le monde la connaissait. Il paraît qu'à l'origine c'était une très belle fille, mais moi, quand je l'ai vue, on aurait dit une squaw de cinquante ans. Elle suivait Burton en portant son paquetage. À ce qu'on racontait, ils changeaient constamment de bivouac. Par souci de sécurité. Jamais ils ne passaient deux nuits au même endroit. On m'a dit que, parfois, ils se suspendaient dans un arbre avec des lanières, pour dormir.

— Avez-vous noté la présence d'un bébé, d'un enfant en bas âge ?

— Non, madame. La femme que j'ai vue était sale et fatiguée. Elle m'a fait penser à une paysanne mexicaine. Enveloppée dans un poncho déchiré. Je ne l'ai pas détaillée ; Burton était aux aguets. Très nerveux, écorché vif. Un couguar qui tressaille au moindre craquement de brindille. Il m'a foutu la trouille, je l'avoue. Il m'a fait l'effet d'être à moitié barjot.

— Étiez-vous au courant du différend qui l'opposait à Vince Vaughan ?

— Bien sûr, tout le monde connaissait l'histoire. La rumeur disait que Vaughan n'avait jamais rendu les armes et s'obstinait à le pister, pour lui reprendre la fille. Et que c'était pour cette raison que Burt était aussi agité. Une espèce de duel à mort s'était engagé entre eux. Depuis deux ans, ils s'affrontaient en secret, en se tendant des pièges, des embuscades. C'est du moins ce qui se racontait autour des feux de camp, le soir. Mais je n'ai jamais

1. Fou de guerre, dans la mythologie viking.

pu déterminer si c'était vrai. Les gars aiment bien fabriquer des légendes, ça trompe l'ennui.

— Vous n'avez donc aucune idée de l'endroit où pourrait se trouver Willa à l'heure qu'il est ?

— Non. Les éclaireurs sont très doués dès qu'il s'agit de se camoufler. Une cabane de feuillage dans un arbre, une crevasse dans le sol qu'on habite comme un animal... Ils sont capables de se glisser n'importe où, et sans faire un bruit. On leur apprend à devenir des fantômes. C'est un don, tous ne l'ont pas, mais Burton MacGraw l'avait, sûr. Je n'aimerais pas le savoir sur mes talons.

J'ai dissimulé ma déception. Il s'est remis à manger son sandwich avec lenteur, en appréciant chaque bouchée.

Au bout d'un moment, j'ai demandé :

— Ce Burton, qu'est-ce qu'il attendait ?

— De descendre dans le bunker, madame, a rétorqué mon interlocuteur. Il faisait partie des élus. Il savait sa place réservée, Tobbey le voulait près de lui. C'était son chouchou. Il comptait sur Burt pour assurer la sécurité de l'abri. Nous espérions tous figurer parmi les élus, c'est pour cette raison que nous nous défoncions tellement pendant l'entraînement. Maintenant, c'est foutu. Tobbey est mort. Notre dernier espoir de survie s'est envolé.

— Qui l'a tué selon vous ?

— Tous ceux qui veulent installer le chaos en Amérique, madame. Leurs agents sont partout, y compris au gouvernement. Tobbey l'avait bien compris. C'est pour ça qu'on l'a éliminé.

— Pensez-vous que Burton quittera la propriété, comme vous êtes en train de le faire, vous et vos copains ?

— Certainement pas, madame. S'il n'en reste qu'un, ce sera lui. Je crois qu'il va rester là, caché dans la forêt, comme il l'a fait jusqu'à présent. Et qu'il tuera tous ceux qui tenteront de l'approcher.

Je l'ai remercié et me suis éloignée, Stanley-Mitchell accroché à mes basques. Ce qu'il venait d'entendre ne l'avait pas rassuré.

— Bon sang ! a-t-il crié. Si je comprends bien, Willa Zufrau-Clarkson est prisonnière d'un tueur psychopathe qui se prend pour Rambo ?

— Tout à fait, ai-je soupiré. L'approcher ne sera pas facile. Quant à l'arracher aux mains de cet homme, ce sera une autre histoire. Je doute qu'il accepte de nous la restituer avec le sourire. Et puis, il bénéficie d'une parfaite connaissance du terrain.

— J'y pense tout à coup : Willa est probablement elle aussi équipée d'une balise émettrice sous-dermique ! Si nous pouvions capter ce signal, nous saurions où elle se trouve !

J'ai haussé les épaules.

— À mon avis, il y a longtemps que Burton a neutralisé la puce. Je ne l'imagine pas acceptant de laisser derrière lui une signature électronique susceptible de renseigner ses ennemis. N'espérez rien de ce côté.

Sauvagerie

Nous avons regagné Mount Sierra. Je savais d'ores et déjà à quoi m'attendre. Stanley-Mitchell allait nous expédier dans la forêt à la recherche de Willa dès que les flics auraient renoncé à investir les lieux, ce qui n'allait pas tarder, vu les pertes subies. À moins de faire appel à la Garde nationale, ils n'iraient pas plus loin.

J'avais vu juste. Nous étions à peine de retour à l'hôtel que Stanley-Mitchell a reçu un appel de Dogson. Le signal de la balise sous-dermique de Sarah Jane venait d'être localisé de façon sporadique quelque part dans les California Mountains. La gosse se trouvait donc là-bas, en compagnie de son ravisseur.

— Dogson pense qu'ils se cachent dans une caverne ou une faille ouverte par un tremblement de terre, a expliqué Silas Stanley-Mitchell à son état-major rassemblé au lounge. Voilà pourquoi l'émission reste intermittente. Il est possible que Vaughan progresse en se déplaçant de crevasse en crevasse. Quand il est sous terre, le signal ne passe plus. Ils vont envoyer des hélicoptères pour quadriller le terrain.

Il a fait une pause avant de conclure :

— Bien évidemment, ils lèvent le siège. D'ici une heure, il n'y aura plus aucun de cordon de sécurité autour de l'hacienda.

Mais il était visible que le sort de Sarah Jane ne le passionnait nullement. La récupérer ne lui serait guère utile dans la conjoncture actuelle. On n'installe pas une adolescente de quatorze ans sur le trône d'un empereur assassiné.

Me saisissant par le bras, il m'a entraînée à l'écart.

— Il faut exploiter ce créneau, m'a-t-il chuchoté à l'oreille. Pousser nos pions pendant que les flics sont occupés ailleurs. Seriez-vous prêtes, votre copine et vous-même, à tenter une opération de récupération ? Ce Burton MacGraw a beau être une brute, il ne fera pas de mal à deux femmes dépêchées en ambassadrices. Je suis prêt à vous offrir de beaux émoluments pour ce travail. Le contrat et le chèque seront rédigés d'ici trente minutes. Que risquez-vous ? Il ne s'agit après tout que de prendre contact avec Willa et d'essayer de la convaincre de renouer avec la civilisation.

— Vous voulez dire avec votre cabinet ? ai-je ironisé.

Il a grimacé.

— OK, jouons cartes sur table. Vous avez les atouts en main, ne les gâchez pas. Je ne peux pas compter sur mes assistants. Ils ont beau sortir de Harvard, les robots les auront rétamés au bout d'une heure. Crapahuter sur un champ de bataille ne fait pas partie de leur domaine de compétence. Vous, c'est différent, vous avez l'expérience du terrain. Si vous me ramenez Willa, je saurai me montrer *très* reconnaissant. J'ai le bras long, je pourrai sans mal obtenir votre réhabilitation. Financer une campagne de presse qui vous présenterait comme la victime d'une erreur judiciaire, par exemple.

— D'accord. Je vais en parler à Evita. Mais nous aurons besoin de matériel. Occupez-vous de ça en attendant. Partez du principe qu'il nous faudra neutraliser Burton MacGraw et exfiltrer Willa en catastrophe. Prévoyez des jumelles, des émetteurs, des fusées de signalisation, et un hélicoptère capable de nous treuiller, un truc style sauvetage en montagne, vous voyez ? Prévenez le pilote de la présence des drones. Il faudra qu'il embarque deux bons tireurs avec du gros calibre, des gars assez rapides pour abattre les drones avant que l'hélico ne se fasse pulvériser.

En dépit de la climatisation, j'ai vu une pellicule de sueur se former sur son front. Il commençait à prendre conscience qu'il était en train de monter une opération de commando. Au dos d'une carte professionnelle, il a griffonné un chiffre. J'ai empoché le bout de carton coquille d'œuf, à la typo super élégante.

Le plantant là, j'ai rejoint Evita qui se morfondait en vidant des *piñas coladas* à la chaîne aux frais du cabinet juridique. Je lui ai rapporté la proposition de Stanley-Mitchell. Elle a juste dit : « Combien ? » J'ai posé la carte sur la table. Evita a soulevé les sourcils en découvrant le chiffre.

— D'accord, a-t-elle soufflé. À ce prix-là, ça vaut bien une balle dans la fesse gauche.

Une demi-heure après, un jeune gars cravaté, vêtu d'une impeccable chemisette blanche, nous a apporté les contrats et deux chèques tirés sur une banque d'affaires hyper connue. Evita a hésité trois secondes avant de signer en soupirant :

— *Carajo !* J'aurai vraiment tout fait dans ma vie !

J'ai éprouvé pour elle une brusque bouffée de sympathie. Finalement, sous ses airs bravaches, elle était comme moi, le dos au mur, à la recherche d'un moyen de s'en sortir.

Tu sais ce que tu fais ? a-t-elle insisté. Tu nous crois assez fortes pour réussir là où le SWAT s'est planté ?

— Le SWAT, comme toujours, a débarqué avec ses grosses rangers, ai-je rétorqué. Ils ont voulu pratiquer la politique du ça passe ou ça casse, à nous d'être plus malignes, et de la jouer en finesse.

— Si tu le dis !

En réalité, je ne savais pas où je mettais les pieds. Je savais seulement ne pas avoir le choix. La déco du bunker étant désormais tombée à l'eau, je risquais fort d'être congédiée par l'Agence 13. La prime offerte par Stanley-

Mitchell me permettrait de survivre pendant un an, voire deux en freinant sur le chocolat. C'était toujours ça de gagné.

D'un seul coup, j'ai réalisé que j'essayais de me comporter comme mon père aurait souhaité que je me comporte... si j'avais été un garçon. Avec un certain malaise, je me suis dit que, comme Tobbey, il avait dû éprouver une vive déception en se découvrant affligé d'une progéniture féminine. Au final, ma position n'était pas si différente de celle de Sarah Jane. Quelle ironie ! En y réfléchissant, je me rendais compte que, au cours des années passées, je m'étais toujours évertuée à jouer au petit mec, au garçon manqué. Cette obstination était en grande partie responsable de l'échec de ma vie amoureuse. Même dans le sexe, je voulais avoir le dessus... dans tous les sens du terme.

J'ai décidé d'aller dormir en prévision des épreuves à venir. J'ai conseillé à Evita d'en faire autant. J'ai rêvé de Burton MacGraw. Un rêve ridicule où il apparaissait sous l'aspect d'un être hybride, mi-Rambo mi-Terminator. Il me massacrait, sans l'ombre d'une hésitation.

Je me suis réveillée, poisseuse malgré la clim. J'ai pris une douche et deux comprimés d'Anacin. Le téléphone a sonné. Silas Stanley-Mitchell nous demandait de le rejoindre dans sa chambre.

Il avait bien travaillé. D'un grand carton, il a sorti le bazar que j'avais exigé : jumelles militaires à vision de nuit, radio-téléphone de campagne, lance-fusées, ainsi qu'un pistolet à air comprimé tirant des dards anesthésiants. Il y avait également une trousse à pharmacie contenant des somnifères surpuissants, des vaporisateurs de gaz incapacitant. Le parfait attirail du ninja en mission.

— J'ai tout arrangé pour l'hélico, a-t-il annoncé. Il décollera au premier appel, avec deux tireurs d'élite à bord. Ils m'ont assuré qu'ils pourraient dégommer les drones sans problème. Vous serez hélitreuillées au moyen d'un harnais. Le pilote a travaillé pour le sauvetage en mer, il connaît son boulot.

Je n'ai rien dit. Ce serait le moment le plus dangereux. Si les drones abattaient l'hélicoptère en vol, nous n'aurions aucune chance de nous en sortir. Notre survie dépendrait de l'habileté des tireurs.

J'espérais que les drones n'auraient pas la mauvaise idée de se présenter par l'arrière, en angle mort, échappant à la vigilance des flingueurs.

— La police a levé le camp et la nuit va tomber, a lancé Stanley-Mitchell avec une pointe d'impatience. C'est le moment ou jamais d'y aller.

Mon estomac s'est rétréci d'un cran ; Evita m'a jeté un regard hésitant.

— D'accord, ai-je lâché. Vous nous déposerez au ranch. Une fois là, nous attendrons minuit. C'est l'heure à laquelle les robots rentrent au garage pour recharger leurs batteries. Nous disposerons alors de quatre ou cinq heures pour progresser à travers la forêt sans courir le risque de prendre une balle entre les omoplates.

J'avais conscience de jouer un rôle, mais cela m'aidait à surmonter l'angoisse qui s'insinuait en moi à la vitesse d'un cheval au galop. Un cheval poursuivi par un essaim de guêpes folles furieuses, qui plus est.

Le paquetage contenait pas mal de nourriture déshydratée, style « joyeuse randonnée dans les Rocheuses ». Remorquant ce fourbi, nous avons gagné les voitures. Le soleil plongeait à l'horizon, le désert virait au rouge. Dans ma tête, une voix répétait : *Tu es dingue ! À quoi joues-tu ? Tu crois que ton père te regarde ?*

Le trajet jusqu'au ranch s'est effectué dans le plus parfait silence. Stanley-Mitchell semblait tendu. À ses côtés, une jeune avocate du staff ne cessait de se racler la gorge.

Nous avons enfin atteint l'aérodrome désaffecté dont le crépuscule accentuait l'aspect sinistre. Il n'y avait plus trace des forces de police.

Au moment de nous lâcher devant l'hacienda, Stanley-Mitchell a retrouvé sa langue pour nous dire, sur un ton paternaliste :

— Deux femmes, ça décontenancera Burton... Il ne vous fera aucun mal. Vous jouez sur du velours.

Il avait l'air convaincu ; si je ne l'avais pas su avocat, je l'aurais cru.

Le barda déchargé, il s'est dépêché de plonger derrière son volant et de faire demi-tour. Evita et moi nous sommes retrouvées seules, plantées à l'entrée du ranch que barraient les banderoles jaunes de la police. *Crime scene. Do not cross.* Tout le monde connaît ça. Le vent les faisait claquer comme des rubans dans une parade.

Les cadavres avaient beau avoir été enlevés, je n'avais aucune envie de mettre les pieds dans la salle à manger où les flaques de sang avaient viré au noir. À travers les vitres, les mouches s'en donnaient à cœur joie, il me semblait les entendre vrombir.

— Bon, a gémi Evita, qu'est-ce qu'on fait maintenant ?

Je lui ai proposé d'attendre minuit dans le musée, loin de la scène du crime.

— N'allumons pas les lumières. Inutile de signaler notre présence.

— Tu n'as pas peur de tomber sur des pillards ?

— Non, les soldats respectaient trop Tobbey pour mettre la maison à sac. Et puis ils sont probablement tous partis à l'heure qu'il est. Ce n'étaient pas des soudards. Tobbey savait choisir ses hommes. Je ne crois pas qu'ils essayeraient de nous violer, ou ce genre de truc. Ça ne figure pas dans leur code de l'honneur.

Evita a levé les yeux au ciel, comme si j'avais perdu l'esprit.

— Pour sortir de telles conneries, tu n'as pas dû côtoyer beaucoup de mecs dans ta vie ! a-t-elle sifflé en ramassant son paquetage.

Les flics avaient laissé les portes-fenêtres ouvertes, il nous a donc été facile d'entrer dans la maison.

Dans la semi-obscurité, le musée de la guerre de Sécession n'avait rien de rassurant. J'ai tout de suite regretté d'y avoir cherché refuge mais, à cause d'Evita, je n'ai pas osé faire marche arrière.

Nous nous sommes assises entre deux canons, près d'une tente de campagne où des généraux de cire étudiaient pour l'éternité une carte d'état-major. Cette foule immobile me mettait mal à l'aise.

Malgré moi, j'ai jeté un coup d'œil par-dessus mon épaule. Evita a surpris mon geste. Je me suis sentie idiote.

— Tu crois vraiment que deux femmes, ça désarmera Burton MacGraw ? a-t-elle fait, perplexe. Moi, je pense plutôt qu'il va nous capturer et faire de nous ses putes. Au bout de deux ans, il doit en avoir marre de Willa. Je connais les mecs. Il va se dire : « Tiens, ces deux poulettes, ça me fera du changement. » D'ici qu'on se retrouve incorporées d'office dans son petit harem... J'ai aucune envie de baiser avec un homme des bois. Ça ne figure pas sur ma liste de fantasmes.

Elle parlait un ton trop haut, d'une voix qui trahissait sa peur.

— On ne l'approchera pas, ai-je suggéré pour la rassurer. On lui tirera une fléchette anesthésiante dans le cul, de loin. Et pendant qu'il sera dans le potage, on exfiltrera Willa. Si elle fait des difficultés, on l'endormira aussi. Une fois qu'elle se sera expliquée avec Stanley-Mitchell, elle sera toujours libre de revenir ici, si ça lui chante.

Evita a haussé les épaules.

— Parce que tu crois sérieusement qu'on a une chance de coincer un pisteur comme Burton ?

— Oui. *Parce que nous sommes des femmes, il nous sous-estimera obligatoirement.* Il n'imaginera même pas que nous puissions lui vouloir du mal. L'effet de surprise jouera en notre faveur. Dès qu'il nous repérera, il baissera sa garde. Il verra en nous des filles de la ville, fatiguées, pas entraînées, incapables de se débrouiller en terrain hostile. Ça l'amusera. Il suffira d'en rajouter un peu. De jouer les nanas affolées et déboutonner le col de nos treillis jusqu'à la naissance des seins. Ça, c'est l'arme secrète qui change instantanément le cerveau des mecs en sauce blanche.

Pendant que j'exposais ma stratégie, j'ai failli me convaincre moi-même ; le doute est revenu dès que j'ai fermé la bouche.

— Possible que ça marche, a soupiré Evita comme si elle pratiquait elle aussi l'autopersuasion.

Les chevaux hennissaient dans l'écurie. Les avait-on abandonnés ? Stanley-Mitchell avait-il songé à vérifier que le palefrenier n'avait pas suivi le flot des déserteurs ? J'ai éprouvé le besoin de m'en assurer. Quittant le musée par la porte-fenêtre, j'ai longé la façade jusqu'aux stalles. Les bêtes, flairant mon odeur, se sont agitées. Il y avait de la lumière au rez-de-chaussée, dans la sellerie. Un jeune type, assoupi entre les accoudoirs d'un rocking-chair délabré, « montait la garde », un fusil posé en travers des cuisses. J'ai reconnu Collier, l'un des écuyers. Comme je m'approchais, il a tressailli et posé la main sur son arme. Je me suis identifiée. Rassuré, il m'a expliqué que l'avocat de M. Tobbey lui avait demandé de s'occuper des chevaux en attendant la fin de l'enquête. Nous avons échangé des banalités à propos du meurtre avant de nous séparer. J'ai rejoint Evita qui broyait du noir.

Nous n'avons pas prononcé un mot jusqu'à minuit. Au loin, les coyotes hurlaient à la lune. Les détonations ont fini par s'espacer puis par se taire. Les robots étaient rentrés au garage pour se gaver d'électricité. Le festin durerait jusqu'à l'aube.

J'ai aspiré un grand bol d'air, ramassé mon sac, et dit :

— C'est le moment. On y va.

Evita m'a imitée. Nous sommes sorties du ranch pour entrer dans la forêt. J'ai eu l'impression de vivre l'un de ces romans gothiques dont Sarah Jane raffolait.

J'avais l'intention de gagner le fortin, au sommet de la colline. Une fois le jour levé, nous pourrions examiner les alentours au moyen des jumelles sans craindre d'être importunées par les machines puisque la redoute constituait une zone « hors feu », selon l'étrange terminologie de Tobbey.

Pendant les deux cents premiers mètres, j'ai contracté les omoplates, comme si un projectile allait me frapper d'une seconde à l'autre. Par bonheur, les androïdes étaient bien rentrés se coucher, et nous avons pu progresser sans mauvaise surprise. Il faisait froid. À mi-hauteur, nous avons contourné l'épave de l'hélicoptère abattu par les drones. Une carcasse noircie, aux pales tordues, qui, sous la lumière lunaire, évoquait une énorme libellule préhistorique embusquée aux abords du chemin.

Le fortin était vide. J'étais étonnée de la rapidité avec laquelle la secte de Tobbey se désagrégeait, mais sans doute en va-t-il ainsi de tout rassemblement lorsque le leader charismatique disparaît du jour au lendemain.

Evita sur mes talons, je me suis hissée sur le chemin de ronde et j'ai réglé les jumelles sur la fonction « nuit » qui permettait d'obtenir une image nette – colorée en vert – des environs. Les oculaires rivés aux orbites, j'ai fait un panoramique dans l'espoir de surprendre une trace de vie nocturne. Je n'ai aperçu qu'un coyote en maraude. Je me suis sentie dépassée par les événements. Peut-être avions-nous fait une sottise en venant ici. Je me suis fait l'effet d'une mauvaise actrice égarée dans une série télé. J'ai eu conscience d'imiter maladroitement mon père.

— Bon, a soupiré Evita, je propose qu'on aille dormir, on avisera demain.

Nous sommes redescendues dans le dortoir – qui puait toujours la chaussette moisie – pour essayer de prendre du repos en attendant le jour.

Inutile de préciser que j'ai mal dormi.

Quand le ciel s'est éclairci, j'ai secoué Evita. Nous avons déjeuné d'une barre de céréales et d'un gobelet de café froid. L'angoisse ne contribuait pas à nous ouvrir l'appétit. J'ai repris mon poste aux créneaux, pour scruter la forêt. Assez bizarrement, bien qu'armée de jumelles hyper sophistiquées, j'avais l'impression que c'était moi qu'on épiait. Les robots, gorgés d'électricité, patrouillaient en ronronnant. Dès que nous poserions le pied hors de l'enceinte du fortin, ils nous prendraient en chasse.

J'ai supposé que Burton MacGraw, en bon éclaireur, avait choisi de leur échapper en choisissant un territoire peu accessible. Une ravine, par exemple, où les « lessiveuses » ne pouvaient aller sans courir le risque d'une chute définitive. J'ai donc réexaminé le paysage à la lueur de cette hypothèse. Je n'ai pas tardé à découvrir une faille, profonde d'une dizaine de mètres, serpentant entre les collines. À la place de Burton, c'est là que j'aurais emménagé afin de ne plus avoir les androïdes sur le dos.

J'ai rejoint Evita pour lui faire part de mes conclusions.

— Faut bien commencer quelque part..., a-t-elle grommelé sans enthousiasme.

Nous sommes sorties du fortin en respectant les précautions d'usage. Il s'agissait de déjouer la vigilance des robots et d'atteindre la crevasse sans prendre un mauvais coup. Nous n'avions pas d'armes et ne portions pas davantage de gilet pare-balles, ce qui nous rendait vulnérables. Bien que mon père ait fait de moi une bonne tireuse, je n'avais pas voulu m'encombrer d'un fusil. Je tenais à ce que Burton voie en nous des femmes sans défense. Toute ma stratégie reposait sur cette astuce.

Paradoxalement, nous avons été aidées dans notre entreprise par le relief accidenté de ce versant de la colline. Rochers, lézardes et souches fossiles gênaient l'avance des robots qui évitaient de s'y engager par crainte de se retrouver coincés. Une demi-heure plus tard, nous avons atteint la pointe de la grande crevasse. C'était en vérité un canyon en réduction. Cinq cents mètres de long, dix de profondeur, cinq de large. Le soleil n'en éclairait pas le fond, créant l'illusion d'une eau noire, stagnante.

J'ai été visitée par l'idée stupide qu'un lambeau de nuit s'était réfugié là, pour échapper à la morsure du jour.

J'ai entrepris d'y descendre. Mon enfance dans les montagnes suisses m'a donné l'habitude des parois, et je ne suis pas mauvaise dès lors qu'il s'agit d'escalade. Je tiens cela de mon père.

Derrière moi, Evita a lâché une bordée d'injures mexicaines.

En bas, il faisait frais et sombre. Il était évident que les robots ne pouvaient plus nous atteindre. Seuls les drones auraient pu nous causer préjudice, à condition de bien viser, car la faille constituait une fenêtre de tir très étroite.

J'avais la conviction d'être sur la bonne piste.

— Ça me rend claustrophobe, ce truc, a protesté Evita. J'ai l'impression que les parois vont se refermer sur nous d'un instant à l'autre.

Je partageais ce fantasme, je l'avoue. Des strates de différentes couleurs prouvaient que la crevasse avait été ouverte par un tremblement de terre. Un nouveau séisme pouvait tout aussi bien la suturer... Ça arrivait de temps à autre.

Le sol étant jonché de gros cailloux anguleux, nous avancions avec lenteur, attentives aux serpents qui pouvaient s'y cacher. Je ne pouvais me défaire du sentiment d'être observée. De part et d'autre du sentier, une multitude de petites cavernes trouaient les parois. N'importe quoi, ou n'importe qui, aurait pu s'y tenir tapi.

Nous touchions au but. Le campement de Burton et de Willa se trouvait forcément ici, au cœur de ce repli de terrain inaccessible aux robots, et dans lequel un ennemi n'avait pas la possibilité de progresser en silence, les cailloux jouant le rôle de système d'alarme.

J'ai retenu mon souffle. J'étais si tendue qu'il me semblait voir bouger des ombres suspectes derrière chaque rocher. Je craignais par-dessus tout de rester plantée là, muette et stupide, pétrifiée de terreur si Burton MacGraw surgissait devant moi.

À tout hasard, j'ai défait le troisième bouton de ma chemise. Bon, on fait avec ce qu'on a. La vue de mes seins éveillerait peut-être chez lui une vocation de non-violence ?

— *Y a quelqu'un...* a soufflé Evita dans mon dos. Là-bas, tout au bout, après le coude... J'ai aperçu une silhouette. Ça n'a duré qu'une demi-seconde.

— Un animal ?

— Non, trop grand. Et puis les coyotes ne marchent sur deux pattes que dans les dessins animés.

Elle essayait de crâner mais le ton n'y était pas.

J'ai cherché une phrase susceptible de désamorcer l'agressivité de Burton. Le mieux consistait à se faire passer pour des randonneuses égarées. Le désert était plein de trekkeurs fous dont on retrouvait les ossements dix ans plus tard. Nous nous rapprochions du coude décrit par la crevasse. Difficile de deviner ce qui nous attendait au-delà de l'obstacle.

La sueur me brûlait les yeux. Je n'avais qu'une envie, saisir le pistolet à fléchettes anesthésiantes et tirer sur tout ce qui bougeait.

J'ai scruté le sol, soudain persuadée que j'allais poser le pied dans un piège, être soulevée dans les airs par un nœud coulant, ou transpercée par une herse artisanale. Les mâchoires serrées, j'ai dépassé le coude…

Une créature étrange se tenait là, grimpée sur un rocher, prête à prendre la fuite. Un être d'une saleté repoussante, à la chevelure recouverte de boue séchée. Une sorte d'homme de Neandertal affublé d'un poncho de cuir. Quand la « chose » a bougé, j'ai vu qu'il s'agissait d'une femme. J'ai dit :

— Willa ? C'est vous ?

Elle a tressailli, hésitant sur la conduite à tenir. Puis ses muscles se sont relâchés. Ses bras, ses cuisses étaient ceux d'une athlète. Le cal recouvrait ses mains et ses pieds. C'était une sauvageonne, certes, mais une sauvageonne en excellente forme physique. Je savais qu'elle avait dix-huit ans, toutefois elle en paraissait trente-cinq. Il lui manquait une incisive et une canine à la mâchoire supérieure. Peut-être la conséquence d'une violence « conjugale ». Une vilaine cicatrice, recousue avec les moyens du bord, saccageait sa pommette droite. Si elle avait été jolie deux ans plus tôt, ce n'était plus le cas.

J'ai répété « Willa », sur un ton plus doux.

Elle a consenti à descendre de son perchoir. Chacun de ses mouvements avivait sa puanteur. Elle s'est raclé la gorge comme quelqu'un qui n'a pas parlé depuis longtemps et dit :

— Oui, c'est moi... Je pensais bien qu'on allait venir me chercher. Je sais que ma famille a été assassinée, j'ai entendu les annonces que la police a diffusées avec des haut-parleurs, depuis le bas de la colline.

— Où est Burton ? ai-je demandé. Est-ce qu'il vous surveille ? Êtes-vous sa prisonnière ?

Elle a secoué la tête et une sorte de ricanement a déformé sa bouche.

— Burton a disparu il y a six mois. Je ne sais pas ce qu'il est devenu. Je vis toute seule depuis ce temps.

Cette révélation m'a décontenancée. Je n'avais pas prévu ça.

— Mais alors, ai-je bredouillé, pourquoi n'être pas rentrée chez vous, au ranch ?

Elle a haussé les épaules et levé la main pour désigner l'une des cavernes qui nous surplombaient.

— Faut pas rester là, a-t-elle grogné. Beaucoup de serpents sous les pierres. Vous êtes trop lentes pour leur échapper. Suivez-moi là-haut, on sera à l'abri.

Une échelle artisanale était dressée contre le roc, il a fallu l'emprunter. J'ai cru suffoquer en pénétrant dans la tanière de Willa. Des caissons de munitions tapissaient les parois. Des armes par dizaines. Fusils d'assaut, pistolets-mitrailleurs, et même un bazooka. Un hamac occupait le fond du réduit. Des caisses de rations, empilées les unes sur les autres, semblaient soutenir la voûte telles les colonnes d'un temple.

Willa s'est assise en tailleur sur le sol et, d'un geste, nous a invitées à l'imiter. Mal à l'aise, elle bougeait gauchement et s'efforçait de sourire d'une façon artificielle, comme pour nous prouver qu'elle n'était pas dangereuse.

— Pourquoi n'êtes-vous pas rentrée au ranch ? ai-je répété.

— Peur de mon père, a-t-elle murmuré après une longue minute de silence. Il m'aurait fait des reproches. Il aurait peut-être cru que je m'étais débarrassée de Burton en l'empoisonnant, ou je ne sais quoi... Il ne me l'aurait pas pardonné. Burton, c'était le fils qu'il aurait voulu avoir. Le guerrier idéal. Moi... moi je n'étais qu'une fille... Une créature de complément... Quand il a disparu, j'ai été tentée de rentrer. Une nuit, je suis même allée jusqu'aux écuries. Je les ai regardés, tous là, rassemblés pour le dîner, mais je n'ai pas osé franchir le seuil. Je savais que la disparition de Burton mettrait mon père dans tous ses états, qu'il me tarabusterait pour me faire dire ce qui s'était passé. Il m'aurait rendue responsable de ce malheur, m'aurait accusée de n'avoir pas su veiller sur mon mari. Alors j'ai fait demi-tour... Vous comprenez, je n'avais plus ma place parmi eux. Mes sœurs m'ont paru tellement... tellement étrangères. C'était un autre monde.

Elle essayait de dissimuler ses mains, déformées, calleuses. Des mains d'homme. L'index droit présentait la trace d'une fracture mal ressoudée. Sur son avant-bras gauche, j'ai noté la présence d'une cicatrice. Celle laissée par l'extraction de la balise de repérage. Burton avait fait le bon choix en devenant soldat, il n'aurait eu aucun avenir dans la chirurgie esthétique.

Une nouvelle minute de silence s'est écoulée, interminable.

— Je ne sais pas réellement ce qui s'est passé, a-t-elle enfin repris. Un matin, Burt est parti en patrouille, comme il en avait l'habitude. C'était son truc. Il aimait vivre aux aguets. En alerte permanente. Il disait que les robots l'aidaient à se maintenir en forme. Alors il les défiait, s'amusait à s'en approcher le plus possible... Il était très bon à ce jeu. Et puis un soir, il n'est pas rentré. C'est tout. J'ai attendu un jour, deux, trois. La nuit du quatrième, je suis sortie explorer les environs ; je n'ai rien trouvé. J'ai d'abord pensé qu'il avait été atteint par le tir d'un robot, et qu'il était là, quelque part, dans l'incapacité de se déplacer. À plusieurs reprises, il était rentré blessé, mais légèrement. Rien de grave. J'avais appris à le recoudre. J'ai eu beau fouiller, je ne l'ai pas vu. Nulle part.

— Il se serait volatilisé ? a fait Evita sur un ton qui m'a déplu.

Willa a secoué négativement la tête. La boue sèche recouvrant ses cheveux s'est craquelée.

— Non, a-t-elle dit. Je pense que Vince l'a tué. Vince Vaughan... Vous avez entendu parler de lui ?

Devant mon assentiment, elle a continué :

— Il nous traquait depuis le début. C'est pour ça que Burt changeait tout le temps de campement. Vince rôdait autour de nous, tendait des pièges à Burton. On le sentait là, tout près, sans jamais le voir. Il était très doué, lui aussi. Ils se haïssaient tous les deux.

— Vince était amoureux de vous ?

Willa a éclaté d'un rire chargé d'amertume.

— Vous plaisantez ! s'est-elle exclamée. Vince Vaughan voulait être le fils préféré de mon père. Il jalousait la place de Burt. C'était une affaire entre hommes, vous comprenez ? Un truc un peu trouble, entre vassaux et suzerains. Moi, je n'étais qu'un accessoire. Le prétexte de la querelle. Officiellement, Vince et Burt s'affrontaient pour ma possession, mais c'était un écran de fumée. Vince ne s'en remettait pas d'avoir été écarté à la dernière minute. Il se voulait l'unique disciple de Tobbey Zufrau-Clarkson, l'héritier de sa pensée, le continuateur de son œuvre. Il n'a pas supporté d'être rétrogradé, d'apprendre qu'on lui préférait Burton MacGraw. Moi, dans toute cette histoire, je n'étais qu'une figurante... D'ailleurs, Burt ne s'est jamais intéressé à moi. Oh ! il me baisait, ça oui, mais pas tant que ça quand on y pense. Son vrai truc, c'était la guerre. Le grand pied.

— Vince l'aurait donc assassiné..., ai-je souligné, craignant qu'elle ne s'embarque dans une digression.

— Oui, il a fini par l'avoir au bout d'un an et demi. Je ne sais pas comment. Il a caché le corps quelque part. Peut-être même l'a-t-il dévoré, bout par bout. Il était assez cinglé pour aller jusque-là. Ces deux mecs avaient la tête farcie de légendes. Les héros grecs, les chevaliers Teutoniques, les Vikings... toutes ces foutaises dont mon père les abreuvait. Alors, manger le cœur et le foie d'un ennemi, ça leur paraissait presque normal. La preuve que Vince se fichait pas mal de moi, c'est qu'il n'est pas venu me chercher après avoir liquidé Burt. S'il avait été si amoureux que ça, c'est la première chose qu'il aurait faite, non ?

Elle s'exprimait d'une voix apeurée d'adolescente et crachait ses invectives comme une collégienne qui craint de se faire surprendre par un surveillant.

— Burton vous maltraitait ? ai-je chuchoté.

— Oui. Il disait que ça m'endurcirait. Il m'expliquait qu'il était passé par là lui aussi, qu'on l'avait entraîné à résister à la torture, qu'il fallait domestiquer la douleur. Il parlait tout le temps de la guerre qui s'annonçait, de notre vie future dans l'abri.

— Et vous, quels étaient vos sentiments à son égard ?

— Je ne sais pas. Au début, j'étais flattée. Il était beau garçon, et fort. Nos parents nous avaient élevées, mes sœurs en moi, dans l'idée que nous serions la femelle du mâle alpha, le dominant de la meute. C'était notre destin. Ça me paraissait normal... et puis j'avais envie de faire plaisir à mon père. Puisque je ne pouvais pas devenir soldat, je lui devais au moins ça, à titre de dédommagement. Pour me faire pardonner de n'être qu'une fille... C'était assez confus dans mon esprit. Merde ! *Je n'avais que seize ans !* Les premiers temps, c'était comme un grand jeu de piste... et puis, très vite, c'est devenu beaucoup moins amusant. Cette vie de bête traquée. La crasse. La peur.

Derrière moi, Evita s'impatientait. Elle devait trouver que j'en faisais trop dans le genre assistance psychologique. Elle avait hâte de charger Willa dans l'hélico et de toucher son chèque. L'empathie, ce n'était pas son style.

— Vous êtes restée six mois toute seule, ai-je observé.

— Oui. Je me cachais. J'avais peur des autres soldats. Je ne voulais pas leur servir de femme. Quand je pense que mes sœurs meurent d'envie d'être à ma place ! Sarah Jane surtout. Mon père l'a complètement endoctrinée. Elle n'a qu'une hâte, atteindre l'âge d'être attribuée en récompense au major de la promotion. Pauvre petite conne ! Si elle savait ce qui l'attend...

Elle s'est tue, réalisant sans doute que le système mis en place par Tobbey n'avait plus de raison d'être. Manifestement, elle avait du mal à se persuader que son calvaire touchait à sa fin. Puis, comme cela se produit souvent avec les gens pris dans une spirale obsessionnelle, elle a commencé à ressasser, répétant ce qu'elle venait de nous raconter. Evita a poussé un soupir d'irritation.

Au bout d'un quart d'heure, j'ai posé la main sur le genou de Willa pour attirer son attention et l'arracher à sa logorrhée. Elle n'aurait pas davantage tressailli si je lui avais enfoncé une aiguille dans la cuisse.

Lentement, j'ai entrepris de lui expliquer que nous venions la récupérer, et que d'ici trois heures sa vie aurait changé. J'ai parlé du cabinet Stanley-Mitchell, de L.A., sans trop m'appesantir sur ce qu'on attendait d'elle. De toute manière, Silas serait surpris quand il découvrirait la tête de sa protégée. S'il comptait l'exhiber à la télé dans son état actuel, les cours de l'action Zufrau-Clarkson Industries plongeraient en chute libre. Pour les actionnaires, ce serait comme si on leur proposait d'installer Cheetah, la guenon de Tarzan, aux commandes de la boîte.

Willa m'écoutait, l'air hagarde, à croire que je m'exprimais en klingon.

— Tout ça, c'est bien gentil, est intervenue Evita, mais faut y aller.

J'ai allumé la radio et tenté d'établir le contact avec Stanley-Mitchell. Hélas, l'émission ne passait pas. Il fallait sortir de la faille. J'ai demandé à Willa si elle désirait emporter quelque chose. Elle a secoué négativement la tête. Nous avons quitté la tanière à la queue leu leu. Evita avait pris la tête de la colonne, pressée d'en finir.

Tout à coup, Willa a glissé sa main dans la mienne.

— Tu sais, a-t-elle murmuré, j'ai eu un enfant...

Comme je restais interdite, elle a ajouté :

— C'est Burt qui m'a accouchée. Le bébé était mort-né. On l'a enterré au sud de la faille, là-bas... mais quand j'ai voulu me rendre sur sa tombe, elle était vide... les coyotes l'avaient déjà emporté. Ils l'ont mangé. Ils ont mangé mon petit garçon. Après, ils l'ont chié, un peu partout... Mon bébé s'est changé en merde... et la pluie l'a délayé. Je ne le retrouverai jamais.

Je n'ai rien dit mais j'ai serré sa paume dans la mienne. Je me demandais si Willa pourrait un jour effacer de sa mémoire ces deux années de folie. J'ai essayé de l'imaginer en tailleur Armani, *executive woman* dirigeant d'une main de fer l'entreprise léguée par Tobbey.

Une fois sorties de la lézarde, nous avons eu une autre mauvaise surprise. L'émission ne passait toujours pas, la colline créant ce que les spécialistes appellent une zone d'ombre. Peut-être était-elle bourrée de minerai de fer, ce qui n'arrangeait rien.

— Il faut gagner le sommet, *carajo* ! a juré Evita. Ici on était à l'abri des robots, là-haut on sera exposées.

Je n'étais pas plus emballée qu'elle mais j'ai entamé l'escalade sans perdre de temps. Willa s'est révélée en meilleure forme physique que nous. Elle grimpait sans s'essouffler, avec aisance. La sauvagerie, parfois, ça aide.

J'ai pensé à Vince Vaughan. Je le voyais très bien assassinant son rival après lui avoir mené une guerre d'escarmouches pendant un an. Le cadavre de Burton MacGraw devait se décomposer au fond d'une caverne, quelque part en un lieu inaccessible. Son crime accompli, Vince avait alors renoncé à s'emparer de Willa... soit parce qu'elle avait enlaidi, soit parce qu'il avait déjà commencé à fantasmer sur Sarah Jane. Elle était sans doute encore trop jeune pour lui, alors. Il avait attendu qu'elle grandisse, qu'elle s'apprivoise. Il lui avait fallu du temps pour domestiquer la gosse, l'attirer dans ses filets. Je ne savais pas grand-chose des relations qu'entretenait Sarah Jane avec Vaughan. Probablement ne m'avait-elle pas tout dit. Les choses avaient pu aller plus loin qu'elle ne consentait à l'avouer. Avec les adolescentes, tout est possible. Avait-elle trouvé excitant de devenir l'égérie d'un tueur clandestin ? Tout cela avait dû lui sembler follement romantique.

Gothique en diable. Un problème toutefois : elle n'avait pas su prévoir la tournure des événements. Le réveil avait dû être brutal quand Vince avait fusillé toute la famille pour kidnapper sa dulcinée.

Au sommet de la colline, j'ai lancé un nouvel appel. Avec succès, cette fois. Stanley-Mitchell m'a assurée que l'hélicoptère décollait séance tenante et qu'il aurait atteint le ranch d'ici un quart d'heure. Dès que je l'entendrais, il me faudrait marquer la position au moyen d'un fumigène. L'opération devrait se dérouler rapidement, à cause des drones. Puis il a tenté de m'interroger à propos de Willa, mais j'ai coupé la communication.

Nous avons levé la tête vers le ciel. Quatre robots bourdonnaient à deux cents mètres. Ils nous avaient repérées ; toutefois il leur était difficile de s'approcher en raison de la configuration du terrain. Tobbey m'avait assuré qu'ils étaient programmés pour n'ouvrir le feu qu'à cent mètres d'une cible potentielle. J'espérais de toutes mes forces que c'était vrai, parce qu'une fois suspendues dans les airs, nous formerions à nous trois un sacré gibier !

Malgré tout, les machines s'obstinaient. Leur train chenillé s'épuisait à vaincre les obstacles. Mètre après mètre, elles se rapprochaient.

— Nous aurions mieux fait de nous replier dans le fortin, a fait observer Evita.

— C'est trop tard maintenant, ai-je soupiré. Ces saloperies nous barrent la route. Elles manœuvrent pour nous encercler.

Je me suis demandé si nous ne pourrions pas essayer de déclencher une avalanche pour les balayer, mais c'était idiot, aucune de nous n'aurait été en mesure de bouger les blocs de pierre qui nous entouraient.

— Il y avait des grenades dans la caverne, a dit Willa. Je regrette, je n'y ai pas pensé.

Aucune de nous n'y avait pensé. Ce sont là des trucs de mec qui ne nous viennent pas à l'esprit. Lara Croft aurait eu honte de nous.

Enfin, alors que nous commencions à transpirer, un bourdonnement s'est fait entendre et un point noir s'est matérialisé dans le ciel, grossissant rapidement. J'ai plongé la main dans mon sac à la recherche d'une cartouche fumigène. Quand l'hélicoptère a survolé le ranch, j'ai arraché la goupille de la boîte métallique et jeté le tube à cinq mètres. Une fumée verte s'en est échappée, s'élevant en volutes épaisses vers les nuages. L'hélico nous a localisées sans difficulté et manœuvré pour se positionner en vol stationnaire à la verticale du point de récupération. Je le distinguais mal, à cause de la fumée. J'ai entraperçu un type, debout près de la porte latérale, un gros fusil à la main. Le vacarme du rotor était assourdissant. Le treuil s'est mis en marche et le câble soutenant les harnais a commencé à descendre.

L'arrivée de l'hélicoptère avait rendu les robots fous de convoitise. Ils luttaient, moteur emballé, pour se rapprocher au plus vite de cette cible alléchante. Ils n'étaient plus qu'à deux cents mètres. L'un d'eux avait perdu l'équilibre en tentant de franchir un obstacle et gisait sur le flanc, ses chenillettes brassant inutilement le vide.

Les harnais sont enfin arrivés à notre hauteur. Abandonnant nos sacs à dos, nous nous sommes sanglées aussi vite que possible, puis, nous empoignant bras dessus bras dessous, nous avons formé une masse compacte, chacune soutenant sa voisine. Le câble a vibré, nous arrachant de terre. La traction m'a scié les reins et l'entrecuisse.

Les premiers coups de feu ont éclaté. Le plus proche des robots, nous estimant à bonne portée, avait ouvert le feu. Le pilote a pris instantanément de la hauteur, nous balançant de droite et de gauche comme trois oranges accrochées à une ficelle. La nacelle pendulait. Evita s'est mise à hurler. La sensation était atroce. J'avais l'impression d'être une pierre dans une fronde qu'on fait tournoyer. Peu à peu, l'hélico s'est stabilisé et le câble nous a amenées à hauteur de la porte latérale. Un type m'a empoignée en criant un truc incompréhensible. À la seconde où je posais le pied à l'intérieur de l'habitacle, le tireur posté en sentinelle a ouvert le feu près de mon oreille droite, me faisant presque exploser le tympan. J'ai entendu le pilote qui hurlait : *Les drones ! les drones !* et l'appareil a décrit une embardée qui m'a jetée sur le plancher.

La confusion est devenue totale.

Les deux flingueurs, armés de Mossberg à pompe, lâchaient du 12 à ailettes sur les petits oiseaux chromés virevoltant autour de l'hélicoptère.

Je ne suis pas romancière, il m'est donc impossible de vous décrire la panique qui régnait dans la cabine. Les étuis de cartouches éjectés à la hâte rebondissaient, brûlants, sur ma tête. En vision périphérique, j'ai vu exploser un drone, sur ma droite, mais il en venait déjà d'autres. Toute l'escadrille imaginée par Tobbey semblait converger vers notre appareil.

— Grimpe ! Bordel ! Grimpe ! hurlait l'un des tireurs à l'adresse du pilote. Ils ne pourront pas nous suivre dans les nuages.

Des trous se sont ouverts dans le fuselage. L'hélicoptère paraissait avoir le plus grand mal à demeurer stable.

— Je ne peux pas ! a crié le pilote. Ils ont faussé le rotor de queue. Faut qu'on se pose tout de suite, ou bien on va se crasher.

— Pas sur la colline ! ai-je lancé. Surtout pas sur la colline ! Les robots qui opèrent au sol nous encercleraient immédiatement. Dirigez-vous vers la vieille piste.

— Je vais essayer, a-t-il répondu, je ne promets rien.

L'un des drones est passé au ras de la porte latérale, telle une faucille d'argent. Si j'avais tendu la main, il me l'aurait sectionnée d'un revers d'aile.

L'hélico a entamé sa descente en décrivant une spirale des plus chaotiques. Nous roulions l'une sur l'autre, comme des barriques. Cramponnée de la main droite à une sangle, j'ai empoigné Willa de la gauche. Evita avait basculé hors de ma portée. Je me suis recroquevillée en prévision de l'impact. Si le pilote loupait la piste et se posait dans la forêt, nous étions fichus. En pensée, j'ai revu l'appareil du SWAT, transformé en bûcher. Nous risquions de connaître le même sort d'ici deux minutes.

Le sol se rapprochait. Avec soulagement, j'ai reconnu les bâtiments délabrés de l'aérodrome militaire. Tout de suite après, un choc épouvantable m'a donné l'impression que ma colonne vertébrale se déboîtait. À demi assommée, j'ai roulé sur le flanc.

Le pilote hurlait : « Évacuez ! Évacuez ! Ça risque de s'enflammer ! »

Quelqu'un m'a saisie sous les aisselles pour me traîner au-dehors. L'odeur de l'essence a fait place à celle de la neige carbonique.

— Ne vous endormez pas, m'a vociféré dans l'oreille l'un des tireurs. Vous avez peut-être une commotion cérébrale.

Je me suis assise. Evita saignait d'une coupure au front. Le sang, en lui vernissant le visage, lui donnait l'apparence d'une idole barbare.

Seule Willa, étendue sur le tarmac, ne bougeait pas.

En m'approchant d'elle, j'ai vu la tache rouge qui s'élargissait sur sa poitrine. Elle avait pris une balle dans le poumon droit.

Fugitifs

Stanley-Mitchell est arrive à bord d'un hélicoptère des services médicaux de L.A. Uniquement préoccupé de l'état de Willa, il ne nous a pas accordé un regard. En moins de trois minutes, l'équipe de secours avait chargé la blessée et repris son vol.

Deux avocats du staff nous ont rapatriées, Evita et moi, à Mount Sierra où le toubib local nous a examinées. Je n'avais que des contusions sans gravité. Evita a écopé de trois agrafes au milieu du front.

— *Carajo !* a-t-elle rugi, furieuse. Finalement, le chèque de Stanley-Mitchell ne servira qu'à payer les frais de chirurgie esthétique ! Tout ça pour rien ! Toi et tes idées de merde !

J'ai cru qu'elle allait m'arracher les yeux.

De retour à l'hôtel, j'ai demandé à l'assistante de Stanley-Mitchell si on avait des nouvelles de Willa.

Elle a haussé les épaules avant de chuchoter :

— Silas dit qu'elle est dans le coma. Elle a perdu beaucoup de sang. Une hémorragie interne causée par la balle qui a ricoché sur la clavicule. Heureusement que c'était du petit calibre, sinon elle serait déjà morte. Pour le moment, les médecins réservent leur diagnostic.

Je me suis rendue au bar où j'ai pris une vodka-tonic. Toujours furieuse, Evita s'est assise à l'autre bout de la salle devant une tequila. Toutes les trente secondes, elle touchait le pansement collé sur son front.

Avec amertume, j'ai pensé au chèque de Stanley-Mitchell. Aurais-je seulement le temps de le toucher ? Si Willa mourait, l'entreprise de Tobbey ne lui survivrait pas. L'empire des Zufrau-Clarkson fondrait tel un sucre dans une tasse de café bouillant, et avec lui ses avoirs bancaires. Mon joli petit chèque risquait donc de se révéler en bois lorsque je me présenterais au guichet pour réclamer mon dû. Décidément, la déveine s'acharnait sur moi.

Épuisée, j'ai gagné ma chambre et pris une douche avant de m'effondrer sur mon lit. Comble de malchance, la clim était en panne. Il y a des jours comme ça.

Trois heures plus tard, le téléphone a sonné. C'était Stanley-Mitchell.

— Willa a repris conscience, a-t-il expliqué d'une voix pressée. Elle vous réclame. Elle ne veut parler qu'à vous seule. Il semblerait que vous ayez établi un lien privilégié avec elle. C'est important. J'envoie l'hélico vous chercher.

À son ton pincé, j'ai compris qu'il était vexé d'avoir été repoussé par sa cliente. Qu'on lui préfère une décoratrice au chômage lui restait sur l'estomac.

Je n'ai pas discuté. Avais-je le choix ? En outre, je m'ennuyais à mourir à Mount Sierra. J'ai passé un coup de fil à Evita pour l'avertir de l'arrivée de l'appareil. Si elle voulait en profiter pour rentrer à L.A., c'était le moment.

Mon sac rapidement bouclé, j'ai gagné le parking désert où l'hélico allait se poser. J'espérais que Willa n'allait pas faire sur moi un transfert psychanalytique. Je me voyais assez mal en demoiselle de compagnie, vivant dans son ombre, lui tenant la main lorsqu'elle serait submergée par ses angoisses. Je la plaignais, certes. Elle avait de toute évidence vécu un calvaire, mais je n'avais pas les compétences requises pour lui permettre de se réinsérer dans le monde réel. J'avais déjà assez de mal à y trouver ma place !

Evita m'a rejointe. Elle s'est plantée dans un coin sans m'adresser la parole, fumant clope sur clope.

Dix minutes plus tard, l'hélicoptère atterrissait, à la grande joie de la population locale. Massés autour du parking, les touristes nous photographiaient, croyant reconnaître en nous des célébrités du show-biz. J'ai entendu une matrone en bermuda violet crier à son mari : « Puisque j'te dis que c'est Jennifer Lopez et Julia Roberts ! »

Bah ! C'était mieux que d'être confondues avec Nancy Reagan.

Plus tard, l'appareil s'est posé sur le toit d'une clinique privée. Stanley-Mitchell nous y attendait en compagnie d'une équipe de gardes du corps. J'ai tout de suite été séparée d'Evita et plus entourée qu'une *First lady*.

— Willa est en soins intensifs, m'a expliqué Stanley-Mitchell. Son état est stable. En dépit de ce que pourrait laisser croire son apparence physique, elle est en bonne forme. De toute évidence, elle a besoin de se raccrocher à quelqu'un. Et ce quelqu'un, c'est vous. Ne me demandez pas pourquoi. Vous allez l'aider à vivre cette transition. Vous resterez à son chevet le temps qu'il faudra. Ce service vous sera rétribué. J'ai déjà fait établir un contrat d'embauche.

Je n'ai pas eu le temps d'exprimer mes réticences ; déjà, on m'avait enveloppée dans une blouse stérile, posé un masque sur le bas du visage et empaqueté les pieds dans des chaussons de papier.

— Ne la fatiguez pas ! m'a ordonné un médecin d'un air sévère. Elle est encore faible.

Willa était couchée dans une sorte d'aquarium, encerclée par une multitude d'appareils de contrôle qui clignotaient autant que le tableau de bord d'une navette spatiale en phase de décollage. Elle a ouvert les yeux quand je me suis assise à son chevet. Puis elle m'a pris la main, l'a conservée dans la sienne, et refermé les paupières. J'ai dissimulé un frisson. Je n'aime pas avoir de contact physique avec les femmes. J'ai eu l'impression d'être devenue un ours en peluche dont on ne peut se passer pour s'endormir. Ça ne m'emballait guère. Je ne le cache pas, j'ai eu la trouille de devenir l'esclave d'une jeune femme richissime, incapable de se réadapter à la vie quotidienne. Une sorte de « secrétaire particulière » préposée aux crises d'angoisse, aux phobies de toutes sortes. L'assistante d'une milliardaire dérangée dans le style d'un célèbre avionneur prénommé Howard.

Brusquement, Willa a murmuré :

— Ne retournez pas là-bas… C'est un endroit maudit… C'est là que mon bébé est mort et que les coyotes l'ont mangé. Il vous arrivera malheur. Partez, loin… très loin. Oubliez tout ça. Profitez de la vie. Quand je serai guérie, je ferai raser le ranch et l'aérodrome. Je ferai couler du béton sur toute la zone. Ce sera comme une immense pierre tombale qu'on verra du ciel… J'y ferai inscrire le nom de mon bébé, en lettres énormes. Comme ça tout le monde saura qu'il est là… quelque part… Ne vous inquiétez pas… vous ne serez pas lésée, j'ai ordonné à Stanley-Mitchell de vous régler les sommes promises par mon père.

Elle s'est rendormie.

Je suis restée comme ça une bonne demi-heure, puis les infirmières m'ont fait sortir et j'ai retrouvé Stanley-Mitchell dans le couloir.

— On a reconduit Evita chez elle, m'a-t-il expliqué. Sa présence n'était pas nécessaire. Willa n'a pas fait allusion à elle. Elle n'a mentionné que vous. Je devine vos réticences, elles sont légitimes, mais ne vous emballez pas. Tout est temporaire. Dès que Willa sera sur pied, elle rencontrera les meilleurs psychologues de L.A. Pour le moment, elle a besoin d'un objet transitionnel, comme les gosses. Vous serez cet objet.

Super ! J'étais élevée au rang de doudou. Quelle promotion !

Il m'a tendu une fine chemise de carton jaune.

— Votre nouveau contrat. Vous verrez que mes assistants y ont ajouté une clause de confidentialité. Désormais, vous n'avez plus le droit de parler à la presse.

— Je n'en avais nullement l'intention.

— Je n'en doute pas, mais je dois respecter la procédure et protéger les intérêts de ma cliente. Afin de rassurer les marchés financiers, nous allons tenter une opération psychologique.

— Psychologique ?

— Oui, un coup médiatique, si vous préférez. Willa n'est pas en mesure de s'exhiber en public, vous en avez conscience. Son apparence physique et son équilibre nerveux laissent à désirer. Si les actionnaires la découvraient dans cet état, ils céderaient à la panique. Nous allons donc utiliser une doublure.

J'ai écarquillé les yeux.

— Mais oui, réfléchissez ! s'est impatienté Stanley-Mitchell. Tobbey avait veillé à ce qu'aucune photographie de ses filles ne soit diffusée dans la presse, si bien qu'à l'heure actuelle, personne ne sait à quoi ressemble Willa Zufrau-Clarkson. Nous avons engagé une jeune comédienne. Elle subit depuis trois jours un briefing intensif afin de faire illusion devant les journalistes. L'objectif est de la présenter comme l'héritière de l'empire. Une femme d'acier, formée par Tobbey lui-même. Un prodige de la finance. C'est un coup de poker, soit, mais nous ne pouvons attendre que Willa soit de nouveau présentable. Il faut enrayer l'effondrement des marchés. Cette reprise en main de Zufrau-Clarkson Industries par une princesse du sang fera l'effet d'un électrochoc. La présentation officielle aura lieu cet après-midi.

Je me suis fait la réflexion qu'il craignait peut-être que Willa, devant les journalistes, n'évoque soudain l'histoire de son bébé dévoré par les coyotes. Cela pouvait créer un certain malaise, c'est vrai.

J'ai signé tout ce qu'il voulait. Ses magouilles me laissaient froide. Je lui ai toutefois conseillé de faire la paix avec Evita s'il ne voulait pas voir sa combine éventée.

On m'avait réservé une chambre à l'intérieur de la clinique, non loin de celle de Willa. Je devais camper là jusqu'à nouvel ordre.

— Si tout marche comme je l'espère, m'a assuré Stanley-Mitchell avant de prendre congé, je puis vous garantir que le contrat de remise en état du bunker sera honoré. L'intégralité de la somme sera versée à l'Agence 13, et cela sans que vous ayez à entreprendre de travaux. Votre employeur sera content et vous n'aurez pas à craindre d'être licenciée.

Il est parti et je me suis allongée sur mon lit, pour fixer le plafond. J'ai fini par m'assoupir.

Quand je me suis réveillée, j'ai pointé le nez dans le couloir. Des gorilles en costume noir et oreillette arpentaient le linoléum. J'ai réalisé que l'étage avait été réservé à Willa. Les gardes du corps veillaient sur les ascenseurs, vérifiant les badges du personnel soignant. Stanley-Mitchell ne tenait pas à ce qu'un quelconque photographe de la presse à scandale vienne prendre un cliché de la riche orpheline sur son lit de souffrance, son plan de secours en aurait été ruiné. Pour passer le temps, j'ai allumé la télé. Dans le courant de l'après-midi, notre cher Silas est apparu sur les écrans en compagnie d'une très jolie fille en tailleur Armani. La fameuse doublure. Il l'avait bien choisie, je dois l'admettre. Malgré son jeune âge, la gamine arrivait à donner une impression de fermeté et d'intelligence. Quelque chose dans le style Jodie Foster à sa grande époque. Le regard d'acier, surtout, était impressionnant. Et le petit sourire hautain, très « princesse de glace ». Elle récitait un monologue rédigé par le staff du cabinet mais cela ne se sentait pas. Quand elle évoqua le drame qui venait de la frapper, elle modula un léger trémolo bien contrôlé et ses yeux s'embuèrent l'espace d'une nanoseconde. Elle était très bonne, vraiment. Une dame de fer au berceau. L'héritière de la couronne. La main de titane dans un gant d'acier. Terminator en string de dentelle noire Victoria's Secret.

Les journalistes étaient impressionnés. Il y avait de quoi. J'ai éteint le téléviseur. Je m'ennuyais comme une carotte moisie au fond d'un bac à légumes.

Tout à coup, la porte de ma chambre s'est ouverte à la volée et l'assistante de Stanley-Mitchell est entrée, très essoufflée.

— Il y a du nouveau, a-t-elle haleté. La police a localisé la balise de Sarah Jane. Elle se déplace sur la ligne de crête des California Mountains. Cette fois, le signal est constant. Il faut que vous veniez tout de suite.

— Pourquoi ?

— Vous avez établi une certaine complicité avec la gosse. Cela pourrait se révéler utile au moment de la récupération. Il faut éviter qu'elle pique une crise d'hystérie et se mette à raconter n'importe quoi.

— Par exemple que la fille qui se pavane à la télé n'est pas sa vraie sœur ? ai-je ricané.

— Taisez-vous ! a sifflé l'avocate, scandalisée. Les flics sont décidés à intervenir. Maître Stanley-Mitchell a fait jouer ses appuis politiques pour obtenir l'autorisation d'être associé à l'intervention. L'hélico nous attend sur le toit.

J'ai changé de chaussures et je l'ai suivie. À force de passer ma vie en hélicoptère, j'allais avoir du mal à me réhabituer aux transports en commun.

Le jour baissait. Nous avons décollé du toit, accompagnées par deux gorilles armés. Les lumières de L.A. défilaient sous l'appareil, tel un tapis de braises rutilantes. Nous filions vers les montagnes. L'un des malabars avait branché un scanner qui permettait de suivre les échanges de la police. Au travers des crachotements, on devinait que l'intervention était imminente. J'ai identifié la voix de Dave Dogson, le détective au brushing *distinguished grey*, façon Richard Gere. Il disait :

— Le signal se déplace en zigzag, très vite, comme si la fille courait. Il se pourrait qu'elle tente de s'échapper et soit poursuivie par son ravisseur. L'homme est armé et dangereux. Suspecté d'assassinats multiples. Je vous rappelle que c'est un ancien soldat. Un professionnel du combat et un tireur d'élite. Il est passé par les Forces Spéciales. Il risque de nous en faire baver.

Les paumes moites, je me suis redressée sur mon siège.

J'espérais de toutes mes forces que Sarah Jane pourrait être récupérée sans encombre. Une bavure est toujours à craindre, surtout à la tombée de la nuit. On n'y voyait déjà plus grand-chose. La forêt couvrant la montagne avait l'air d'un pelage noir, touffu. Les collines évoquaient une meute d'ours faisant le dos rond.

J'ai pris conscience que nous n'étions plus seuls. Nous volions en formation, encadrés par d'autres hélicoptères de la police urbaine. Des hommes armés se tenaient accroupis près des portes latérales, le visage à moitié dissimulé par des lunettes de vision nocturne qui leur faisaient des gueules de cybermutants. Cette fois, c'était l'hallali, les chiens de guerre galopaient sur les traces de Vince Vaughan. J'avais hâte que tout soit fini. Dans le haut-parleur, des ordres s'entrecroisaient, des coordonnées de vol, un jargon à base de mots codés. Puis les hélicos ont allumé leurs projecteurs de poursuite pour balayer le sommet des collines. La lumière aveuglante a coulé entre les arbres, comme une lave blanche décolorant ce qu'elle touchait.

— Confirmation ! Confirmation ! a vociféré une voix dans le récepteur. Nous avons en visuel un individu armé d'un fusil qui semble poursuivre quelqu'un…

— Localisez la fille ! a ordonné Dogson. Elle est quelque part devant lui, à une soixantaine de mètres d'après l'écho radar. Elle donne des signes de fatigue, l'écart entre eux se réduit. Appréhendez l'homme avant qu'il ne la rattrape. Je ne veux pas d'un 10-15. S'il met la main sur la gosse, il l'utilisera comme otage. Je répète : pas de 10-15.

Alors des haut-parleurs ont beuglé les sommations d'usage. Le nez collé au Plexiglas du cockpit, j'ai distingué une petite silhouette qui gesticulait tout en bas, entre les arbres. Vince Vaughan. Il brandissait un fusil en direction des hélicoptères.

— Lâchez votre arme et couchez-vous sur le sol, bras et jambes écartés ! tonnaient les mégaphones. Obéissez ou nous ouvrons le feu.

La chair de poule m'a hérissé les bras. Les pinceaux des projecteurs s'entrecroisaient, essayant de suivre les évolutions du fugitif qui courait en zigzag, cherchant la protection des sapins. Ce bombardement de lumière avait quelque chose d'apocalyptique, il me rappelait le rayon de la mort de *La Guerre des mondes.* Les hélicos volaient en rase-mottes, frôlant la cime des sapins.

— Stoppez-le ! a ordonné Dogson. Il se rapproche de la gosse. *Stoppez-le !*

Des coups de feu ont claqué.

— 10-14 ! a hurlé une voix dans la radio. 10-14[1] !

Une arme automatique a répliqué, en rafale, puis le silence est revenu.

— Agresseur à terre, a annoncé une voix. Aucun signe de la fille.

— Elle doit être terrorisée et se terrer dans un coin, a soupiré Dogson. Les équipes au sol quadrillent le terrain, elles vont la localiser.

D'un geste, l'assistante de Stanley-Mitchell a signifié au garde du corps de baisser le son, puis, se tournant vers moi, elle a dit :

— À nous d'entrer en scène. Dès qu'ils auront récupéré Sarah Jane, arrangez-vous pour entrer en contact avec elle. Elle vous écoutera, elle vous connaît. *Dites-lui de se taire.* De ne rien dire à la police. Pas un mot. Elle est mineure, ils n'ont pas le droit de l'interroger hors de la présence d'un avocat, mais ils ne se gêneront pas pour essayer de lui tirer les vers du nez. Qu'elle se taise.

Elle énonçait cela d'un ton sec, dépourvu du moindre sentiment, comme si les souffrances endurées par l'adolescente la laissaient de glace.

Le pilote a manœuvré pour se poser au pied de la montagne, sur le terrain délimité par des balises lumineuses. Il y avait là une foule considérable d'uniformes et de blouses blanches portant le sigle du coroner, à croire qu'on s'apprêtait à évacuer les victimes de la bataille de Shiloh.

1. Code dix. 10-15 : Prise d'otage. 10-14 : Coups de feu tirés.

Stanley-Mitchell s'est rué à notre rencontre, en sueur, *décoiffé*. Ce qui, pour lui, équivalait à s'exhiber en slip devant la Cour suprême.

— Ils sont en train de ramener Vaughan, a-t-il annoncé. Il est mort. Ils ne sont pas encore parvenus à mettre la main sur Sarah-J. Elle continue à fuir, comme si elle ne comprenait pas qu'on tente de lui venir en aide.

— Elle est en état de choc, ai-je répondu. Tous ces hommes armés qui hurlent et brandissent des torches doivent la terrifier. À mon avis, ils ne s'y prennent pas de la bonne manière.

— Parfaitement ! a-t-il lancé, c'est à vous d'intervenir. Venez, nous allons demander à Dogson de vous passer un porte-voix. Quand Sarah-J. vous aura reconnue, elle se laissera approcher.

Sa façon de répéter « Sarah-J. » à la manière d'un vieil oncle éploré me tapait sur les nerfs. J'ai failli lui rétorquer : « Pas la peine de jouer la comédie, il n'y a aucun journaliste dans le secteur ! »

Au lieu de ça, je me suis laissé entraîner vers le PC des forces de police. La chose n'a pas été aisée, car il nous a fallu franchir plusieurs cordons de sécurité mais, chaque fois, Stanley-Mitchell exhibait je ne sais quelle autorisation, signée du gouverneur en personne, qui provoquait le recul immédiat des sentinelles. Finalement, nous nous sommes retrouvés devant Dogson. L'inspecteur ne cherchait nullement à cacher sa mauvaise humeur, et j'ai tout de suite compris que les choses ne tournaient pas rond. Stanley-Mitchell s'est lancé dans un laïus péremptoire pour exiger que je sois placée à la tête de la battue car j'étais la seule capable d'établir le contact avec « Sarah-J. ».

Dogson lui a coupé la parole sans ménagement :

— Vous m'emmerdez, maître. Il semblerait qu'il y ait un problème. Le type qu'on a intercepté… Ce ne serait pas Vaughan.

— Quoi ? a hoqueté Stanley-Mitchell.

— On vient de comparer le visage du mort avec les photos du dossier militaire de Vaughan, ça ne correspond pas. Pas du tout. Le gars qui a ouvert le feu sur les hélicos avait la soixantaine. Il s'agit peut-être d'un complice.

Se tournant vers moi, il a lancé :

— Suivez-moi, je veux que vous jetiez un coup d'œil au cadavre. Dites-moi si vous avez déjà aperçu ce type au ranch, parmi les palefreniers, les domestiques, les jardiniers...

Je lui ai emboîté le pas. Un peu plus loin, une civière métallique reposait sur le sol. Un homme corpulent s'y trouvait couché. Vêtu d'un treillis de l'armée très sale, il avait l'air d'un vagabond. Il m'a fait penser à ces vétérans du Viêtnam qui, en dépit des années, s'obstinent à s'habiller en G.I. Il avait les cheveux longs et gris, noués en catogan, et une barbe composée de petites nattes, à la manière chinoise. Trois balles groupées lui avaient fait exploser la cage thoracique. Il avait la bouche pleine de sang.

— Jamais vu, ai-je murmuré. On dirait un sans-abri.

— Je sais, a grommelé Dogson, et c'est bien ça qui m'emmerde. Les collines sont remplies de clodos qui se défoncent en sniffant du décapant. Enfin, on en saura davantage quand on aura mis la main sur la gosse.

Il s'est passé la main sur le visage avant de lâcher :

— Je vais vous donner un porte-voix et une escorte. Puisque vous la connaissez, essayez de convaincre Sarah Jane de quitter sa cachette. Le signal indique qu'elle ne bouge plus, mais je ne voudrais pas la terroriser en lui tombant dessus.

— Vous savez où elle est ?

— Oui, très exactement. Mes hommes l'encerclent. On va vous conduire jusqu'à elle. Faites votre possible pour la raisonner. Je ne veux pas être accusé de l'avoir traumatisée et apprendre, demain matin, que le LAPD est poursuivi en justice par le cabinet de maître Stanley-Mitchell pour cruauté mentale.

Il a dit cela avec une ironie teintée de lassitude et, d'un seul coup, il m'a paru sympathique. Sans doute parce qu'il semblait, là, dans la lumière des projecteurs et des gyrophares, fatigué et vulnérable. J'ai pensé que ça ne m'aurait pas déplu de mieux le connaître, mais je n'ai pas eu le temps d'approfondir la question parce qu'on m'a fourré un mégaphone entre les mains et qu'un agent m'a priée de le suivre.

Escalader la pente s'est révélé une épreuve. Mal remise de mes contusions, je souffrais à chaque pas. Devant moi, le flic s'impatientait. On avait balisé le chemin avec des lampes électriques, mais c'était un endroit sauvage. La terre, en s'éboulant, avait découvert les racines des arbres qui formaient un réseau d'obstacles où je ne cessais de me tordre les chevilles.

À bout de souffle, j'ai enfin atteint le périmètre d'une clairière. Des hommes se tenaient là, agenouillés, regardant en direction d'un grand pin très abîmé qu'entourait une haie de buissons épineux. Mon accompagnateur s'est immobilisé en désignant l'arbre.

— C'est là qu'est la gosse, m'dame, a-t-il chuchoté. Cachée derrière le pin de Douglas. Elle ne répond pas à nos appels.

— Vous êtes certains qu'elle est là ?

Alors, pour me river mon clou, il m'a montré un écran où clignotait un point lumineux. Pour ce que j'en savais, ç'aurait pu être un jeu de ping-pong vidéo, mais j'ai feint d'être convaincue.

J'ai laissé tomber le haut-parleur dans l'herbe. Je n'en avais pas besoin. M'avançant vers le centre de la clairière, j'ai appelé :

— Sarah Jane ? C'est moi, Mickie Katz, la décoratrice… Tu te souviens ? Tu m'as fait visiter le bunker…

J'ai continué sur ce ton pendant une bonne minute. J'avançais pas à pas. Et puis, tout à coup, j'ai vu du sang sur l'herbe. Pas mal de sang. J'ai compris qu'elle avait été blessée lors de la fusillade.

J'ai dit :

— Sarah Jane ?

Une espèce de gémissement étouffé m'est parvenu depuis l'autre côté de l'arbre. J'ai bondi en avant.

Là, entre le pin et les buissons se tenait une forme recroquevillée, haletante, et trempée de sang.

Mais c'était celle d'un coyote, et il était en train de mourir.

Ce qui dort en ces murs

Il était 3 heures du matin et nous étions rassemblés dans le bureau de Dogson, au LAPD. La fatigue nous faisait des têtes de morts vivants. Les gobelets de café circulaient, infects et à moitié froids, mais personne ne songeait à protester. Stanley-Mitchell tentait de conserver son aplomb de star du prétoire sans prendre conscience que les poches, sous ses yeux, avaient triplé de volume. Son visage semblait un masque de caoutchouc en train de se décoller.

— Une mauvaise comédie, radotait-il d'un ton hargneux. Vous nous avez fait assister à une mauvaise comédie. C'est lamentable, si la vie d'une jeune fille n'était pas en jeu, j'aurais envie de rire.

Peu impressionné, Dogson a haussé les épaules. Il avait tombé la veste. Des auréoles de transpiration marbraient sa chemise.

— On a identifié le mort, a-t-il annoncé. Alfie Latimer, soixante-huit ans. Vétéran du Viêtnam. Décoré du Cœur Pourpre[1]. Échappé de l'hôpital psychiatrique de la Navy. Trépané, sujet aux hallucinations. Schizoïde. Incapable de supporter la vie en société. D'après les témoignages des autres sans-abri du coin, il vivait là depuis cinq ans, dans

1. Médaille attribuée pour blessure au combat.

une cabane. Son obsession, c'était la chasse aux coyotes. Il les tuait, les mangeait et tannait leur peau.

— Ce pourrait être un complice de Vaughan ! a craché Stanley-Mitchell. *Un ancien militaire.* Ils ont pu se rencontrer dans un service hospitalier de l'armée.

— Possible mais peu probable, a soupiré l'inspecteur. Je crois que c'était un pauvre type qui s'est trouvé au mauvais endroit au mauvais moment, voilà tout. Le manque de bol, quoi. L'autopsie du coyote est nettement plus intéressante. Cet animal boitait. Il s'était cassé la patte antérieure droite quatre mois auparavant. Quelqu'un l'a soigné, plâtré. Le légiste a retrouvé des traces révélatrices sur sa fourrure. Pour finir, on a récemment inséré sous la peau de son échine la balise émettrice de Sarah Jane. Une petite incision et deux points de suture ont suffi à le transformer en leurre. Un truc banal. Une astuce vieille comme le monde. La bestiole a ensuite été relâchée dans la montagne, où elle s'est empressée de se dénicher un terrier. Elle s'y cachait le jour et ne sortait que la nuit, pour s'alimenter, mais son handicap lui interdisait les longues marches, si bien qu'elle passait beaucoup de temps sous terre.

— C'est pourquoi le signal de la balise était intermittent, ai-je conclu.

— Ouais, a grogné Dogson. Le satellite ne le captait que lorsque le coyote daignait pointer le museau à l'air libre. Ces montagnes sont truffées de cavernes, voire de mines abandonnées par les prospecteurs. Je suppose qu'il logeait dans une grotte, loin de la surface, pour fuir les prédateurs. La malchance a voulu qu'il tombe sur Latimer. Le vieux dingue a entrepris de le courser pour avoir sa peau... Vous connaissez la suite. Si au moins Latimer avait lâché son fusil quand on le lui a ordonné, il ne se serait pas fait flinguer. Au lieu de ça, il a ouvert le feu sur les hélicos.

Stanley-Mitchell a eu un geste de la main pour balayer le sujet.

— C'est bien triste pour lui, a-t-il énoncé. Mais cela ne nous dit pas où est Sarah-J.

— Vaughan est plus malin que je ne le pensais, a avoué Dogson. Il a de toute évidence préparé son coup de longue date. Je suppose qu'il a capturé sans grand mal un coyote blessé... ou qu'il l'a pris au piège. Il l'a ensuite soigné, patiemment. Depuis le début, il avait dans l'idée de l'utiliser pour nous lancer sur une fausse piste. Il était au courant pour la balise. Son premier geste, après le kidnapping, a été de la récupérer sur la gosse pour la greffer au coyote. Ensuite, il lui a suffi de rouler jusqu'aux premiers contreforts de la montagne et de relâcher l'animal. Tout cela, il l'a fait dans les heures qui ont suivi le crime. Cette précaution prise, il a pu prendre n'importe quelle direction. Je suis désolé.

— Vous vous êtes hypnotisé sur cette histoire de puce émettrice ! a rugi Stanley-Mitchell. Un gadget ! C'était une erreur. Vaughan vous a mené par le bout du nez.

Alors ils ont commencé à s'engueuler. J'étais si fatiguée que je serais tombée de ma chaise ; j'ai cessé de les écouter.

Ensuite, Stanley-Mitchell m'a fait reconduire à la clinique. Il s'est formellement opposé à ce que je passe chez moi récupérer des vêtements de rechange. L'une de ses assistantes s'en chargerait, je n'avais qu'à dresser une liste. Ces caprices de fille l'insupportaient.

J'ai donc pris mon mal en patience. J'avoue qu'après le troisième épisode de *Raison et Sentiments*, j'étais au bord de la dépression. Heureusement, la punition a pris fin au bout du quatrième jour. Willa s'est réveillée. Elle était désormais hors de danger. Fait nouveau, elle m'accordait désormais une attention distraite. Le choc passé – mystère de l'esprit humain ! –, elle avait cessé de me considérer comme sa bouée de sauvetage. Stanley-Mitchell s'en est aperçu et n'a plus jugé utile de me rétribuer en tant que demoiselle de compagnie. J'ai donc été sur-le-champ libérée de mes obligations et rendue à la vie civile, ce qui me convenait.

J'ai fait un crochet par l'agence pour exposer à Devereaux les derniers développements de l'affaire. Il se fichait de Sarah Jane et de Vince Vaughan, son unique préoccupation était de savoir si le contrat de remise en état du bunker serait signé et honoré. Je lui ai fait part de la décision de Willa sur ce point. Il a paru rassuré.

— Alors ça devrait fonctionner, a-t-il conclu en se frottant les mains. L'apparition de la doublure de Willa, à la télé, a eu un effet bénéfique sur le marché des valeurs. Les actions de Zufrau-Clarkson Industries remontent en flèche.

Lorsque je l'ai quitté, il ronronnait comme un chat gavé de crème. En rentrant chez moi, j'ai cédé au découragement. Mes nerfs lâchaient. Une vodka-orange à portée de main, je me suis allongée sur le canapé, sous un plaid, en dépit de la chaleur ambiante. Je grelottais et mes dents ne demandaient qu'à claquer.

En moi, une voix répétait : *Laisse tomber. Ne t'occupe plus de cette histoire. Ce ne sont pas tes oignons. Laisse les flics s'en charger.*

Je n'ai jamais apprécié les romans policiers dans lesquels une fille ordinaire s'improvise soudain détective et triomphe là où les plus fins limiers ont échoué. Je les ai toujours trouvés invraisemblables. Dans la vie réelle, le mystère a plutôt tendance à nous anéantir, à nous laisser désemparés. Et en cet instant, je me sentais particulièrement anéantie.

Mais j'étais également la fille de mon père, et mon père n'aurait pas baissé les bras. N'ayant aucune confiance en une police qu'il estimait corrompue et au service d'un pouvoir fasciste, il aurait mené sa propre enquête, démasqué les coupables… et les aurait exécutés séance tenante.

Le sort de Sarah Jane m'inquiétait. Dogson semblait près de s'avouer vaincu, Stanley-Mitchell avait récupéré Willa… Les conditions paraissaient réunies pour que le dossier se couvre de poussière. Je n'avais aucun mal à imaginer ce que Dogson aurait dit si je l'avais interrogé à ce sujet :

— Plus le temps passe, plus il devient difficile de retrouver la trace de Vaughan. Vous savez comme moi que les affaires qui ne sont pas résolues en quarante-huit heures ne le sont jamais. C'est une réalité statistique. Dès lors, trois possibilités s'offrent à nous. Un : Sarah Jane est morte. Elle a résisté à son agresseur, a tenté de s'enfuir, il l'a tuée. Son corps est enterré quelque part. On le retrouvera par hasard, dans dix ans ou jamais. Deux : Sarah Jane se montre docile. Soit parce qu'elle a peur de Vaughan, soit parce qu'elle se laisse séduire par lui. Syndrome de Stockholm classique. Elle devient sa compagne. Elle s'habitue à cette vie. Dans ce cas de figure, on ne les localisera que s'ils commettent une erreur de parcours : attaque de station-service, d'épicerie, vol de voiture... Mais ça n'a rien d'obligatoire. Ce pays est immense, des légions de marginaux y vivent et s'y déplacent à l'insu des autorités. Le couple peut s'installer dans une région reculée – montagne, forêt – de préférence inaccessible, et y vieillir en paix. Cela s'est vu. Troisième possibilité, de loin la plus optimiste : Sarah Jane finit par échapper à son geôlier. Cela peut se produire dans les semaines qui viennent, comme dans plusieurs années. On a déjà récupéré des filles qui vivaient prisonnières depuis dix ans, enchaînées au fond d'une cave. Notre seul véritable espoir, c'est que Vaughan soit reconnu par un épicier, un pompiste, un postier, un retraité qui prend le soleil sur le pas de sa porte... Un avis de recherche a été diffusé à travers le pays. Un miracle n'est pas à écarter.

Oui, il me semblait entendre sa voix, si raisonnable, résonner à mon oreille. Comme tous les flics, c'était un homme de procédures, de statistiques, détestant les initiatives et les extrapolations... et puis des dizaines d'autres affaires s'entassaient déjà sur son bureau, réclamant ses lumières.

Si j'insistais, il dirait :

— Voyez avec Stanley-Mitchell, les Zufrau-Clarkson étaient pétés de thunes, Willa peut s'offrir les services d'un enquêteur privé. Il y a d'excellentes agences qui emploient d'anciens membres des Services secrets ou du F.B.I. De toute manière, vous n'êtes pas de la famille. En quoi cela vous regarde-t-il ?

Je n'avais pas envie de me résigner, sans doute parce que je n'avais pas vu défiler des dizaines d'affaires analogues. J'étais neuve. Naïve. Voire un peu idiote, et, comme toutes les petites filles, j'avais trop lu de Nancy Drew.

Assommée par l'alcool, j'ai dormi.

Je me suis réveillée en sursaut, électrifiée par une idée qui venait de me traverser l'esprit.

« Et si, au lieu de fuir au hasard, Vaughan était tout bonnement revenu se cacher à l'hacienda ? »

Ne connaissait-il pas le terrain comme sa poche ? En ce moment même, il se dissimulait peut-être au fond d'une caverne, au milieu d'un territoire sillonné par les robots. Pourquoi, en effet, aurait-il commis l'erreur de quitter le domaine ? Partir sur les routes, à l'aventure, c'était courir le risque d'être identifié, arrêté par une patrouille. Qui plus est, il est difficile de voyager avec un otage ligoté sur la banquette arrière. Les gens sont curieux et finissent par se poser des questions, non ?

Oui, plus j'y pensais, plus l'hacienda me semblait le seul refuge possible. Tapi au fond d'une grotte, d'une galerie de mine, Vaughan pourrait y attendre à loisir que les choses se tassent. Après tout, Willa aurait bientôt d'autres chats à fouetter, et il était fort possible qu'elle décide de rayer de sa mémoire la propriété de son père, théâtre des pires années de son existence. Le domaine, abandonné, se changerait en cité fantôme, comme il y en a tant dans le désert. Les robots finiraient par tomber en panne les uns après les autres et cesseraient de patrouiller sur le domaine. Vince Vaughan et sa prisonnière deviendraient alors les seuls habitants de cette enclave fantasmatique, et personne ne songerait à les en chasser, pas même les coyotes.

J'ai titubé jusqu'à la salle de bains pour me passer de l'eau sur le visage. J'étais poisseuse. Je me suis ruée sous la douche. Mes neurones surchauffaient. Ma cervelle menaçait d'atteindre le point de fusion et de me couler dans les talons.

Enveloppée dans un peignoir, j'ai arpenté la moquette devant le téléphone. Fallait-il appeler Dogson pour lui communiquer mes déductions ? Il allait me raccrocher au nez, sûr et certain. Les flics ont horreur des civils qui veulent leur en remontrer. Stanley-Mitchell, alors ? Non, il s'en foutait. Il tenait Willa, l'héritière majeure, celle qui pouvait légalement signer les documents nécessaires à la bonne marche de l'entreprise. « Sarah-J. » – une ado ! – ne l'intéressait pas plus que ça.

En désespoir de cause, j'ai composé le numéro d'Evita. À ma grande surprise, elle a paru heureuse de m'entendre.

— Excuse-moi, a-t-elle fini par lâcher. J'ai été conne. J'étais à cran, je me croyais défigurée, tout ça... Finalement, ce n'est rien, une légère cicatrice qui disparaîtra d'un coup de laser. Tu sais comment je suis, je m'emporte, c'est mon côté salope. Tu es chez toi ? Ne bouge pas, j'apporte la tequila nécessaire à tout traité de paix.

Elle a débarqué une heure plus tard, sa bouteille enveloppée dans un sac en papier kraft. Nous nous sommes fait la bise, en vraies copines. Sur son front, la cicatrice dessinait une sorte de peinture de guerre indienne. Cela pouvait passer pour une excentricité de maquillage. À L.A., ça n'aurait surpris personne. Ça pouvait même être à l'origine d'une nouvelle mode. À mon avis, elle aurait dû faire breveter le truc. Je le lui ai dit. Elle a ri. Je lui ai raconté le fiasco du LAPD dans la montagne. Puis, par petites touches, j'ai exposé ma théorie. À ce moment-là, nous étions l'une et l'autre bien imbibées. Ça aidait aux spéculations.

— C'est pas si con que ça en a l'air..., a-t-elle admis d'une voix mal assurée.

— Il faut aller vérifier, ai-je insisté. On ne peut pas abandonner Sarah Jane comme ça. Merde ! ce n'est qu'une gamine ! Tu l'imagines dans les pattes de ce dingue ? Tu as vu ce qui est arrivé à Willa ?

Assez remontée, Evita a décidé que nous prendrions le chemin de l'hacienda dès le lendemain, lorsque nous serions dessaoulées, et à condition d'avoir encore assez de neurones pour se rappeler comment conduire une voiture. Puis elle s'est effondrée sur le canapé, foudroyée par l'alcool. Je n'étais pas loin de l'imiter, mais l'excitation m'a permis de résister plus longtemps.

Bref, au matin, aux trois quarts décérébrées par la gueule de bois, nous sommes montées dans sa Mustang pour prendre la direction du désert, la clim à fond, un flacon d'aspirine sur le tableau de bord, à portée de la main.

— C'est quoi, le plan ? a grommelé Evita au bout d'une demi-heure.

— Taper l'incruste au ranch, ai-je répondu. On attend de voir. On dort le jour et on monte la garde pendant la nuit. Si Vaughan se cache là-bas, il sortira forcément après minuit, une fois les robots couchés. Il descendra au ranch pour piquer des provisions, des vêtements, des objets de toilette. Garder une fille prisonnière, c'est plus compliqué qu'un garçon. Il faut lui fournir un tas de trucs, ne serait-ce que des tampons, des petites culottes. Sarah Jane exigera des CD, son baladeur, ses bouquins, son journal intime. S'il veut la faire tenir tranquille, il lui faudra en passer par là.

— Il peut aussi la bâillonner et la ficeler sur une paillasse.

— Je ne crois pas. S'il l'a enlevée, c'est parce qu'il a le béguin pour elle. Sinon, il l'aurait tuée comme ses sœurs. Il va essayer de l'apprivoiser. Si elle n'est pas bête – et je ne pense pas qu'elle le soit – elle va jouer le jeu afin de gagner du temps. Elle fera semblant de se laisser domestiquer pour amener Vaughan à baisser sa garde. Dès qu'une occasion se présentera, elle tentera de lui fausser compagnie.

Du moins, c'est ainsi que je procéderais si je me trouvais à sa place.

— Ouais. Ça se tient. Tout dépend si elle est complètement traumatisée depuis l'assassinat de sa famille.

— C'est vrai. Mais il est également possible que Vince l'ait enlevée *avant* le massacre, et que Sarah Jane ne sache toujours pas que ses parents et ses sœurs ont été tués. Personnellement, je pense que c'est ainsi qu'il a procédé. C'était le seul moyen de s'attacher la gosse. Jouer sur le côté romantique de la situation. Sarah Jane ignore probablement ce qui s'est passé. Elle croit vivre une aventure excitante ; surtout si le mec ne lui déplaît pas. Quand elle en aura marre, elle tentera de lui échapper, c'est alors que les choses risquent de mal tourner. Il ne peut pas lui laisser découvrir la vérité. Elle le haïrait.

— Exact. Alors il n'aura le choix qu'entre deux solutions : soit il en fait son esclave, les chaînes aux pieds... soit il la tue.

J'étais du même avis. Vaughan n'était pas du genre à supporter les vociférations d'une ado hystérique. Il la ferait taire à coups de ceinturon, ou l'étranglerait. Nous devions la récupérer avant qu'il en arrive là.

Au terme d'un périple épuisant, nous avons atteint l'aérodrome. La jungle artificielle plantée par Tobbey était désormais silencieuse. Faute de cibles mouvantes, les robots ne tiraient plus. Evita a garé la Mustang dans la cour. J'ai fait un saut aux écuries pour prévenir le palefrenier de notre arrivée. Je l'ai trouvé hagard, une bouteille de *Boone's farm*[1] coincée entre les cuisses. Les chevaux semblaient plus calmes, sans doute à cause de l'absence de coups de feu. J'ai expliqué au gars que nous venions trier les papiers de M. Tobbey, pour le compte de son avocat. Il s'en foutait royalement.

J'ai rejoint Evita dans la maison. D'un commun accord, nous avons élu domicile loin de la salle à manger. À pré-

1. Vin de basse qualité, fortement titré en alcool.

sent que j'étais sur place, l'excitation me quittait et je commençais à entrevoir les difficultés de l'entreprise. Serions-nous capables d'affronter Vaughan ? Dans les films, il est courant de voir une banale ménagère se métamorphoser en sergent des Navy SEAL[1] lorsqu'on la pousse à bout mais nous n'étions pas au cinéma, et je craignais soudain de ne pas être à la hauteur.

Une peur m'a saisie, que je me suis efforcée de garder secrète.

J'ai retrouvé Evita dans le fumoir, au milieu des panoplies d'armes de la guerre de Sécession.

— Au moins, a-t-elle gémi en se comprimant les tempes, on n'aura pas de mal à se dégotter des flingues. À condition toutefois que ces vieux tromblons ne nous explosent pas à la gueule !

À tout hasard, j'ai exploré les tiroirs des meubles environnants. J'ai trouvé des cartouches ; ne restait plus qu'à mettre la main sur un revolver du même calibre. Ça n'avait rien d'évident, car les pistolets qui m'entouraient appartenaient tous à la race des pièces de musée qu'on charge par le canon.

Evita m'observait, les yeux ronds.

— T'as l'air de t'y connaître, dis donc ! a-t-elle sifflé.

Je n'ai pas jugé utile de lui parler de mon père, le terroriste en fuite, armurier et plastiqueur clandestin en guerre contre la terre entière.

Les vitrines en verre blindé étaient fermées à clef. Aucun espoir de les forcer ou de les briser. J'aurais dû m'y attendre. J'ai décidé d'aller perquisitionner le bureau de Tobbey. Toutefois, le LAPD était passé avant moi, ses gars avaient dû saisir à titre de pièces à conviction les armes qui s'y trouvaient au moment du meurtre.

J'ai éprouvé un sentiment étrange à parcourir cette immense maison vide où le moindre bruit prenait un relief disproportionné.

1. Commandos de marine.

Dans le bureau, la présence de Tobbey était encore palpable. L'odeur de cigare, d'eau de toilette. Le cuir de ses bottes... La police avait tout laissé en désordre. Le vandalisme ordinaire de la criminelle. C'est tout juste s'ils n'avaient pas lacéré les fauteuils au cutter. Evita m'avait prévenue à juste titre : tiroirs et placards étaient blindés comme des coffres-forts. Impossible de les ouvrir sans combinaison. Seuls quelques classeurs étaient accessibles, ainsi que la bibliothèque, et les flics s'en étaient donné à cœur joie, balançant les livres aux quatre coins de la pièce. Pensaient-ils que Vince Vaughan se cachait derrière l'un des volumes de l'*Histoire de la guerre civile* en douze tomes ?

Me sentant idiote, j'ai abandonné ma boîte de cartouches sur le bureau, près de l'encrier.

À présent, il ne restait plus qu'à attendre le coucher du soleil. Tout se jouerait après minuit, si Vaughan venait se ravitailler. Que faire alors ? Le prendre en filature pour localiser sa cachette ? C'était bien sûr la meilleure solution, à condition de ne pas se faire repérer. Difficile lorsqu'on a affaire à un pisteur professionnel.

J'ai jugé plus utile de visiter la chambre de Sarah Jane et de noter sur un calepin l'inventaire exact et la disposition des objets entassés dans la pièce et la salle de bains attenante. Je me suis surtout concentrée sur les livres, et les objets de toilette. Puis je suis passée aux placards à vêtements. Tee-shirts, chaussures, culottes... C'était important. Sarah Jane aurait besoin de rechange, et c'est ici que Vince Vaughan viendrait faire son marché. S'il emportait quelque chose, je m'en apercevrais.

Quand je suis redescendue, Evita dormait sur le canapé. Elle tenait à la main une sorte de fétiche indien, sans doute pour éloigner le mauvais sort ou les fantômes de la famille Zufrau-Clarkson. J'ai compris qu'elle avait dû beaucoup prendre sur elle pour m'accompagner ici. Je me suis demandé si nous pourrions devenir amies. Incapable de répondre, j'ai pris la direction de l'office pour y prélever des provisions. Le crime était trop récent pour que la nourriture soit déjà périmée. L'énorme armoire frigorifique fonctionnait toujours, et elle était pleine à craquer. J'ai choisi de quoi faire des sandwiches au cas où la gueule de bois s'atténuant, l'appétit nous reviendrait.

Le point délicat consistait à déterminer à quel endroit de la maison nous prendrions l'affût. Pas question de s'installer à l'étage réservé aux chambres, trop dangereux !

Les bras chargés de nourriture, j'ai parcouru l'hacienda. J'ai fini par découvrir, au deuxième étage, un boudoir très Laura Ashley dont la porte en chêne était équipée d'une solide serrure. Un sofa, des fauteuils encadraient une cheminée en marbre, totalement incongrue dans le décor hispano-texan du ranch. Le pique-feu et les pincettes en fer forgé constitueraient, le cas échéant, de bonnes armes de défense.

J'ai décidé que nous « planquerions » là. Tant pis si les fleurettes du papier peint me flanquaient de l'urticaire. Ne restait plus qu'à attendre la nuit. J'ai trompé l'attente en lisant la paperasse entassée dans le bureau de Tobbey. Mais il s'agissait surtout de rapports d'activités pétrolifères, terriblement techniques, auxquels je ne comprenais goutte. Les documents « sensibles » se trouvaient à l'abri des placards blindés.

J'ai pris mon mal en patience.

Evita a fini par se réveiller. Nous avons bavardé à voix basse, chacune essayant de mieux connaître son interlocutrice, mais nous restions l'une et l'autre sur la défensive. Dès que j'abordais le sujet de l'occultisme, de la superstition, Evita se fermait. C'était son territoire secret, son domaine d'expertise, elle ne tolérait pas qu'on y pose le pied. Elle semblait croire à tout ça. J'ai cru comprendre qu'elle avait connu, elle aussi, une enfance des plus bizarres. De celles qui vous transforment en extraterrestre pour le reste de votre existence. Comme elle, je m'étais toujours sentie étrangère au milieu des gens dits normaux. Leurs valeurs me paraissaient artificielles et stupides, leurs centres d'intérêt incompréhensibles. J'avais beaucoup de mal à me faire des ami(e)s. On disait de moi que j'étais

« décalée », « schizo »... Aux USA, les solitaires sont considérés comme suspects : il convient avant tout de s'intégrer, de militer dans une association, n'importe laquelle. J'en étais incapable, et cela m'avait valu bien des déboires. Par tous ces côtés, Evita me ressemblait. Elle ne pouvait se rapprocher des humains qu'au travers de son métier.

Nous avons joué au petit jeu des miroirs jusqu'au coucher du soleil, puis l'angoisse nous a reprises.

Nous avons émigré au deuxième étage après avoir décidé de monter la garde à tour de rôle, deux heures chacune. L'hacienda était à présent plongée dans le noir, toutes les lumières éteintes. Evita s'est allongée sur le sofa pendant que je m'embusquais près de la porte entrouverte, le pique-feu à portée de main. Je me sentais un peu ridicule, mais je ne parvenais pas à me désintéresser de Sarah Jane. Je voulais lui éviter de connaître le même sort que Willa.

— Tu sais, a chuchoté Evita dans mon dos, on se trompe peut-être. Si ça se trouve, ça lui plaît, à la gamine. Elle a l'impression de vivre un truc super excitant, et elle kiffe Vaughan à mort. Elle va nous en vouloir un max de lui casser son rêve.

— Possible, ai-je soupiré. À cet âge-là, on est très conne. Mais ce type a massacré toute sa famille, ou presque. Tu crois qu'on peut la laisser en sa compagnie ?

Elle n'a pas répondu.

Pour abréger, je dirai que la nuit a été sans surprise. Nous avons monté la garde en vain. Enfin, surtout moi, parce que Evita a beaucoup dormi à partir de quatre heures et qu'il m'a été impossible de la réveiller.

La journée du lendemain a été maussade. Interminable et ennuyeuse. Evita avait le plus grand mal à rester en place. N'y tenant plus, elle est partie du côté des écuries, pour flirter avec le palefrenier. Je l'ai vue passer, chevauchant un andalou qui valait une fortune. Elle m'a adressé un petit signe moqueur avant de prendre la direction de l'aérodrome où elle a trotté sur la piste deux heures durant.

Agacée par tant de désinvolture, je me suis plongée dans la lecture des journaux intimes de Sarah Jane que j'avais découverts dans sa chambre, dissimulés dans une boîte à chaussures. J'espérais y trouver quelque chose d'utilisable, un détail sur ses relations avec Vaughan qui m'aurait permis de localiser leur cachette.

Le ton était gothique en diable. Il y était surtout question de la guerre civile inévitable. La lucidité de Tobbey y était célébrée en des termes dithyrambiques, ainsi que le havre de paix du bunker, arche de la nouvelle humanité. Sarah Jane se réjouissait de faire partie du troupeau des futures génitrices. Elle imaginait sa vie à l'intérieur de l'abri, et cela donnait lieu à une espèce de roman élégiaque inachevé. La communauté enterrée retrouvait le sens des valeurs humaines, de la cordialité, de l'entraide. Tout n'y était qu'amour et fraternité. Bref, des délires de fillette endoctrinée qui a perdu le sens du réel. Les feuillets, couverts d'une grosse écriture ronde, encore enfantine, s'agrémentaient de dessins biscornus, la plupart représentant l'Amérique au lendemain de la guerre atomique. Un territoire d'épouvante hanté par des mutants à tête de crapaud.

De toute évidence, Sarah Jane n'avait jamais porté le moindre regard critique sur les théories de son paternel. On la sentait flattée de faire partie des élus. À plusieurs reprises, elle avouait même sa hâte de voir éclater le conflit qui les forcerait à descendre dans l'abri. Elle s'y voyait en tant que responsable des « activités culturelles », théâtreuse, poétesse, et tout ce qui s'ensuit.

Une telle naïveté avait quelque chose de navrant. Chaque fois que l'on se retrouve en présence d'une mécanique sectaire, on s'étonne de la crédulité de ses membres. Hélas, c'est ainsi que les choses fonctionnent. Ce constat m'a déprimée, et je me suis demandé comment réagirait Sarah Jane si nous parvenions à la récupérer. Il n'était pas certain qu'elle nous remercie.

Une nouvelle nuit s'est écoulée sans rien apporter de neuf. Comme Evita manifestait son impatience, j'ai répliqué :

— Vaughan ne va pas venir se réapprovisionner toutes les vingt-quatre heures, c'est évident ! Il faut attendre qu'il ait besoin de quelque chose. Ça peut prendre du temps mais, si tu t'ennuies tellement, je ne te retiens pas. Je me débrouillerai seule.

— C'est ça ! a-t-elle sifflé. Comme ça, si tu te fais assassiner, je me sentirai coupable jusqu'à ma mort. Merci bien.

Nous nous engueulions, comme de vraies copines. Ça m'a fait chaud au cœur, mais je n'étais pas dupe. Sans doute en rajoutions-nous pour rendre la cohabitation supportable. En réalité, nous étions l'une et l'autre des solitaires peu disposées à partager leur espace vital.

J'avoue qu'après la troisième nuit blanche j'étais près de jeter l'éponge. Mon plan se révélait foireux. Ou Vince Vaughan était plus patient que nous, ou il ne s'était pas réfugié à l'hacienda, et je faisais fausse route.

En ayant assez de la claustration, je suis allée à l'écurie emprunter un cheval et j'ai pris, au petit trot, le chemin du vieil aérodrome. Le grand air m'a fait du bien. Les sabots de l'animal résonnaient curieusement sur le tarmac, puis le bruit s'envolait pour ricocher sur la façade des bâtiments. Le soleil tapait fort et j'ai éprouvé le besoin de me réfugier à l'ombre d'un hangar. Pendant que je m'épongeais le front, une idée m'a traversé la cervelle : « Et si Vaughan, au lieu d'élire domicile dans les collines, s'était installé dans la tour de contrôle surplombant la piste ? »

Sarah Jane ne m'avait-elle pas révélé que Vince s'y était embusqué deux années durant, se nourrissant de serpents et de coyotes ? Il connaissait donc merveilleusement les lieux. Rien d'étonnant à ce que les flics ne l'aient pas trouvé lorsqu'ils avaient fouillé l'endroit. Ce genre de bâtiment fourmille de recoins qu'avec un brin d'habileté on peut transformer en chambre secrète. En tant que décoratrice, j'avais mille fois mis ce précepte en pratique.

Ayant noué la bride du cheval à un pilier, j'ai poussé la première porte qui s'ouvrait devant moi pour m'enfoncer à l'intérieur de la bâtisse. J'avançais, passant de pièce en pièce, laissant mon regard courir sur les murs à la recherche d'un détail incongru. Si Vaughan s'était aménagé un terrier, il avait dû le faire avec les moyens du bord, sans pouvoir fignoler. Il me fallait donc localiser un pan de maçonnerie un peu trop neuf. Le moyen le plus simple pour fabriquer une chambre secrète est d'utiliser une petite pièce dont on mure la porte après avoir pris soin d'en démonter le chambranle. Quelques dizaines de briques, un panneau de Placoplâtre font l'affaire. Un peu d'enduit, deux couches de peinture, et la pièce devient indécelable. Pour s'y faufiler, on utilise une bouche d'aération ou une lucarne, située sur la façade du bâtiment, et qu'on a camouflée derrière une pancarte métallique affichant, par exemple, l'avertissement : *Danger ! Haute Tension ! Ne pas approcher.* Ou encore *Risque biologique*, qui fait son petit effet, surtout si on l'associe à une tête de mort ou au symbole de l'irradiation atomique. Qui se risquerait à tripatouiller une vieille bombe au cobalt à moitié dessoudée et qui répand des émanations mortelles ?

J'ai arpenté la bâtisse deux heures durant. En pure perte. La plupart des pièces étaient vides. Les vitres cassées avaient permis au vent de s'engouffrer, tapissant le sol d'une épaisse couche de sable. Çà et là, surgissait parfois la silhouette d'une chaise, d'un classeur métallique, d'un bureau ou d'une machine à écrire renversée, tel un gros insecte mort.

Et puis, alors que j'allais renoncer, les jambes rompues, mes yeux ont été arrêtés par une anomalie. La peinture trop foncée, *trop neuve*, d'un pan de mur.

Pour un non-spécialiste, c'était indiscernable, mais c'était bel et bien là. J'ai effleuré la paroi du bout des doigts. Pas de doute. Le raccord n'était pas d'époque. Le pigment, que le soleil n'avait pas encore décoloré, datait tout au plus de six mois. On s'était donné du mal pour essayer de le vieillir en l'aspergeant de sable sec alors que la peinture était encore fraîche, mais la supercherie ne résistait pas à l'examen.

J'ai hésité sur la conduite à tenir. Devais-je appeler Evita en renfort ? À l'idée d'aller la chercher à l'hacienda, j'ai renoncé. Revenant sur mes pas, j'ai ramassé la machine à écrire repérée un instant plus tôt et, l'utilisant comme un bélier, je l'ai abattue sur la cloison, à dix reprises. Le Placoplâtre s'est fendillé avant d'éclater telle une coquille d'œuf. Une odeur épouvantable m'a frappée au visage. J'ai dû reculer en grimaçant de dégoût. Rassemblant ce qui me restait de courage, j'ai repris ma besogne, agrandissant l'ouverture.

Il ne s'agissait pas d'une pièce, mais d'une espèce de cagibi ou de placard sans lucarne. Brusquement, j'ai poussé un cri et laissé tomber la machine à écrire qui a failli m'écraser le pied droit. Au centre du trou que je venais d'ouvrir, un visage s'encadrait, me fixant de ses yeux morts. Le visage d'une momie.

Secret-défense

Dogson ne cachait pas sa contrariété. Gêné d'avoir été pris en flagrant délit de perquisition bâclée, il m'avait interrogée avec une hargne à peine voilée.

L'aérodrome grouillait de flics. L'équipe de médecine légale avait passé beaucoup de temps à dégager le corps de sa tombe verticale. À cette occasion, on s'était aperçu que le cadavre avait été ficelé à un tuyau d'évacuation avec du fil de fer, ce qui l'avait empêché de s'affaisser.

— La mort remonte à environ six mois, a énoncé le coroner. Les fluides se sont évacués par le bas, ce qui a préservé de la putréfaction la partie supérieure du corps. En fait, il a séché comme un jambon. Momification naturelle en espace clos et sec, préservé des insectes. Le visage est presque intact. Vous savez de qui il s'agit ?

— Oui, a grogné Dogson. C'est Vince Vaughan. Et s'il est mort depuis six mois, il y a fort à parier qu'il n'a pas pu assassiner la famille Zufrau-Clarkson ni enlever Sarah Jane.

— Ça, c'est sûr, a ricané le toubib. La mort, on ne fait pas mieux comme alibi. Les criminels devraient y penser plus souvent.

Il s'en foutait et ne le cachait pas. Son travail se bornait aux analyses. Il n'y a que dans les romans que les légistes jouent au détective.

Cette remarque a eu le don d'exaspérer Dogson. Il s'est reculé pour boire au goulot de la bouteille d'eau minérale qu'il trimballait dans la poche de sa veste.

— Ça nous réexpédie à la case départ, a-t-il marmonné en me regardant dans les yeux. Et d'abord, qui a tué Vaughan ? Vous avez sûrement une idée là-dessus ?

J'ai eu l'intuition qu'il aurait de loin préféré que je m'abstienne de cette découverte. Ainsi les choses auraient suivi leur petit bonhomme de chemin vers l'oubli.

— C'est Burton, ai-je répondu. Burton MacGraw, le « mari » de Willa. À mon avis, il en a eu assez d'être épié et harcelé par Vaughan. Une nuit, il est descendu de la colline pour se faufiler ici et régler son compte à son vieil ennemi. Puis il l'a emmuré, afin que Tobbey ne soit pas persécuté par la police.

— Mouais. Possible. D'après Willa, Burton aurait disparu à peu près à la même époque, non ?

— Oui, c'est ce qu'elle m'a dit. On peut imaginer que Burton a été blessé au cours de son affrontement avec Vaughan. Après tout, les deux hommes étaient de force égale. Ça a dû être une bagarre de titans. Quelque chose dans le genre Stalone *vs* Schwarzenegger. Quand il a regagné la forêt, Burt était affaibli. Il a pu avoir un malaise. Il s'est mis à l'abri dans une crevasse, pour échapper aux coyotes, mais il est mort d'hémorragie au cours de la nuit, si bien qu'il n'a jamais rejoint l'endroit où l'attendait Willa. Son cadavre doit toujours être quelque part sur la colline, recroquevillé dans une faille, ou sanglé au sommet d'un arbre.

Dogson a haussé les épaules.

— C'est un scénario envisageable, a-t-il soupiré. Le Placoplâtre et la peinture proviennent de la réserve où Tobbey entreposait le matériel de construction nécessaire à l'entretien du ranch. Il y en a assez pour ouvrir un magasin de bricolage. Burton, si c'est bien de lui qu'il s'agit, n'a eu aucun mal à s'y fournir. On va chercher des traces de sang sur le sol. S'il était blessé, il a saigné. Même s'il a pris la précaution de les essuyer, on les retrouvera grâce au Luminol. Ce qui me gêne dans votre petite histoire, c'est que je vois mal un type blessé se lancer dans la pose d'un panneau de plâtre et fignoler le tout par des travaux de peinture…

— Burton MacGraw était un ancien béret vert, ai-je objecté. Un homme formé à ignorer la souffrance, à conserver son sang-froid en toute circonstance. Une machine de guerre. Il a pu bander sa blessure et s'injecter une dose de morphine. Lorsqu'il est venu ici pour liquider Vaughan, il savait qu'il s'attaquait à forte partie et pouvait être blessé ; en prévision, il a emporté une trousse de secours pour faire face à toute éventualité. À cause de la morphine, il ne s'est pas rendu compte de la gravité de son état. Il a travaillé jusqu'à la limite de ses forces… qui l'ont abandonné un peu plus tard, dans la forêt.

— Présenté de cette manière, ça s'emboîte à merveille. Mais c'est trop beau. Trop logique. Dans la réalité, ça ne marche jamais comme ça. La réalité est merdique.

Il était mauvais joueur. Il me contrariait à plaisir, pour m'amener à regretter de l'avoir mis en difficulté. Il allait se faire taper sur les doigts pour la fouille bâclée de l'aérodrome.

En vérité, j'essayais de garder bonne figure mais j'avais la tête vide et les genoux en coton. J'ai dû le suivre dans une pièce attenante, où l'on avait rassemblé deux chaises et un bureau bancal. C'est là qu'un auxiliaire a enregistré ma déposition à l'aide d'une caméra vidéo.

— Vous nous avez foutus dans une belle merde, a murmuré Dogson une fois l'appareil éteint. Si Vaughan n'est pas le ravisseur, n'importe qui peut avoir fait le coup. L'un ou l'autre des soldats qui campaient ici. On en dénombre deux cents ! Ça signifie qu'il va nous falloir retrouver leurs traces et les interroger. Une vraie chierie !

Sur cet ultime reproche, il m'a froidement congédiée, et je suis allée récupérer le cheval dans le hangar, pour rentrer au ranch où d'autres flics achevaient d'interroger Evita.

Quand tout ce beau monde a enfin levé le camp, nous nous sommes retrouvées seules et désemparées dans le salon-musée, au milieu des vitrines remplies de pistolets rouillés.

— Bon, a lâché Evita. Voilà qui tire un trait sur l'hypothèse Vaughan. Je te propose de rentrer à L.A., je n'ai aucune envie de continuer à jouer les sentinelles, et je suppose que toi non plus. Peut-être faudrait-il commencer à te dire que cette histoire ne te regarde pas ? Sarah Jane n'est pas seule au monde. Ce n'est pas une pauvre orpheline. Elle a une sœur, elle est milliardaire en dollars, et secondée par un avocat qui peut mobiliser une armée de détectives pour la retrouver. Qu'est-ce que tu pèses en face de ça, hein ?

Elle avait raison, mais c'était plus fort que moi, je ne pouvais me résoudre à lâcher prise.

— Mais toi, ai-je lancé, prisonnière de mon idée fixe, tu m'avais pourtant assuré avoir aperçu Vaughan sur le toit des bâtiments, et cela il y a moins de six mois, alors qu'il était déjà mort. Comment expliques-tu ça ?

— Non, a corrigé Evita, tu déformes mes propos. J'ai dit que j'avais vu *une silhouette*. Ce pouvait être n'importe qui. De toute manière, je n'ai jamais su à quoi ressemblait Vaughan de son vivant. Je ne fréquentais pas encore Tobbey à l'époque de la fameuse algarade avec Burton. J'ai en effet surpris une ombre se faufilant au sommet des anciens hangars. J'en ai déduit qu'il s'agissait de Vaughan parce que Sarah Jane n'arrêtait pas de répéter qu'il vivait là, en passager clandestin.

— Sarah Jane m'a raconté qu'elle lui apportait de la nourriture. Comment est-ce possible s'il était mort depuis six mois ?

— Bon sang ! réfléchis un peu ! C'est une ado qui veut se rendre intéressante. Elle a pu inventer ça pour t'impressionner... ou alors c'est que quelqu'un essayait de se faire passer pour Vaughan. L'un des stagiaires, par exemple. Un petit malin qui a trouvé ce truc pour attirer l'attention de la gamine. Les mecs sont prêts à tout pour parvenir à leurs fins. Je crois que c'est plutôt dans cette direction qu'il faut chercher...

— Tu veux dire un type qui aurait cherché à tirer parti de la légendaire querelle entre Burton et Vaughan ?

— Oui. Un gars futé qui a tout de suite senti le bénéfice qu'on pouvait tirer d'une telle histoire. Surtout auprès d'une adolescente désœuvrée, travaillée par les hormones et prête à tomber amoureuse d'un cactus. Il a voulu l'apprivoiser. Avec la barbe, les cheveux longs, la crasse, il était suffisamment grimé pour emprunter l'identité de Vaughan. J'ignore ce qui s'est passé entre la gosse et lui, et pourquoi ça a dégénéré en massacre.

— Pour moi, c'est évident, ai-je soupiré. Il s'est amouraché de Sarah Jane, il la voulait pour lui, mais il savait qu'il ne pourrait jamais l'enlever tant que le père serait vivant. Tobbey les aurait retrouvés, où qu'ils aillent, il en avait les moyens, il disposait d'une armée... Non, pour réussir, il fallait au préalable se débarrasser de la menace que représentait Tobbey. C'est ce qu'il a fait. De manière radicale.

— Alors, pour toi, c'est une histoire d'amour ?

— Plutôt une histoire d'obsession. Ce qui explique qu'aucune rançon n'a été réclamée.

— Ce qui brouille tout, c'est qu'à un moment, Sarah Jane a sans doute plus ou moins été complice de son ravisseur. Elle a vu en lui un Roméo, elle n'a jamais imaginé qu'il allait trucider toute sa famille. Je pense que Dogson a raison. Le coupable est l'un des stagiaires. L'ennui, c'est que ça représente beaucoup de suspects.

Nous avons repris sagement le chemin de L.A. Que pouvions-nous faire d'autre ?

Pendant deux jours, je suis restée amorphe, à siroter des juleps devant la télé, m'hypnotisant sur *Gilmore Girls*, série fascinante pour quelqu'un comme moi qui n'a jamais bénéficié d'une vraie vie de famille. Je picolais trop. À ce rythme, j'allais gonfler de la tronche à vitesse grand V. La vraie citrouille de Halloween. Les gosses me surnommeraient « Mamie Potiron ». Au moins, je ferais l'économie d'un déguisement.

Et puis, sous l'influence de l'alcool, telle la pythie de Delphes embrumée par les vapeurs de soufre, j'ai fait un rêve. Dans ce rêve, il y avait un mur. Le mur s'entrouvrait, un homme en sortait. Ce n'était pas Vaughan, et le mur ne ressemblait en rien à celui que j'avais éventré à coups de machine à écrire. L'homme portait un uniforme dépenaillé. Il entrait dans une maison, poussait la porte d'une salle à manger et ouvrait le feu sur la famille qui se trouvait rassemblée là.

Je me suis réveillée à cet instant, manquant de tomber du canapé sur lequel j'avais perdu conscience une heure plus tôt. Sur l'écran du téléviseur, Rory et Lorelei Gilmore se blottissaient dans les bras l'une de l'autre en sanglotant.

J'avais du mal à recouvrer mon souffle et mon cœur tapait dans ma poitrine comme s'il était prisonnier d'un tambour.

J'ai pensé : « L'œuf de plomb… » Dans la folie des événements, j'avais fini par oublier l'existence prétendue de cette cachette secrète installée dans le bunker. Cette cellule de sécurité, où les officiers participant à l'expérience avaient soi-disant trouvé refuge lorsque les choses avaient mal tourné.

Sarah Jane m'en avait souvent parlé. Ce repaire clandestin la fascinait, elle en avait fait le sujet principal de ses rêveries gothiques, l'imaginant peuplé de débiles consanguins aux appétits cannibales, dans la plus pure tradition des films d'horreur pour ados.

Je ne l'avais jamais prise au sérieux. Aujourd'hui, toutefois, à la lueur des derniers rebondissements, je commençais à me demander si je n'avais pas fait preuve de légèreté en refusant d'examiner cette hypothèse.

Et si… *Et si l'œuf de plomb était bel et bien habité ?*

Sarah Jane s'était vantée de monologuer à haute voix au cœur du bunker dans l'espoir d'établir un contact avec ceux qui vivaient à l'intérieur des murs. Et si… Et si son appel avait été entendu ?

Les joues en feu, je suis allée me passer la tête sous l'eau.

Ayant avalé trois comprimés d'aspirine, j'improvisai une hypothétique reconstitution des événements.

Sarah-J. avait-elle fini par séduire les mystérieux troglodytes au point d'éveiller chez eux le besoin de la kidnapper ?

Peut-être manquaient-ils cruellement de compagnes ? Dans ce cas, comment résister aux appels d'une jeune fille sur laquelle ils exerçaient un tel pouvoir de fascination ? Avaient-ils estimé qu'elle mourait d'envie de les rejoindre et qu'il fallait exaucer ses souhaits ?

Une nuit, après s'être concertés, ils avaient décidé de passer à l'action. Ayant ouvert le passage secret, ils avaient traversé le bunker pour gagner la vieille piste d'envol. Là, ils avaient hésité sur la conduite à tenir. Combien étaient-ils ? Trois, quatre ? Un seul, peut-être. Un unique survivant éperdu de solitude, prêt à tout pour ne pas finir ses jours dans la déréliction. Il avait décidé de s'offrir Sarah Jane comme on prend un animal de compagnie.

Au travers des monologues de l'adolescente, il était parvenu à se faire une idée assez précise de son cadre de vie. Il savait qu'elle habitait un ranch, qu'elle avait une famille, qu'on la destinait au major de la prochaine promotion… mais le survivant ne voulait pas de ça. Il n'entendait pas se laisser flouer par Tobbey, comme l'avait été Vince Vaughan avant lui. Il estimait qu'elle lui revenait de droit, à titre de dédommagement. Au fil des semaines, il avait conçu une haine féroce à l'endroit de cette famille tyrannique, de ce père qui distribuait ses filles comme des jouets en peluche.

Lentement, parce qu'il n'avait pas l'habitude de marcher sur d'aussi longues distances, il avait gravi la côte en direction de l'hacienda. Il avait emporté une arme automatique. Un pistolet-mitrailleur ou un fusil d'assaut tiré de l'arsenal du refuge secret.

Ce qui avait suivi n'était pas difficile à imaginer. L'homme avait fait irruption dans le ranch, fusillant tous ceux qui lui barraient le chemin. Il n'avait épargné que Sarah Jane.

La gosse avait sans doute perdu connaissance, ou bien elle avait été à tel point traumatisée qu'elle n'avait opposé aucune résistance lorsque le survivant l'avait empoignée.

Il l'avait ramenée dans l'œuf de plomb. Voilà pourquoi elle demeurait introuvable. Toutefois, inquiet à l'idée que quelqu'un pourrait sonder les murs du bunker, le criminel avait préféré égarer les recherches en greffant sur un coyote la puce retirée de la peau de Sarah Jane. J'avais le souvenir qu'elle s'en était plainte devant moi, alors que nous étions toutes deux à l'intérieur du blockhaus. Le survivant, à l'écoute, n'avait rien perdu de cet échange.

J'ai poussé le climatiseur à fond pour faire baisser la fièvre qui me dévorait. J'étais certaine de tenir la solution ! Le seul problème, c'est que personne ne voudrait l'accepter. On me taxerait de folie, c'était inévitable.

Bien sûr, ma reconstitution restait approximative, elle comportait des failles, des lacunes. Quoi de plus normal puisque je ne disposais pas de tous les éléments ! Néanmoins, mon raisonnement se tenait, et il expliquait bien des choses. À la lumière de ma théorie, on comprenait enfin pourquoi Sarah Jane avait été enlevée et sa famille massacrée.

Seul Vaughan aurait eu un mobile, mais il était mort depuis six mois au moment du kidnapping. Les autres soldats ? Je n'y croyais pas. Ils vénéraient trop Tobbey pour oser lui porter préjudice. Non, le seul suspect envisageable, c'était l'homme qui se dissimulait à l'intérieur de l'œuf de plomb.

Je disais l'« homme », mais qu'en savais-je ? Peut-être étaient-ils deux ou trois... Étaient-ils vieux ou jeunes ? Celui qui avait enlevé Sarah Jane et tué les occupants du ranch était probablement en bonne forme physique. Sans doute le fils d'un couple formé par les premiers survivants. Il ne pouvait envisager de vivre à l'extérieur du bunker. Il avait peur du dehors, et les propos tenus par la gamine n'avaient nullement contribué à le rassurer. Il devait se représenter le monde sous la forme d'un gigantesque pandémonium où il lui serait impossible de survivre plus de vingt-quatre heures. Somme toute, il se sentait bien dans l'œuf de plomb, il y avait ses habitudes... Ne lui manquait qu'une compagnie féminine. En observant Sarah Jane au moyen d'un judas, des idées lui étaient venues. Des idées qui me faisaient froid dans le dos.

N'y tenant plus, il était sorti se chercher une fiancée. Les vieillards qui partageaient sa claustration l'y avaient encouragé, estimant que cela leur ferait toujours une distraction.

Oui, Sarah Jane était là-bas, prisonnière de l'emboîtement gigogne des bunkers. Et je n'avais aucune idée de la manière dont j'allais la sauver.

Je suis restée longtemps pétrifiée, à ressasser des images déplaisantes. Le film des événements se déroulait en boucle dans mon esprit. Le visage du survivant ne cessait de se modifier. Tantôt, c'était celui d'un homme des cavernes, submergé de pilosité, où brillaient des yeux hagards, tantôt c'était la trogne d'un idiot difforme, caricatural. J'ai eu conscience de sombrer dans le délire et suis allée prendre une douche froide pour me calmer. Pas question de bondir sur le téléphone pour sonner le branle-bas de combat. À tout prix éviter d'être considérée comme une cinglée ! Si je voulais arriver à quelque chose, il me fallait manœuvrer en douceur.

J'ai confectionné un litre de café et je l'ai avalé, tasse après tasse, en réfléchissant. J'ai décidé d'aller à la pêche aux renseignements. Après tout, ça ne mangeait pas de pain. Attrapant le téléphone, j'ai appelé Stanley-Mitchell. Willa allait de mieux en mieux, les actions remontaient, il était ravi.

J'ai profité de sa bonne humeur pour attaquer.

— Tobbey vous a-t-il laissé en dépôt des documents se rapportant au bunker ? ai-je demandé. Des originaux, qu'il aurait préféré ne pas emporter au ranch...

— Je ne sais pas... oui, sans doute. Dans ce cas, ils doivent se trouver à la banque. Mais ce sont des vieilleries sans intérêt. Des trucs pour historien de la guerre froide. Qui se soucie de ça aujourd'hui ?

— Pourrais-je les consulter ? Un point à vérifier.

J'ai dû batailler un bon moment. Il ne voyait pas l'intérêt de ma démarche. Je lui faisais perdre son temps. Il m'a encore répété que je n'avais pas à m'inquiéter, que les frais de décoration seraient réglés à l'agence en dédommagement du préjudice supporté. Willa y tenait. Je pouvais partir en vacances et oublier ce terrible drame. Comme j'avançais le nom de Sarah Jane, il a succombé à une bouffée de mauvaise conscience et fini par lâcher :

— D'accord, mon assistante passera vous prendre demain matin. Vous pourrez consulter les documents en question en sa présence. Je ne puis vous autoriser à faire des photocopies.

Avant que je le remercie il avait raccroché.

J'ai rongé mon frein jusqu'au lendemain. À l'heure dite, la princesse de glace diplômée de Harvard à laquelle j'avais déjà eu affaire m'a escortée dans les entrailles souterraines d'une grande banque. L'une des chambres fortes était exclusivement réservée à Tobbey. Au terme de multiples vérifications, un employé ganté de blanc a déposé devant nous un casier métallique empli de paperasse jaunie.

Fiévreuse, j'ai entamé le dépouillement. Il s'agissait d'archives militaires classées *Secret-défense* que Tobbey avait réussi à se procurer par je ne sais quel moyen. La plupart d'entre elles se présentaient sous la forme de mauvaises photocopies à demi illisibles. Par ailleurs, beaucoup de paragraphes avaient été caviardés. Tous ces documents se rapportaient à la fameuse « expérience » ayant entraîné la fermeture précipitée du bunker. On y parlait en termes vagues de panique collective, de psychose, sans qu'il soit jamais possible de discerner l'élément déclencheur du drame.

Nulle part je n'y trouvai mention de l'œuf de plomb. Le découragement me gagnait quand j'ai enfin mis la main sur quelque chose d'intéressant. La liste des survivants internés en hôpital psychiatrique, et le nom de l'ingénieur responsable du projet. Je les ai recopiés avant de tendre le feuillet à l'assistante de Stanley-Mitchell en disant :

— Pourriez-vous retrouver ces gens ?

Elle a saisi le papier d'un geste excédé et m'a promis une réponse pour le lendemain.

J'ai cru qu'elle allait hurler qu'elle n'avait pas fait Harvard pour perdre son temps à de minables besognes de détective. Mais elle savait se tenir – on leur enseigne ça aussi – et nous nous sommes séparées poliment.

Je n'ai pas fermé l'œil de la nuit tant j'étais impatiente d'agir. Je ne pouvais m'empêcher de penser à Sarah Jane, prisonnière de l'œuf de plomb, et des scènes déplaisantes envahissaient mon esprit. Dans mon délire, j'imaginais les vieillards, improvisant un mariage grotesque, et le plus jeune des survivants, conduisant son « épouse » jusqu'à la couche nuptiale...

Ce n'était pas tolérable. Il fallait que je la sorte de là.

Le lendemain, un coursier de Federal Express m'a remis une enveloppe, elle contenait le résultat de l'enquête effectuée à ma demande. Tout le monde était mort, sauf deux personnes.

Anthony Scallia, quatre-vingt-deux ans, interné à Pescadero pour psychose hallucinatoire incurable, et Leo Ursharft, quatre-vingt-huit ans, installé à la maison de retraite *Le Royaume Fleuri*, à Santa Monica.

Le premier était l'un des rares survivants du carnage, le second avait travaillé à la construction du bunker.

Je me suis mise en route sans perdre une minute. Mon objectif était limpide, il fallait à tout prix que l'un ou l'autre de ces vieillards m'explique comment on accédait à l'œuf de plomb.

Pendant le voyage, j'ai prié pour que ni l'un ni l'autre ne soit devenu gâteux. Même la folie de Scallia pouvait m'apprendre quelque chose. Tout était affaire d'interprétation.

Au cas où le personnel hospitalier ferait des difficultés pour me laisser rencontrer ces témoins, je m'étais munie de cartes de visite volées au cabinet Stanley-Mitchell. Elles portaient le nom de l'assistante préférée de Silas. Si l'on me posait des questions, je prétendrais effectuer des recherches en vue d'un héritage. L'argent qui tombe du ciel rassure toujours.

J'ai commencé par Pescadero. Scallia n'étant plus considéré comme dangereux, on n'a pas tenté de me refouler. Une infirmière obèse m'a guidée à travers les allées d'un jardin, vers un banc où se tenait recroquevillé un vieillard chauve, d'une inimaginable maigreur.

— Je ne sais pas si vous parviendrez à établir le contact, a lâché la grosse femme avant de s'éloigner. Il est sujet à des absences de plus en plus longues. Il est resté des années durant sous camisole chimique. Il voulait se mutiler. Il a même essayé de se manger la main droite. Depuis dix ans, il est calme, mais il ne parle plus beaucoup. Enfin, bonne chance ! Hériter d'une fortune à son âge, c'est tout de même un drôle de truc. Il y a tant de gens plus jeunes qui en auraient besoin.

Je me suis assise à côté du vieil homme. Il n'a pas eu l'air de remarquer ma présence, alors j'ai commencé à monologuer doucement ; à lui parler de l'aérodrome abandonné, de l'abri, de l'expérience... D'après son dossier, je savais qu'il avait été sélectionné sur une liste regroupant des célibataires sans famille ni attaches sentimentales sérieuses. À l'époque, il travaillait à la base en tant qu'aide-mécanicien de seconde classe. C'était un militaire sans grade, un obscur technicien que l'appât d'une prime et d'une permission exceptionnelle avait poussé à se porter volontaire pour ce que les officiers présentaient alors comme *une simulation destinée à tester la résistance psychologique du personnel en situation de crise.* Un entraînement parmi tant d'autres. En tant que soldat, Scallia avait l'habitude des exercices, surtout en cette période troublée d'apocalypse imminente. Alors un de plus, un de moins...

Le vieillard est peu à peu sorti de son hébétude. Au fur et à mesure que les souvenirs remontaient à la surface, son regard reprenait vie. Brusquement, il s'est mis à parler d'une voix éraillée... je serais presque tentée de dire *rouillée*, tant elle évoquait à mes oreilles le bruit d'un rouage pétrifié par l'oxydation et qui se remet en marche.

— Le dortoir... Oui, oui... On y est surtout allés pour les nanas..., a-t-il soudain caqueté avec un rire asthmatique. On nous avait dit que la sélection serait mixte, et qu'on se retrouverait isolés dans un bunker en compagnie de jeunes femmes... Des WAC[1] célibataires. Avec les copains, on a vu là une occasion de rigoler. Des rumeurs ont commencé à circuler, comme quoi le séjour serait considéré comme session R&R[2], et que les officiers présents se contenteraient du rôle d'observateur. Ça laissait envisager des ouvertures. Et puis, ça rompait avec la monotonie de la vie sur la base. On s'emmerdait ferme dans ce trou perdu.

— Vous êtes donc descendus dans l'abri, ai-je murmuré. Ça s'est passé comment ?

— Bien... a-t-il grommelé. Enfin, si on peut dire. Trop correct à mon goût. La présence des officiers cassait l'ambiance, on n'osait pas se laisser aller. C'était guindé, quoi. On a été surpris de découvrir un blockhaus de cette taille. Même les vétérans, qui avaient fait la guerre en France, n'en avaient jamais vu d'aussi grands, et pourtant les Boches étaient des spécialistes en matière de fortifications. Ça, on se marchait pas sur les pieds, c'est sûr ! Y avait de la place pour un corps d'armée, véhicules compris. Ils avaient partagé l'espace avec des paravents de toile, comme dans les hôpitaux. Une suite de dortoirs, quoi... On n'était pas en chambrée, chacun disposait de son coin à lui, avec un lit de camp, une table, une chaise.

1. WAC (Women's army corps) : Auxiliaires féminines de l'armée.
2. *Rest and Recreation.* Permission de détente.

Bref, on pouvait s'isoler. Au début, ça m'a semblé super. J'ai échangé des clins d'œil avec les copains. C'était comme si on nous avait préparé le terrain pour emballer les nénettes. Sauf que…

— Sauf que ?

— Ça ne s'est pas passé comme on l'espérait. Il y avait deux dortoirs séparés, les gars d'un côté, les filles de l'autre. Au fond, dans une grande tente, se tenaient les observateurs. Deux sous-lieutenants, deux lieutenants, un capitaine. Il y avait deux femmes des services de santé avec eux. Et puis, avec nous, quatre sergents de la police militaire. Trois mecs et une fille bâtie comme une catcheuse. Ils ne se mêlaient pas à nous, mais on sentait qu'ils nous avaient à l'œil. Pour dégeler l'atmosphère, ils ont commencé par projeter des films. *Les Ailes de la gloire, Tant qu'il y aura des hommes, Les Ponts de Toko-Ri…* des trucs de guerre et d'amour. Des John Wayne, aussi. Puis on a enchaîné sur une espèce de garden-party à la noix. Du papotage, pour faire connaissance, sauf qu'on n'y servait que des jus de fruits, et que ça n'a jamais aidé personne à se lâcher. J'avais l'impression de participer à une rencontre matrimoniale organisée par le pasteur de mon bled. Les copains tiraient la tronche. On nous avait fouillés au moment de la descente, et les flasques de whisky qu'on avait essayé de passer en douce avaient été confisquées. On se retrouvait au régime sec.

Il s'animait, ébauchant de ses mains grêles des gestes avortés à la signification mystérieuse. Je me suis gardée de l'interrompre. Il évoquait maintenant l'ennui des jours suivants. Les flirts trop convenables, le dancing où il était interdit de coller son ventre contre celui de sa cavalière. Il avait fallu faire contre mauvaise fortune bon cœur. L'absence d'alcool évitait les dérapages. On fumait, on jouait aux cartes. L'espace ne manquant pas, les hommes avaient décidé de créer des équipes et d'entamer un tournoi de base-ball. D'autres avaient préféré construire un ring pour y disputer des matches de boxe.

— On prenait des paris, m'a expliqué Scallia. Sur des bouts de papier. Les sergents nous distribuaient également tous les magazines qu'on désirait. On fumait énormément, les filles comme les gars. On flemmardait mais on ne s'amusait pas vraiment. Une permission sans une bonne saoulerie, c'est pas une permission. Au bout d'une semaine, aucun type n'avait encore réussi à coucher. Les nanas avaient la trouille des officiers. Elles disaient que c'était un test pour nous virer de l'armée. J'ai commencé à déprimer. Être enfermé comme ça, c'était pénible. Une rumeur a bientôt circulé. Il ne s'agissait pas d'un exercice. On nous cachait la vérité. En réalité, les Russkofs avaient balancé des bombes atomiques sur New York, Atlanta, Los Angeles... L'Amérique était à feu et à sang, et il ne restait plus que quelques milliers de survivants qui, comme nous, étaient enfermés dans un bunker. Les copains ont décidé de former un comité. J'ai été désigné pour aller trouver les officiers et exiger d'eux une explication franche. J'étais dans mes petits souliers. Bien évidemment, comme il fallait s'y attendre, ils ont campé sur leurs positions : il s'agissait d'une simulation, rien d'autre. Les rumeurs étaient sans fondement mais, à la manière dont ils disaient ça, on pouvait se poser des questions. J'ai eu l'impression qu'ils devenaient nerveux.

Scallia débitait les mots sur un rythme de plus en plus précipité tandis que son visage s'empourprait. Ses gestes étaient si saccadés qu'il ressemblait à un chef d'orchestre pris de folie battant la mesure pour un orchestre fantôme. J'ai craint que cette agitation ne provoque l'intervention des infirmières.

J'ai regardé le vieil homme. En dépit de sa déchéance physique, je ne parvenais pas à le trouver sympathique. Mon instinct me soufflait que, dans sa jeunesse, il avait dû se comporter en parfait salopard. À plusieurs reprises, je l'avais surpris à lorgner dans mon décolleté.

Il a commencé à perdre le fil de son récit, à radoter. J'ai hésité à intervenir. Pendant dix minutes, il a bredouillé des mots sans suite, des bribes de monologue comme s'il s'adressait à des compagnons invisibles, puis il s'est calmé.

— On ne pensait plus à draguer, a-t-il chuchoté. On regardait le bunker d'une autre façon. D'un seul coup, il ne s'agissait plus d'une perm, on était bel et bien emprisonnés, et pour un sacré bout de temps. Ça nous a détruit le moral. Ceux qui avaient pris la peine de potasser le manuel des consignes en cas de guerre atomique nous ont révélé que les radiations ne disparaîtraient pas avant cinquante ans, et qu'on serait tous des vieillards quand l'air redeviendrait respirable. C'était comme si je venais d'être condamné à la perpétuité, à Sing Sing ou à Alcatraz. Plus jamais je ne roulerais en Chrysler décapotable sur la route 66, l'autoradio à fond et braillant du Elvis... La sueur froide m'a recouvert de la tête aux pieds. J'ai bien cru que j'allais tomber dans les pommes comme une fillette. En discutant, on a fini par découvrir qu'on était tous orphelins. Aucune famille à l'extérieur, ni femme ni mômes. Rien que des célibataires sans attaches. « T'as pas encore compris, m'a dit un copain en rigolant, on est dans un haras, comme des chevaux. On est là pour la reproduction, et toutes ces chouettes gonzesses sont nos pouliches ! C'est nous qu'on va fabriquer la nouvelle humanité ! » On s'est forcés à rire, mais on avait l'estomac serré et les couilles comme des noisettes.

Il s'est tu, brusquement, et son regard est redevenu vague. Pendant deux minutes, il n'a rien dit. Pour me donner une contenance, au cas où l'un des membres du personnel soignant m'aurait observée, j'ai fait semblant de prendre des notes sur un carnet. Finalement, j'ai murmuré :

— Et après ? Que s'est-il passé ?

Il a sursauté. De retour chez les vivants, il m'a dévisagée d'un air hagard.

— Rouge... a-t-il haleté.

— Quoi ?

— Tout est devenu rouge. Je ne sais plus. J'ai un goût salé dans la bouche... tout est gluant autour de moi. Il y a beaucoup de cris, de bousculades... Tout est rouge, le sol, les murs... Je ne sais pas ce qui est en train d'arriver. Je vois... je vois des choses, des images... Des avions qui volent au ras du plafond, des soldats japonais qui nous chargent à la baïonnette. On se bat dans les tranchées, au corps à corps. Un ours sort des douches, il a dévidé tout le papier-cul. Dieu est coincé dans l'infirmerie, il hurle parce que le toubib lui arrache une dent. Il dit : « C'est les clous dans mes mains que vous deviez arracher, pas cette molaire ! » Quelqu'un a repeint les murs en rouge, du travail bâclé, il a flanqué des éclaboussures jusque sur le plafond. Rouge, rouge, rouge...

Il s'est mis à répéter ce mot comme une litanie, et sa main droite, si maigre, s'est refermée sur mon poignet, le serrant à le broyer. Jamais je n'aurais soupçonné une telle force chez un vieillard. J'ai eu mal. J'avais peur qu'il ne pique une crise, qu'il ne décide soudain de me crever les yeux. *Rouge, rouge, rouge...*

Il m'a semblé... il m'a semblé qu'il mimait des mouvements de mastication et de déglutition, comme s'il dévorait quelque chose d'invisible. La chair de poule m'a hérissé le poil sur les avant-bras. Je me suis libérée de son étreinte, ça l'a remis sur les rails. Ses épaules se sont affaissées. La brusque montée d'adrénaline l'avait vidé.

— Et après ? ai-je répété.

Il a bredouillé :

— Sais plus... me suis réveillé dans un lit d'hôpital. Ces salopards m'avaient attaché avec des courroies... C'était... C'était il y a longtemps. Ils m'ont dit que j'avais été très malade. Une sorte d'infection. Pendant des années, je n'ai plus supporté la couleur rouge. Dès que je l'apercevais, sur un vêtement, un magazine, j'avais une crise. Même chose pour la viande, je ne pouvais plus en manger. Rien que d'en sentir l'odeur, je vomissais. Je suis devenu végétarien. Il paraît que c'est très bon pour la santé, je mange des légumes, toutes sortes de légumes, sauf des tomates.

Les tomates sont mauvaises, méchantes. Il ne faut pas y toucher. Elles ont été créées par Satan. C'est écrit dans la Bible.

Après quelques essais infructueux, j'ai renoncé. Je ne tirerais plus rien de Scallia. Il était irrécupérable. J'ai pris congé avec soulagement. Cet affreux petit vieillard m'avait flanqué la nausée. Pendant que je roulais en direction de Santa Monica, je n'ai cessé de revoir en pensée les mouvements de mastication de sa bouche édentée. Tout ce que m'avait raconté Sarah Jane se confirmait. Les actes de cannibalisme dont le bunker avait été le théâtre s'étaient réellement produits.

La maison de retraite du *Royaume Fleuri* se dressait au milieu d'un parc à la végétation luxuriante. Il y avait là une flopée de massifs et de statues fichées sur des piédestaux. Assez curieusement, ces effigies représentaient des personnalités du show-biz disparues : Clark Gable, Marilyn Monroe, Douglas Fairbanks, Mary Pickford, Bing Crosby, Dean Martin, Frank Sinatra... J'ai même repéré un James Dean très ressemblant, son fusil en travers des épaules, tel qu'il apparaît sur l'affiche de *Géant*, ainsi qu'un Marlon Brando costumé en motard de *L'Équipée sauvage*. Curieux, certes, mais les USA m'avaient habituée à de telles excentricités.

À la réception, j'ai demandé à rencontrer Leo Ursharft, quatre-vingt-huit ans, ingénieur retraité de l'Air Force. Encore une fois, la carte de visite du cabinet Stanley-Mitchell a joué son rôle de sésame. Quand j'ai parlé d'une succession dont Ursharft serait le bénéficiaire, l'infirmier a franchement ricané.

— Un héritage ! a-t-il glapi. Comme on dit : mieux vaut tard que jamais ! Enfin, ça fera au moins un pensionnaire qui n'aura pas de mal à régler ses mensualités.

Il m'a donné un badge et guidée à travers des couloirs moquettés. L'ensemble était classieux. Il fallait avoir de l'argent pour résider ici. Beaucoup d'argent. Après avoir frappé à une porte, il m'a laissée en compagnie d'un très vieil homme installé dans un fauteuil roulant. Malgré son âge, Leo Ursharft n'avait rien d'une épave. Derrière d'énormes lunettes, ses yeux étaient scrutateurs, en alerte. J'ai tout de suite compris qu'à la différence de Scallia, sa tuyauterie mentale était en parfait état. Une grosse bible trônait sur un guéridon ainsi qu'une pile de publications religieuses. *Watch Tower* et compagnie. L'homme semblait corseté, prêt à se battre. Bizarrement, j'ai eu l'impression qu'il attendait ma visite depuis des lustres, et même qu'il s'y était préparé, comme pour une ordalie.

— Asseyez-vous, a-t-il lâché d'une voix sèche, une fois l'infirmier parti. Je savais que quelqu'un viendrait un jour. C'était inévitable. J'imaginais que ce serait un homme. Une sorte de pasteur vêtu de noir. Dans mes rêves, je le voyais habillé en puritain de la Nouvelle-Angleterre. Le chapeau conique, le rabat… vous savez ? Non, bien sûr, *Les Sorcières de Salem*, *La Lettre écarlate*, ce n'est pas de votre génération.

Je me suis assise en face de lui. Il portait des vêtements démodés mais cousus par un bon tailleur.

— Comme vous pouvez le constater, a-t-il déclaré avec une ironie teintée d'amertume, je n'ai pas cherché à fuir. J'aurais pu m'exiler dans un autre État, me dissimuler sous un faux nom, mais j'ai préféré assumer l'entière responsabilité de mes actes.

J'ai eu l'intuition qu'il récitait un texte mille fois répété. Depuis combien d'années était-il assis dans ce fauteuil, face à la porte de sa chambre, à attendre qu'on vienne lui réclamer des comptes ?

— Je vous le dis tout de suite, a-t-il continué, je ne crains pas la justice des hommes. Je bénéficie de hautes protections. Mon dossier est classé « secret-défense », la police ne peut y accéder. Si je voulais, je n'aurais qu'à décrocher ce téléphone, à former un certain numéro, et des hommes en costume noir viendraient aussitôt vous chercher pour vous emmener je ne sais où, en un lieu d'où vous ne ressortiriez jamais. Mais je ne le ferai pas. Non. Si je ne croyais pas en Dieu, je me serais depuis longtemps suicidé. En un sens, ma punition a été d'être croyant. Ma foi m'a empêché d'abréger la torture des remords.

Il parlait comme un criminel de guerre démasqué au terme d'une longue traque. Pour la première fois, j'ai pris conscience que je touchais à quelque chose d'interdit et de dangereux. Ce vieillard n'était pas en fuite, loin de là. Une puissance occulte veillait sur lui. Il faisait partie des initiés, de ceux à qui il a été donné de contempler le cœur noir du pouvoir absolu. Il disait vrai, il pouvait m'anéantir d'un simple coup de fil. À sa demande, un service parallèle inconnu du grand public viendrait me retirer de la circulation, et je finirais mes jours dans un asile psychiatrique, internée avec l'étiquette « patiente psychotique souffrant de mythomanie galopante ». Le picotement de la peur m'a agacé la nuque et la paume des mains.

— C'est arrivé il y a longtemps, ai-je fait en espérant que ma voix ne chevrotait pas.

— Moi, j'ai l'impression que c'était hier, a-t-il répondu. J'y repense toutes les nuits. Les images me hantent. À mon âge, on dort très peu, et c'est une bénédiction. Quand j'étais plus jeune, mon sommeil était peuplé de cauchemars. À une époque de ma vie, j'ai pris beaucoup d'excitants pour éviter de dormir. Cela m'a pas mal délabré. J'espérais mourir d'une crise cardiaque, mais cela m'a été refusé. Pourquoi les bourreaux meurent-ils souvent très vieux ? Dieu veut-Il leur laisser le temps de se repentir ?

Je n'avais nulle envie de l'entendre délirer ainsi jusqu'au crépuscule, j'ai jugé préférable de brusquer les choses.

— J'ai vu Scallia, le dernier survivant de l'expérience, ai-je lancé. Il ne sait toujours pas ce qui lui est arrivé.

Leo Ursharft m'a jeté un nouveau coup d'œil perçant.

— Vous n'êtes pas journaliste, ni historienne. Vous n'exercez aucune de ces pseudo-professions, a-t-il grogné. Vous n'agissez pas par curiosité, vous êtes impliquée dans cette affaire, je le sens. Si vos motivations sont honorables, je parlerai.

Il me tendait une perche, alors j'ai tout raconté : Tobbey, le bunker, la disparition de Sarah Jane. Il a écouté sans broncher, c'est à peine s'il clignait des paupières de temps à autre. Quand j'ai eu terminé, il a pris le temps de réfléchir, puis s'est mis à monologuer, d'une voix égale et froide :

— C'était une autre époque, la paranoïa avait gagné les esprits. On était réellement convaincus que l'URSS allait lâcher sur nous ses missiles à partir de Cuba. Le reste, l'apocalypse qui suivrait, ne serait qu'une question de minutes. Au Grand État-Major, quelqu'un a émis l'idée qu'il serait peut-être temps de réfléchir sérieusement à un programme de survie. Vous savez désormais de quoi il s'agissait. L'objectif était de créer à travers le territoire des États-Unis des cellules souterraines équipées pour abriter des survivants sélectionnés. Des arches, si vous préférez. C'était techniquement envisageable, mais la grande inconnue restait le comportement des sujets, hommes et femmes, qu'on emmurerait vivants, et à qui incomberait la lourde responsabilité de perpétrer la race humaine. Il fallait envisager une incarcération de cinquante ans, ce qui signifiait que la plupart d'entre eux seraient morts avant que la surface de la planète ne soit redevenue habitable. Tout reposerait donc sur les enfants nés à l'intérieur de l'abri durant la claustration. Des groupes d'étude se sont formés. Les psychologues avançaient que l'expérience avait peu de chance de réussir. Selon eux, des conflits meurtriers ne manqueraient pas d'éclater à brève échéance. On assisterait à une régression, au retour de comportements primitifs. Des sociétés de type tribal verraient le jour. Les enfants des premiers survivants seraient plus proches de l'homme des cavernes que du citadin des années soixante. On se perdait en conjectures, en débats stériles. Vous connaissez les intellectuels, la polémique est pour eux une drogue, ils peuvent discuter sans relâche des mois durant pour n'aboutir à aucune conclusion. Les militaires ont commencé à s'impatienter. Ils voulaient des résultats quantifiables, la situation mondiale s'aggravait de jour en jour, une crise majeure pouvait éclater n'importe quand. On a donc décidé de lancer un programme de simulation. Pour ce faire, on a recruté des volontaires, en prenant soin de choisir des individus mâles et femelles sans aucune attache extérieure. Il avait été prévu qu'en cas de problème, les décès éventuels seraient décrétés accidentels. On évoquerait le crash d'un transport de troupes. On jouait les apprentis sorciers, on n'avait aucune idée de ce qui allait se produire.

— Scallia m'a donné sa version des événements, ai-je murmuré. Ce qui m'intéresse, c'est ce qui s'est passé.

Leo Ursharft s'est tassé entre les accoudoirs de son fauteuil roulant. D'un seul coup, il s'est dépouillé de sa morgue et a paru moins sûr de lui.

— Je sais que les SS, au procès de Nuremberg, ont souvent eu recours à ce système de défense, a-t-il soupiré, mais je n'étais qu'un exécutant. Un jeune ingénieur frais émoulu de l'école de l'Air. Sans l'influence de mon père, général à la retraite, je n'aurais jamais obtenu ce poste de haute responsabilité. Mais je ne suis pas là pour essayer de justifier l'injustifiable. L'expérience a donc débuté comme un exercice. C'était le scénario prévu. Nous observions la population du bunker au moyen d'un circuit de caméras dissimulées. Tout était enregistré, filmé, avec l'appareillage de l'époque qui, aujourd'hui, semblerait aussi vétuste qu'une hache de silex dans un musée de paléontologie. Le Grand État-Major avait dépêché ses huiles en observateurs. Tout le monde était tendu car les rumeurs de guerre allaient bon train. On imaginait déjà New York et Washington changées en champs de décombres, vitrifiées par les explosions atomiques. Le débat faisait rage quant à la sélection des personnalités qu'il convenait de mettre à l'abri. Fallait-il choisir des savants ? Des génies ? Ou au contraire de solides gaillards exerçant un métier basique, aisément transmissible ? Un boulanger peut plus facilement léguer son savoir qu'un neurochirurgien ou un astrophysicien, n'est-ce pas ? Qu'est-ce qui serait le plus important pour l'humanité future ? Savoir calculer la courbure de l'espace-temps ou posséder le secret du fer, du mortier, et de la pâte à pain ?

L'impatience me rongeait. Je sentais qu'il essayait de différer le moment où il lui faudrait entrer dans le vif du sujet. Il a dû s'en rendre compte, car il a soudain mis un terme à ses digressions.

— Pendant la première semaine, il ne s'est rien passé d'intéressant, a-t-il repris. Le protocole se déroulait de manière prévisible. L'euphorie s'est changée en ennui, l'ennui a engendré des activités récréatives, puis ces distractions ont fini elles-mêmes par lasser, et les individus ont pour la plupart sombré dans le marasme. Bien évidemment, il aurait fallu observer le phénomène en temps réel, pendant six mois au moins, avant d'émettre une quelconque conclusion, mais nous étions pressés. Les militaires s'impatientaient. Ils ont bientôt exigé que les sujets soient soumis sans délai à un stress plus important. On a alors demandé aux officiers présents dans l'abri de faire circuler une rumeur alarmante.

— Scallia m'en a parlé. Vous avez fait croire à ces pauvres gens que l'Amérique avait été victime de plusieurs frappes nucléaires.

— Oui, c'était honteux, je l'admets, mais les militaires voulaient des résultats à court terme. Nous subissions d'énormes pressions. C'était une période trouble. Le moindre manque de zèle pouvait être interprété comme une tentative de sabotage. Hélas, la rumeur n'a pas donné les résultats escomptés. Les réactions étaient trop lentes, la dynamique de groupe évoluait, certes, mais pas assez rapidement au goût de nos chefs. C'est alors que l'un d'eux a émis l'idée qu'il serait facile d'augmenter le stress des sujets en insufflant par les conduits d'aération un gaz psychotrope connu pour engendrer des manifestations de panique. Cela nous ferait gagner du temps, prétendait-il. Il devait remettre son rapport à la fin du week-end, et si tous ces préparatifs débouchaient sur un fiasco, il y aurait des sanctions.

J'ai serré les dents. Je commençais à entrevoir ce qui s'était passé. L'explication était simple, mais personne n'y avait jamais pensé.

Leo Ursharft a ôté ses lunettes. Sa main marbrée de taches hépatiques tremblait.

— Inutile d'entrer dans les détails, n'est-ce pas ? a-t-il balbutié. Vous devinez sans mal ce qui s'est produit.

— Le gaz a été mal dosé ?

— Oui. Ses effets secondaires comportaient des hallucinations, un décuplement des pulsions agressives et une activité dynamique accrue. Son inhalation a provoqué une crise de terreur incontrôlable. En l'espace de deux minutes, les occupants de l'abri ont sombré dans la démence. Les officiers, à qui on avait ordonné par la ligne intérieure, de s'équiper de masques respiratoires, ont été débordés, frappés, lynchés, mis en pièces. Par l'entremise des écrans de contrôle, nous avons assisté à des scènes atroces. Un carnage innommable. Les gens se battaient pour accéder à la sortie, se piétinaient, se démembraient. Des animaux. En deux minutes, ils avaient régressé. Le psychotrope les avait fait disjoncter. J'ai vomi sur mon bureau. Mon assistante s'est évanouie. Nous étions horrifiés. En dépit de la ventilation, l'effet du gaz a perduré, et le massacre a duré deux heures, prenant des proportions dantesques. Certains s'automutilaient, se mangeaient les mains, les pieds... d'autres dévoraient les cadavres. J'ai toujours en tête l'image d'une femme enroulant autour de son cou, comme s'il s'agissait de colliers de perles, les intestins tirés de l'abdomen de sa victime. C'était abominable. Indescriptible. L'un des militaires présents a éteint les écrans et s'est isolé pour appeler l'état-major sur une ligne sécurisée. C'est à ce moment-là que j'ai vraiment eu peur. J'ai pensé qu'ils allaient nous abattre, pour s'assurer de notre silence. Mais les choses n'ont pas évolué en ce sens. On nous a fait signer une déclaration de confidentialité lourde de menaces. La simple évocation du drame, même en termes voilés, était assimilée à un crime fédéral et passible d'une condamnation à perpétuité dans une prison militaire. Puis on nous a placés au secret. Pendant une semaine, notre sort est resté incertain. Je m'attendais à tout moment à ce qu'on me tire du cachot pour me fusiller. Heureusement, la situation internationale s'est apaisée. Les bolcheviques ont fait marche arrière. On nous a libérés. Un haut fonctionnaire m'a fait comprendre qu'à titre de dédommagement ma carrière bénéficierait d'un sérieux coup de pouce… à condition, bien sûr, que je garde le silence. Les années ont passé, et ils ont tenu parole. Mon parcours professionnel a été exceptionnel. J'ai joui de toutes les facilités, primes et emprunts imaginables. Mais, pendant tout ce temps, mon téléphone est resté sur écoute et mon courrier a été surveillé. Je ne me suis jamais marié. J'ai lutté en secret contre la pire des dépressions. J'ai plus d'une fois passé la nuit à contempler mon revolver d'ordonnance, une balle engagée dans la chambre de tir. Je ne parvenais à trouver le sommeil qu'au moyen d'hypnotiques puissants. J'ai souvent pensé que la CIA, me jugeant trop instable, me ferait abattre un soir, et maquillerait mon exécution en crime crapuleux, mais cela ne s'est jamais produit. Je crois qu'au fil du temps, on a fini par m'oublier.

J'ai décidé d'interrompre ses lamentations pour aborder le sujet qui m'avait amenée chez lui.

— On m'a parlé d'une cachette aménagée à l'intérieur du bunker, ai-je lâché. Une sorte de chambre secrète, de canot de sauvetage à l'usage des galonnés. Voyez-vous à quoi je fais allusion ? On m'a également dit que certains des officiers présents lors du massacre s'y seraient retranchés pour n'en jamais ressortir. Qu'en pensez-vous ?

Leo Ursharft s'est ébroué, recouvrant en une seconde toute sa morgue.

— De la foutaise. Il n'y a jamais eu de chambre secrète à l'intérieur du bunker. C'est un conte à dormir debout. Tous les officiers ont été tués au cours des premières minutes du carnage, dès qu'ils ont essayé de s'interposer. Il y a eu très peu de survivants, et le gaz leur a détruit le cerveau, engendrant chez eux des comportements psychotiques incurables. Je suis même surpris que Scallia soit encore vivant. Il faut dire que, dans sa jeunesse, ce type était un bœuf. Un véritable concentré de force et de santé. Un imbécile aussi.

J'ai insisté. Sa réponse ne me satisfaisait pas. J'étais certaine qu'il mentait. Il a fini par se mettre en colère.

— Pourquoi vous raconterais-je des blagues ? s'est-il emporté. Tout cela n'a plus aucune importance aujourd'hui. Vous croyez que j'ai peur de mourir ? À mon âge, ce serait une délivrance. Je suis seul, cloué dans ce fauteuil, j'ai subi une colostomie et je chie dans un sac depuis trois ans. Quel serait mon intérêt, pouvez-vous me le dire ?

Une quinte de toux l'a contraint à se taire. Quand il a repris la parole, il avait recouvré son calme.

— Ceux qui vous ont raconté cette fable se sont moqués de vous, a-t-il soufflé en guise de conclusion. Il n'y avait aucune chambre secrète dans le bunker et, dans le cas contraire, croyez bien que personne n'aurait pu s'y boucler définitivement. On nous aurait demandé de prévoir un système d'ouverture secondaire, une manette dissimulée quelque part. L'armée se débrouille toujours pour garder le contrôle, c'est un principe fondamental. À présent, veuillez partir, je suis fatigué. Je souhaite que vous retrouviez cette jeune fille, mais je ne puis vous aider. Restez loin du bunker, c'est un lieu de mort, comme dit Sun Tzu dans *Le Livre des Douze Préceptes*. Il ne peut rien s'y passer de bon. Sa conception même était une erreur. Survivre à tout prix n'est pas forcément la meilleure des options. J'en sais quelque chose.

J'ai dû me résoudre à prendre congé. À tout hasard, je lui ai laissé mon numéro de cellulaire, puis j'ai quitté *Le Royaume Fleuri* déçue, maussade et angoissée. Je m'obstinais à penser que Leo Ursharft me cachait la vérité.

Intuitions

Sur la route du retour, mon portable a sonné. Le cœur rempli d'espoir, j'ai pensé qu'il s'agissait de Léo Ursharft. Je me suis garée sur l'aire de dégagement, mais j'ai poussé un soupir de déception en lisant le nom d'Evita sur le cadran.

J'ai dit :

— Oui ?

— Je dois te voir, a-t-elle fait d'un ton mal assuré. J'ai... j'ai un truc à te dire. C'est important. Je t'attends devant chez toi.

Elle a raccroché sans me laisser le temps d'ajouter un mot, me laissant sur une impression de malaise. Ce n'était guère son style de manquer d'assurance. J'ai repris la route.

Elle m'attendait effectivement, adossée à sa Mustang, fumant avec nervosité. Je lui ai demandé ce qui n'allait pas, elle a simplement répondu :

— Rentrons, on ne va pas discuter de ça sur le trottoir.

Une fois dans le salon, elle est allée droit au bar pour se verser une sévère rasade de tequila. Ses doigts tremblaient.

— J'ai beaucoup réfléchi à tout ça depuis la dernière fois, a-t-elle lâché. Un peu trop peut-être... En tout cas, une idée m'a traversé l'esprit. Une espèce d'illumination...

Je n'ai pas pu m'empêcher de suivre le fil, et peu à peu la trame s'est tissée toute seule. Presque contre mon gré. Ça s'est imposé à moi... Il fallait que je t'en fasse part, ça m'étouffait. Tu vas sans doute me traiter de folle, mais je crois que tu devrais réfléchir sérieusement à ce que je vais te dire.

Elle commençait à m'inquiéter.

— Où veux-tu en venir ? me suis-je impatientée. De quoi parles-tu ?

— Calme-toi. N'oublie pas que je suis médium. Les gens de ma sorte sont souvent sujets à des intuitions apparemment irrationnelles. Des flashes qui s'imposent brusquement, par le biais d'un rêve ou d'une hallucination...

— Abrège ! l'ai-je coupée, car son baratin occulte m'horripilait.

— D'accord, a-t-elle soupiré avec un geste fataliste. Pour résumer, je crois que nous nous sommes fait posséder, toi, moi, et tous les autres. C'était un coup monté et nous sommes tombées dans le panneau.

— Tu peux préciser ?

— Je veux parler de l'assassinat de Tobbey et de sa famille, de l'enlèvement de Sarah Jane... Tu veux connaître ma théorie, oui ou non ?

— Oui.

— Alors ne m'interromps pas toutes les dix secondes. Voilà comment je vois les choses : tout commence avec Willa, quand elle découvre que la vie sauvage en compagnie de Burton n'a rien de romantique. Il la frappe, il la réduit au rôle de souillon. Il la force à accoucher dans de mauvaises conditions et elle perd son bébé. À partir de cet instant, elle se met à le haïr... Une haine féroce mais secrète, qu'elle se garde bien d'exprimer. Elle englobe dans cette haine tous ceux qui l'ont condamnée à ce destin, son père, sa mère, sa famille tout entière. Elle les tient pour responsables de son malheur. Elle les condamne en bloc, eux et leurs théories imbéciles. Un temps, elle espère s'enfuir avec Vince Vaughan, qui rôde aux alentours, animé par des idées de revanche ; elle s'imagine en sa compagnie, refaisant sa vie incognito dans un autre État. Ces fantasmes l'aident à supporter son existence au fond de la crevasse, au milieu des serpents. Hélas, manque de chance, Burton finit par tuer Vaughan et l'emmure dans l'un des bâtiments de l'aérodrome pour éviter les ennuis. Il s'en vante néanmoins auprès de sa femme, pousse des cris de triomphe. Willa est catastrophée, elle voit s'évanouir sa dernière chance d'échapper à l'enfer de la colline… Là, je ne sais pas ce qui s'est passé au juste. Il est possible, comme tu le suggérais, que Burt soit rentré blessé de son expédition, et soit mort d'hémorragie. On peut également envisager que Willa, profitant de l'état de faiblesse de MacGraw, l'ait achevé au moyen d'une overdose de morphine. Facile, les trousses de secours militaires contiennent des seringues toutes prêtes. Burt mort, elle se débarrasse du corps dans une crevasse quelconque, c'est un détail. Elle connaît le terrain dans ses moindres recoins. Ni les crevasses ni les cailloux ne manquent. Une fois seule, elle commence à réfléchir. Elle sait qu'elle ne peut plus retourner au ranch, son père ne lui pardonnerait pas d'avoir laissé mourir Burt. Elle a peur de lui et de ses réactions. Elle n'ignore pas qu'elle devrait s'attendre au pire. Elle ne peut pas non plus quitter la colline et traverser le désert à pied pour gagner L.A. Elle n'a pas d'argent, pas de métier, aucun point de chute, elle ne connaît personne… C'est alors qu'elle envisage un plan de secours. Une combine qui lui permettrait de retomber sur ses pieds en beauté ; mais pour cela, elle a besoin d'une complice…

J'ai hoché la tête. Depuis une minute, mes pulsations cardiaques s'étaient accélérées. Je voyais où Evita comptait m'emmener. J'aurais voulu protester, crier à la foutaise, mais quelque chose m'en empêchait. L'intuition qu'elle pourrait bien avoir raison.

— À force de rôder autour du ranch pour espionner sa famille, ai-je continué à la place de mon interlocutrice, Willa a deviné que Sarah Jane n'avait aucune envie d'être cédée à un inconnu lors de la prochaine remise des diplômes.

— Exactement ! a renchéri Evita. Probable qu'elle s'est glissée dans la chambre de la gamine pour lire son journal intime, ou ce genre de truc.

— Je crois savoir quand elle a compris que Sarah Jane constituait une alliée potentielle, ai-je corrigé. Lorsqu'elle l'a surprise en train d'échafauder la mauvaise blague du colonel fantôme pour terrifier son père ! Tu sais bien, le mannequin de cire ficelé sur le dos du cheval.

— Possible. Quoi qu'il en soit, Sarah-J. déteste Tobbey, et sa mère, et ses sœurs, et toutes les croyances de la famille Zufrau-Clarkson. Elle n'a aucune intention de finir ses jours enterrée dans le bunker, elle ne rêve que de prendre la fuite, tout en sachant que c'est impossible, son père est tout-puissant, il la retrouverait où qu'elle aille et la punirait. Elle a peur de lui. Une nuit, Willa prend contact avec Sarah Jane. Afin de balayer les dernières hésitations de la gosse, elle lui raconte sa vie en compagnie de Burton, le bébé dévoré par les coyotes... elle lui dit : « C'est ce qui t'attend, ma petite. Tu ne vas pas rigoler tous les jours ! » Puis elle lui expose son plan L'astuce, c'est de se débarrasser de cette famille de cinglés en exploitant la célèbre rivalité opposant Burton et Vince. Vaughan fera un coupable idéal. Tout le monde ignore sa mort, il faut que ça continue. On lui collera le massacre et le kidnapping sur le dos. Sarah Jane racontera à qui veut l'entendre qu'il vit embusqué dans les ruines de l'aérodrome et que sa haine envers Tobbey est intacte. La rumeur fera le reste. En prévision de ce qui va se passer, Sarah Jane devra s'appliquer à se présenter comme une fervente adepte des théories paternelles, et prétendre avoir hâte d'être offerte en prime lors de la prochaine promotion. Elle réécrira son journal intime dans ce sens, sachant que les flics s'empresseront de le lire. Il est capital qu'elle ait l'air d'adhérer à 100 % à la politique familiale afin qu'on n'attribue pas sa disparition à une fugue d'ado.

Une fois Tobbey, la mère et les autres sœurs liquidées, Willa et Sarah-J. hériteront du pactole. À elles la belle vie.

J'ai avalé ma salive. La machination semblait tenir debout.

Très agitée, Evita marchait à présent de long en large, son verre vide à la main.

— Willa a capturé ou recueilli un coyote blessé, a-t-elle continué. C'était facile, il y en a plein les collines. Elle lui a greffé la balise de signalisation prélevée sur sa sœur. Ce point était capital, il fallait accréditer l'idée que Vaughan avait pris la fuite en compagnie de Sarah-J. après avoir liquidé la famille Zufrau-Clarkson et les domestiques. Vaughan devait jouer le rôle du renard sur lequel se ruent les chiens. Quand tout a été prêt, Willa est passée à l'action. Le plan était minuté. Tout devait s'accomplir au cours de la nuit.

— Tu veux dire que c'est Willa qui a massacré sa famille ?

— Qui d'autre ? À un moment donné, sous un prétexte quelconque, Sarah-J. a quitté la table, puis Willa est entrée, brandissant l'un des fusils d'assaut de Burt. Elle a tué tous ceux qui se trouvaient dans le ranch ce soir-là. Elle ne pouvait commettre l'erreur d'épargner un seul témoin. Dans les collines, personne n'a prêté attention aux coups de feu puisque les détonations constituent le fond sonore habituel de l'endroit. À présent, il fallait cacher Sarah Jane dans un endroit où la police ne risquait pas de la retrouver. Le plan officiel, c'était qu'on l'en sortirait au bout d'une semaine ; la gamine devrait alors prétendre qu'elle avait réussi à fausser compagnie à son ravisseur, et raconter son aventure avec force sanglots. Je suppose que les deux sœurs ont répété ce scénario... Sitôt le meurtre accompli, Willa a chargé le coyote ligoté dans une voiture, et pris la route de L.A.

— Pour libérer l'animal dans les California Mountains...

— Oui. La bestiole était terrifiée, à cause de sa patte mal ressoudée, elle claudiquait et se savait vulnérable. Son premier réflexe serait de se mettre à l'abri d'un éventuel prédateur. Willa l'a relâchée à proximité d'un versant truffé de galeries de mine. Elle avait prévu que le coyote sortirait le moins possible, mais que la police finirait par capter le signal de la balise. Cette partie du plan accomplie, Willa a repris la route pour revenir au ranch. Il ne lui restait plus qu'à attendre la suite des événements. Elle s'est enfoncée dans la jungle pour peaufiner son déguisement de sauvageonne. Elle savait que les avocats de son père s'empresseraient de venir l'y chercher, le trône ne pouvant rester vacant.

— Et Sarah Jane, qu'en a-t-elle fait ?

Evita s'est immobilisé en grimaçant.

— C'est là le point délicat, a-t-elle soupiré. On peut envisager deux solutions. La plus simple : la gosse est cachée dans le hangar à robots, cette forteresse imprenable qui a tenu les gars du SWAT en échec. Elle est planquée là-bas, avec assez de provisions pour tenir trois semaines. Elle attend que Willa vienne la délivrer.

— Comment les deux sœurs ont-elles fait pour y entrer ?

— Burton était le chouchou de Tobbey. Possible qu'il ait eu la charge de veiller sur le garage cybernétique. Dans ce cas, Willa savait, elle aussi, comment y accéder. Je pense qu'il existe un tunnel souterrain dissimulé dans la jungle. Elles l'ont emprunté.

— Et la deuxième solution ? ai-je demandé, la gorge serrée.

Evita a haussé les épaules.

— Ne joue pas les idiotes. Tu la connais déjà. Willa a tué Sarah-J. par précaution, parce qu'elle estimait que la gosse ne saurait pas jouer la comédie lorsque les flics l'interrogeraient. Elle ne pouvait courir le risque de voir la gamine s'effondrer et tout déballer. Elle a pu se dire que Sarah-J. serait incapable de supporter le choc psychologique du massacre. C'est une chose d'écrire dans son journal intime « je déteste ma famille, je voudrais tous les voir morts... » et d'assister pour de bon à son exécution. À mon avis, cette dernière hypothèse me semble la plus crédible. Willa a traîné sa sœur jusqu'au garage des robots. La gosse était en état de choc. Arrivée là, Willa l'a abattue. Elle savait que personne ne parviendrait à en forcer l'entrée. Les androïdes feraient bonne garde. Et elle a eu raison. Le SWAT a dû battre en retraite après avoir subi des pertes non négligeables. De toute manière, Willa comptait sur le coyote pour créer une diversion. Elle n'ignorait pas qu'au premier balbutiement de la balise, les flics lèveraient le camp pour se ruer à la poursuite de la bestiole. Et c'est ce qui s'est produit.

Le silence s'est installé. Nous avons échangé un regard. Nous avions toutes deux la respiration courte.

L'argumentation d'Evita était solide, pourtant je continuais à m'accrocher à la théorie de l'œuf de plomb. Par sentimentalisme, sans doute, parce que je ne pouvais me résoudre à imaginer Sarah Jane sous les traits d'une criminelle.

— Nous avons eu affaire à deux menteuses, a martelé Evita. Elles nous ont bernées dans les grandes largeurs. La seule erreur de Willa, c'est de n'avoir pas su prévoir que tu finirais par découvrir le cadavre de Vaughan.

— Tu vas prévenir la police ? ai-je demandé.

— Non, a rétorqué Evita avec un haussement d'épaules. De toute manière, Dogson ne nous croirait pas. Nous ne disposons d'aucune preuve pour étayer cette théorie. Willa a superbement manœuvré et je pense qu'on ne peut plus rien pour Sarah Jane. À la place de sa sœur aînée, je n'aurais pas pris le risque de la laisser en vie. Je vais te dire ce qui va se passer, ce n'est pas difficile à prévoir. D'ici deux ou trois semaines, faute de nouvelle piste, les flics vont laisser tomber. La thèse officielle sera que Sarah-J. a été kidnappée par l'un des stagiaires de Tobbey. Un soldat parmi tant d'autres, mais dont on ne parvient pas à déterminer l'identité. Les avis de recherche punaisés sur les tableaux des postes de police seront bientôt recouverts par d'autres avis de recherche… et l'on finira par tirer un trait sur cette affaire. Il y a tellement de gens qui disparaissent dans ce pays ! Willa va se remettre de sa blessure. Ne connaissant rien à la finance, elle laissera Stanley-Mitchell diriger la boîte et se contentera d'empocher les dividendes. Probable qu'elle quittera les USA pour aller s'installer dans un quelconque paradis terrestre... Je ne suis pas flic, je ne veux pas m'en mêler, et je te conseille de suivre mon exemple. Stanley-Mitchell ne nous laissera pas attaquer sa protégée, il aurait trop à y perdre. Nous ne pesons pas grand-chose face à lui, et il lui sera facile de nous créer beaucoup d'ennuis. Je ne me sens aucune vocation de détective. Tout ça, ce sont des histoires de riches, et elles ne me concernent guère. Qu'ils s'entretuent si ça leur chante, je m'en fous.

Elle a ramassé son sac et s'est dirigée vers la porte. Au moment de poser la main sur la poignée, elle s'est retournée pour me dire :

— À ta tête, je devine que tu vas faire une connerie. Je ne tiens pas à être là quand ça se produira. Je t'aurai prévenue, tu n'as aucune chance contre ces gens-là.

Sur ce, elle est partie. J'ai eu le pressentiment que nous ne nous reverrions jamais ; ça m'a attristée.

Je suis restée immobile, à fixer le vide. La thèse d'Evita se défendait. A priori, il n'y avait aucune raison pour que Willa ait épargné sa sœur. Comme toutes les adolescentes, Sarah Jane était fantasque, imprévisible, passant par mille sentiments et opinions contradictoires au cours d'une même journée. Ce n'était guère la complice rêvée pour une machination criminelle. Cruelle, elle pouvait devenir larmoyante, passant du rôle de bourreau à celui de victime en l'espace de deux minutes. Elle ne pouvait s'empêcher de parler, s'épanchant en interminables logorrhées. La preuve la plus éclatante de son immaturité, c'était cette obstination à mettre sur pied la mauvaise blague du colonel fantôme, pour effrayer son père, alors même qu'avec Willa, elle était déjà impliquée dans un complot nécessitant une grande discrétion. Cette stupidité stratégique avait dû rendre sa sœur aînée folle de rage. Si Tobbey avait découvert la statue de cire ficelée sur le dos du cheval, Sarah Jane aurait été punie, peut-être exilée dans une pension religieuse, à la frontière de l'Alaska. Son bannissement aurait anéanti le plan imaginé par Willa. Sans Sarah-J., pas de kidnapping possible, sans kidnapping, pas de coupable de remplacement... Bref, tout tombait à l'eau.

J'étais désorientée. Evita avait raison, peut-être valait-il mieux tirer un trait sur cette histoire et retourner à l'Agence 13 ? Devereaux n'aurait rien à me reprocher puisque Stanley-Mitchell avait honoré le contrat. Au fil des semaines, la police rechercherait de plus en plus mollement Sarah Jane... puis plus du tout.

J'ai mâchonné un sandwich au thon, grignoté une mangue dans une espèce d'état second, submergée par une impression de vide et d'inutilité. Au fond de moi, je comprenais la réaction de Willa. À une certaine époque de ma vie, j'avais nourri moi aussi des envies de meurtre très réelles. Envers ma mère, d'abord, puis à l'encontre de ma patronne, Madame Lucille, qui m'avait fait jeter en prison. Encore une fois, il ne s'agissait pas de simples fantasmes, mais de pulsions très puissantes qui m'avaient amenée à la limite du passage à l'acte et que j'avais jugulées à la dernière seconde, au prix d'un effort surhumain. Que Willa ait eu envie de punir sa famille me semblait légitime, du moins en ce qui concernait Tobbey et son épouse. À mon sens, il n'était pas utile d'étendre la sanction aux petites filles, même si l'endoctrinement paternel leur avait pourri la cervelle.

J'en étais là de mes réflexions quand le cellulaire a sonné.

Une voix de vieillard a résonné dans l'écouteur :

— Bonsoir, c'est Leo Ursharft... Nous nous sommes vus cet après-midi, à la maison de retraite... Ne m'interrompez pas ou je raccroche. Je vous ai menti. Le bunker comportait effectivement un abri gigogne... une cache pour les officiers... Mais vous n'y trouverez rien. Elle est vide... Comme je vous l'ai expliqué, tous les gradés ont été massacrés durant les premières minutes du carnage, en essayant de s'interposer.

— D'accord, ai-je murmuré, et comment y accède-t-on ?

Après une hésitation, il a fini par lâcher :

— À l'intérieur du bunker, il y a une infirmerie. Dans cette pièce, au fond, se trouve une cabine de radioscopie. La mise en marche de cet appareil est commandée par un pupitre muni de boutons colorés. L'un d'eux, de couleur blanche, déclenche en fait l'ouverture d'une trappe. Il suffit d'appuyer dessus comme s'il s'agissait d'un manipulateur de code morse, et d'envoyer le message « SOS ». Trois traits, trois points, trois traits. Alors, un panneau blindé s'ouvre dans le sol, devant l'appareil de radioscopie. Il ne reste ouvert qu'une minute, pas davantage, puis se referme automatiquement. Cette trappe donne accès à ce que vous appelez « l'œuf de plomb ». Une fois descendu dans ce deuxième abri, il est possible de verrouiller la trappe de l'intérieur, de manière qu'on ne puisse l'ouvrir du dehors. C'était un dispositif antimutinerie. Un refuge au cœur du refuge. Il n'a jamais servi. Vous n'y trouverez rien. En outre, si la trappe se bloque, vous risquez de vous retrouver coincée en bas. Je ne sais dans quel état de délabrement est aujourd'hui ce matériel, et je vous déconseille fortement de l'utiliser.

Je l'ai remercié et j'ai raccroché. Je savais désormais où se cachait Sarah Jane… si elle était encore en vie.

En bas

J'ai décidé de ne pas prévenir Evita et calculé qu'en prenant la route sur-le-champ j'atteindrais l'hacienda avant le coucher du soleil.

Le voyage m'a paru long et lugubre. Le désert, au crépuscule, n'est envoûtant qu'au cinéma. Dans la réalité, on tremble à l'idée de tomber en panne au milieu de cette immensité ténébreuse. Je n'avais qu'une hâte, atteindre l'ancien aérodrome.

Parvenue au terme de mon voyage, j'ai constaté qu'aucune lumière n'éclairait le ranch. Stanley-Mitchell avait fait vider les écuries. Il n'y avait plus âme qui vive sur toute l'étendue du domaine, et seuls les robots chasseurs continuaient à patrouiller dans la jungle artificielle couvrant les collines. Il en irait ainsi jusqu'à ce qu'ils tombent en panne, l'un après l'autre. Je me suis garée sur le tarmac. Alors que je mettais pied à terre, un buisson de genévrier sec, arraché par le vent, est venu m'écorcher les chevilles en guise de bienvenue.

Je me suis dirigée vers l'ancienne tour de contrôle. Une fois à l'intérieur, j'ai rassemblé mon courage pour partir à l'assaut du bunker. Je ne faisais que très moyennement confiance à Leo Ursharft quand il assurait que l'œuf de plomb était vide de tout occupant. Des images de film gore continuaient à me harceler. Je ne pouvais m'empêcher de visualiser le carnage généré par la fameuse « expérience »... La cachette abritait-elle les descendants de ceux qui avaient eu la chance de survivre au massacre ? Si cela était, dans quel état psychologique se trouvaient-ils aujourd'hui ? Allais-je devoir affronter une tribu dégénérée à force d'accouplements consanguins ? Non, c'était grotesque, ça relevait du film d'horreur pour ados ! Il ne fallait pas céder au délire. L'abri serait vide. Alors pourquoi avais-je si peur ?

Quand j'ai franchi le seuil du bunker, mes mains tremblaient. Les projecteurs éclairaient l'immense esplanade sans parvenir à instaurer un climat de sécurité. Quoi qu'on fasse, cet espace resterait à jamais hanté. Aucun artifice de décoration ne parviendrait à masquer son passé. C'était un lieu de mort, au sens où l'entend Sun Tzu, un tombeau gigantesque, creusé non pour un seul homme mais pour une armée. Mes talons claquaient sur le béton sans parvenir à me rassurer. Je grelottais de nervosité. Au moment d'entrer dans l'infirmerie, j'ai failli craquer, faire demi-tour et prendre la fuite.

J'ai serré les mâchoires et poussé la porte frappée en son centre d'une croix rouge défraîchie. J'avais déjà visité l'endroit en compagnie de Sarah Jane mais je n'avais pas pris conscience, alors, de l'aspect vieillot des appareils médicaux entassés dans le réduit. Rien n'avait rouillé – nous étions dans le désert – mais les peintures, les chromes s'étaient ternis, donnant à l'infirmerie l'apparence d'un bloc expérimental dans un camp de la mort. Un autel nickelé pour charcutages anatomiques. Il m'a semblé que l'air vibrait de présences invisibles, que de l'autre côté de la porte, le carnage allait recommencer... que j'en serais bientôt victime. Dans une espèce de flash hallucinatoire, je me suis vue nue, en train de me dévorer la main droite...

Je me suis ébrouée. L'appareil de radioscopie se dressait devant moi. J'ai effleuré le pupitre de commande du bout des doigts.

J'ignorais comment Sarah Jane avait fini par découvrir l'entrée de l'œuf de plomb mais j'avais la certitude qu'elle y avait trouvé asile. Peut-être, à force d'éplucher les fascicules entassés sur les étagères de l'infirmerie, ou la paperasse amassée par Tobbey, avait-elle découvert le secret du « refuge à l'intérieur du refuge », comme disait si bien Ursharft ? Quoi qu'il en soit, elle n'en avait soufflé mot à personne. Avait-elle même osé y descendre avant la nuit du crime ? Ce n'était pas certain. Elle avait dû jouer avec cette éventualité comme certains adolescents caressent interminablement des rêves de suicide, sans jamais passer à l'acte. Ce formidable secret l'avait aidée à supporter les exigences familiales, les délires de son père. Je l'imaginais très bien se disant : « S'ils m'emmerdent trop, je me cacherai dans l'œuf de plomb, et ils ne me retrouveront jamais ! »

C'est ce qu'elle avait fait, finalement, mais qu'y avait-elle découvert ?

Retenant mon souffle, j'ai pianoté le signal convenu sur le bouton blanc. *Save Our Souls*... Un message mythique, démodé, que plus personne n'utilise aujourd'hui. Mes semelles ont capté une vibration souterraine et le caillebotis recouvrant le sol s'est entrouvert, découvrant un escalier en béton. « Une minute », avait dit Ursharft, il ne s'agissait pas de lambiner. Je me suis engagée dans l'ouverture. J'avais à peine parcouru la moitié des marches que la trappe se refermait au-dessus de ma tête. J'ai tenté de juguler la panique qui s'emparait de moi. Je me trouvais au seuil d'un couloir bétonné qu'éclairaient des ampoules prisonnières de boîtes grillagées. La plupart avaient sauté, si bien que la galerie était inégalement éclairée. Cela n'avait rien de rassurant. L'atmosphère confinée rappelait celle d'un grenier. Même odeur d'air vicié, de vieux tissu, de poussière. J'ai fini par déboucher dans une salle de réunion aux parois tapissées de matériel vétuste. Écrans vidéo, magnétophones, téléphones, micros, tout avait l'air d'avoir été exhumé du musée des Télécommunications. Un coin salon avait été aménagé. Divans, table basse, fauteuils. Sur les étagères, s'entassaient des centaines de romans et de pochettes de disques. Des vinyles des années soixante, à l'état neuf. Je connaissais des collectionneurs qui auraient prostitué leur femme et leur fille pour les acheter. Tous les grands succès de l'époque étaient là, exempts de la moindre rayure. Frank Sinatra, Dean Martin, Sammy Davis Jr. Le « rats pack »[1] dans toute sa gloire. Sur l'étagère « romans », j'ai entrevu les volumes de la série des James Bond et les polars de James Hadley Chase. Les westerns de Louis L'Amour. Des bouquins de guerre également. Des mémoires de généraux. Des traités de stratégie. Une véritable caverne d'Ali Baba pour un sociologue. Sur la table basse, des revues s'entassaient, impeccablement empilées. Leurs couleurs avaient fané. J'ai eu l'impression de débarquer d'une machine à voyager dans le temps au rayon ameublement d'un grand magasin du Midwest, à l'époque de la crise des missiles de Cuba. J'ai fait le tour de la rotonde sans relever la moindre trace de présence humaine. Deux couloirs s'ouvraient de part et d'autre du salon. Celui de gauche menait aux cuisines et aux réserves alimentaires. J'ai cédé au vertige en découvrant des milliers de boîtes de conserve érigées en pyramide, toutes périmées depuis cinquante ans. Certaines, sous l'effet d'une fermentation interne, avaient explosé, projetant aux alentours des figures grumeleuses et abstraites qu'un galeriste de L.A. aurait probablement vendues à prix d'or. Revenant sur mes pas, j'ai exploré le second corridor qui conduisait successivement aux quartiers d'habitation, à l'armurerie et à l'infirmerie. Dans une rotonde, des scaphandres antiradiations attendaient, suspendus à des portants. Les tuyaux en caoutchouc des masques respiratoires étaient en partie dissous. À chaque tournant, je m'attendais à buter sur « l'habitant des lieux », un troglodyte hirsute, un homme des cavernes ignorant tout de la civilisation extérieure, sachant à peine

1. Surnom donné par les journalistes à la bande d'amis du chanteur Frank Sinatra, en raison de sa réputation prétendue douteuse.

parler, mais Ursharft avait dit la vérité. L'abri n'avait jamais été occupé. Aucun des officiers présents lors du massacre n'avait eu le temps d'y trouver refuge.

En atteignant les premières chambres, j'ai aperçu des taches de sang sur le sol.

Sarah Jane était tout au fond, dans la dernière pièce, étendue sur un lit de camp, le torse emmitouflé dans des linges rougis. La fièvre lui faisait un visage écarlate et bouffi. Elle était inconsciente, vautrée dans une puanteur de sueur et d'urine. Je me suis agenouillée pour l'examiner. Elle n'avait qu'une blessure en séton à l'épaule gauche. Une estafilade superficielle. Hélas, la plaie, mal soignée, avait généré une infection qui s'était généralisée au fil des jours, prenant peu à peu la forme d'une septicémie.

Mon premier réflexe a été d'attraper mon cellulaire. C'était stupide. Je ne capterais pas le réseau en cet endroit du désert ; quant au radio-émetteur du ranch, il avait été détruit la nuit du massacre. La seule possibilité qui s'offrait à moi était de transporter Sarah Jane à Mount Sierra. Pour cela, il fallait d'abord la ramener à la surface. J'ai touché son visage en prononçant son nom. Sa peau m'a brûlé le bout des doigts. Sa température dépassait les 40°. Il émanait d'elle une odeur de pourrissement. J'ai aussitôt pensé à la gangrène. Un chaos de pansements sales, de bouteilles vides et d'emballages de biscuits encerclait le lit. Elle avait dû tenter de s'alimenter en puisant dans les réserves de l'abri, ce qui n'avait contribué qu'à l'intoxiquer un peu plus.

Evita avait vu juste. Willa avait tenté d'abattre sa sœur, mais elle avait raté son coup, et la gamine lui avait échappé. Blessée, titubante, en état de choc, elle avait trouvé refuge au cœur de l'œuf de plomb, cette cachette dont elle était seule à connaître l'existence.

Brusquement, Sarah Jane a ouvert les yeux et m'a dévisagée avec stupeur. Sa figure était marbrée, ses pupilles dilatées.

— Je savais pas…, a-t-elle balbutié. Je savais pas qu'elle allait tous les tuer… C'était pas ça qui était prévu. On avait dit… on avait dit…

Je lui ai conseillé de se taire, mais elle semblait habitée par une rage intérieure, mélange de peur, de honte et de haine.

— Willa m'a dit qu'on ferait croire à papa que Vaughan m'avait enlevée… et qu'il réclamait une rançon. Avec l'argent, on partirait, elle et moi… on irait vivre ailleurs, loin d'ici… Elle disait qu'elle ne voulait pas que je subisse ce qu'elle avait subi. Qu'elle le faisait pour moi. Je devais juste me cacher dans le garage à robots, le temps que le fric soit versé. C'était… c'était ce qui était prévu. Tu dois me croire…

J'ai essayé de lui remettre ses chaussures. Elle était lourde. Je n'étais pas certaine d'avoir la force de la porter. Il faudrait qu'elle y mette du sien. En serait-elle capable ?

— Vaughan était mort depuis six mois, tu comprends ? a-t-elle poursuivi. Mais personne ne le savait. Willa m'a dit de raconter à tout le monde que je le voyais dans les ruines… de m'arranger pour faire croire qu'il était encore en vie. Le truc, c'était d'exploiter le désir de vengeance de Vince… Willa m'a incisé le bras pour récupérer la balise émettrice. On a fait ça dans l'infirmerie du bunker. On se donnait rendez-vous la nuit, quand les parents et les robots étaient couchés.

Quand je l'ai aidée à s'asseoir, elle a poussé un cri de souffrance. Elle a perdu connaissance pendant que nous remontions le couloir, et j'ai dû la prendre dans mes bras pour escalader les marches. Là, j'ai connu un moment de panique car j'avais oublié que la trappe s'était refermée derrière moi ! J'ai cru un instant que nous ne pourrions jamais ressortir. Puis j'ai aperçu une manette rouge sur le côté du panneau et je l'ai abaissée. Comme à l'aller, la trappe s'est entrebâillée une minute, pas davantage. C'était peu pour ce que j'avais à faire, et elle a failli se refermer sur les jambes de la gosse pendant que je m'évertuais à l'extraire du trou. Étant donné la puissance du mécanisme, Sarah Jane aurait eu les pieds sectionnés.

La gamine a repris connaissance. Elle tenait à peine debout, mais j'ai pu la soutenir jusqu'à la voiture. Là, je l'ai étendue sur la banquette arrière avant de me glisser au volant. La nuit était tombée et l'on n'y voyait plus rien à des kilomètres à la ronde. J'ai soudain eu peur de ne pas retrouver Mount Sierra et de tourner en rond dans le désert jusqu'à ma dernière goutte d'essence. Pendant que je mettais le contact, Sarah Jane a repris son monologue.

— Willa s'est servie de moi, balbutiait-elle. Elle m'a menti... J'ai fait tout ce qu'elle disait... je croyais vraiment qu'on s'enfuirait toutes les deux... Mais le soir où on avait décidé que je disparaîtrais, elle est arrivée avec un fusil... et elle a commencé à tirer sur tout le monde. Je suis restée pétrifiée... Je n'y comprenais rien... Elle répétait que c'était nécessaire, que je devais me calmer, que ça ne changerait rien à nos projets, qu'on aurait simplement davantage de liberté et de fric... Ensuite, elle m'a dit que je devais aller me cacher dans le garage des robots, comme prévu, mais j'ai eu peur... Il y avait quelque chose de mauvais dans ses yeux. J'ai compris qu'une fois là-bas, elle me tuerait parce qu'elle n'avait pas confiance en moi et qu'elle ne voulait pas partager. Alors je me suis enfuie en courant...

— Et c'est là qu'elle t'a tiré dans le dos, ai-je complété.

— Oui... Je savais que, si elle me rattrapait, elle m'achèverait... Je n'ai pas réfléchi, j'ai couru vers la tour de contrôle pour descendre dans l'œuf de plomb. Willa ignorait que je connaissais le moyen d'y accéder... J'avais détruit le document décrivant la procédure à suivre... il était dans les papiers de mon père mais il ne s'y était jamais intéressé.

— Tu l'avais déjà visité ?

— Oui, plusieurs fois. J'y avais entreposé des vivres, des biscuits, des sodas... Pour tenir le plus longtemps possible au cas où papa déciderait de me marier de force à l'un de ses tarés de soldats.

Pendant qu'elle parlait, je scrutais la nuit, guettant les lumières de Mount Sierra. Je tremblais à l'idée de planter la voiture dans une crevasse.

Puis son monologue est devenu incompréhensible, entrecoupé d'invectives, de supplications et de sanglots. Quand elle a fini par se taire, j'ai cru qu'elle était morte et j'ai lancé une main par-dessus le dossier de mon siège pour palper son pouls. Il battait toujours, très vite, sous l'effet de la fièvre.

Au bout d'une demi-heure d'angoisse, j'ai enfin aperçu les feux de la ville.

Parvenue à Mount Sierra, j'ai rencontré quelques difficultés pour faire comprendre aux adjoints du shérif que la jeune blessée, sur ma banquette arrière, n'était autre que Sarah Jane Zufrau-Clarkson que toutes les polices de l'État croyaient victime d'un kidnapping. J'étais si énervée que j'ai failli gifler un abruti de flic qui s'obstinait à croire que je venais de renverser cette gosse sur la route.

J'ai dû moi-même appeler Stanley-Mitchell et Dogson pour débloquer la situation. Vingt minutes plus tard, un hélicoptère médical emportait Sarah Jane vers Los Angeles. Quand j'ai voulu monter à bord, pour l'accompagner, on m'a repoussée sans ménagement. « Pas de place », a grogné l'un des infirmiers. Pourquoi ai-je eu l'impression qu'il s'agissait d'un prétexte ?

Faux-semblants

Contrairement à ce que vous pouvez croire, on ne m'a pas traitée en sauveuse ou en héroïne, bien au contraire ! Mon exploit m'a valu d'être interminablement cuisinée par Dogson. *Pourquoi étais-je revenue au bunker ? Comment avais-je appris l'existence d'une cachette secrète ? Qui m'avait révélé la manière d'y accéder ?*

J'ai décidé de m'en tenir à une version « light » de l'histoire, après tout je n'étais pas là pour faire le boulot de la police. Sarah Jane accuserait officiellement sa sœur si elle le souhaitait, le linge sale se lave en famille, je n'avais pas à y fourrer mon nez. D'ailleurs, Dogson m'aurait-il crue ?

J'ai simplement déclaré que, cédant à une brusque illumination, j'avais eu la certitude que l'adolescente était détenue dans l'œuf de plomb, cette cachette mythique dont personne ne voulait admettre l'existence et qui m'intriguait depuis le début. Je m'étais donc renseignée auprès d'un ingénieur ayant participé à la construction du bunker au début des années soixante ; il n'avait fait aucune difficulté pour satisfaire ma curiosité. Je m'étais rendue sur place sans aucune assistance, sachant d'emblée que la police refuserait de m'aider, c'est ainsi que j'avais découvert Sarah Jane blessée, inconsciente, et incapable de prononcer le moindre mot d'explication.

Dogson avait enregistré mon témoignage les mâchoires serrées, conscient que mes déclarations le mettaient dans la panade.

À plusieurs reprises, il était revenu à l'assaut : *La gamine n'avait-elle vraiment rien dit ? Avait-elle murmuré un nom ? Évoqué son ravisseur ? Comment, selon moi, les choses s'étaient-elles passées ?*

J'ai, bien sûr, joué les idiotes.

— Je crois que Sarah Jane a été blessée accidentellement lorsque sa famille a été massacrée, ai-je ânonné. Elle n'était pas visée, une balle a pu ricocher, ou ce genre de truc... Le type qui l'a enlevée était de toute évidence un soldat. Il a compris qu'il ne pouvait pas l'emmener avec lui dans cet état. On ne trimballe pas une adolescente blessée sur les routes sans se faire très vite repérer. Connaissant l'existence de la chambre secrète à l'intérieur du bunker, il a eu l'idée de l'y descendre. Peut-être avait-il le projet de la soigner lui-même... Je ne sais pas. Difficile de deviner ce qui traverse le cerveau d'un cinglé. Je crois que le plus sage est d'attendre que la gosse se réveille, elle vous racontera tout... peut-être même qu'elle sera en mesure de vous donner le nom du coupable, qui sait ?

Dégoûté, Dogson m'a laissée rentrer à L.A. Je tenais à peine debout. J'ai appelé le cabinet de Stanley-Mitchell pour avoir des nouvelles de la gamine, mais chaque fois on m'a répondu qu'il était en conférence, ou sur la planète Mars. Les journaux et la télé se déchaînaient sur ce nouveau rebondissement de l'affaire. La deuxième héritière de l'empire Zufrau-Clarkson venait d'être retrouvée ! Dans quelques jours, on saurait tout du calvaire qu'elle avait subi. On connaîtrait probablement l'identité du coupable ! Quel suspens ! Ne vivait-on pas une époque formidable ?

Je me suis demandé ce qu'éprouvait Willa. Tremblait-elle à l'idée des révélations que Sarah Jane ne manquerait pas de faire à son réveil ? Se préparait-elle à prendre la fuite ?

Et tout a coup, un frisson de panique m'a traversée. *Étais-je complètement stupide ?* Stanley-Mitchell et Willa avaient trop à perdre dans cette histoire. Comment l'avocat et l'héritière pourraient-ils envisager de laisser vivre un témoin aussi gênant ? Si Sarah Jane – par remords ou par vengeance – avouait tout à la police, leurs rêves de richesse s'écroulaient.

Willa n'accepterait pas de courir un tel risque, pas si près du but. Pas après avoir enduré deux années de tourments divers en compagnie de Burton MacGraw et la mort d'un enfant. Non.

J'ai empoigné le téléphone, bien décidée cette fois à tout déballer à Dogson. Quand je l'ai eu en ligne, j'ai dit :

— C'est à propos de Sarah Jane...

— Je sais, a-t-il coupé, c'est moche.

— Quoi ? ai-je bredouillé. De quoi parlez-vous ?

— Vous ne savez pas ? Non, c'est vrai, ce n'est pas encore dans la presse. La gosse est morte il y a une heure sans reprendre conscience. Choc toxique dû à l'infection. Sa sœur Willa était à son chevet, elle m'a dit que Sarah-J. n'avait pas prononcé un mot. Je crois qu'on ne saura jamais le fin mot de cette lamentable histoire.

Voilà, c'est tout. Je ne saurai jamais ce qui est réellement arrivé. Sarah Jane est-elle vraiment morte de septicémie sans reprendre connaissance... ou bien sa sœur l'a-t-elle aidée à faire le grand saut en lui plaquant un oreiller sur le visage ?

Je me dis souvent que j'aurais dû dévoiler la vérité à Dogson lors de l'interrogatoire, mais m'aurait-il crue ? Rien n'est moins sûr. Pas évident, pour une petite décoratrice au CV peu reluisant de lancer de telles accusations contre l'héritière d'un empire industriel !

Stanley-Mitchell a réglé tous les chèques émis, mais n'a plus jamais accepté de me prendre au téléphone.

Pour être franche, je dois avouer que tout ne s'est pas exactement terminé avec la mort de Sarah Jane. Ni Evita ni moi n'avons reçu de faire-part nous conviant aux funérailles. Fortement médiatisée, la cérémonie s'est déroulée sous la présidence de la doublure engagée par le cabinet Stanley-Mitchell, et dont la performance fut impeccable. À cette occasion, je m'étais rendue chez Evita pour suivre la retransmission des obsèques à la télé. Tout à coup, alors que nous fixions toutes deux l'écran, j'ai dit :

— Tu t'es bien foutue de ma gueule, n'est-ce pas, le jour où tu es venue me faire part de ta soi-disant « intuition médiumnique » ? Ce ne sont pas les esprits des morts qui t'ont révélé que Willa était derrière tout ça. Dis-moi la vérité à présent que tout est fini.

Evita a baissé les yeux et pâli.

J'ai insisté :

— *Tu étais dans la combine depuis le début, n'est-ce pas ?*

Elle s'est mordu la lèvre inférieure avant de soupirer :

— Oui. C'est vrai. Willa m'avait contactée pendant que je résidais au ranch... Une nuit, elle s'est glissée dans ma chambre pour me faire une proposition. Mais au début, il s'agissait d'une simple arnaque destinée à tirer un maximum de fric à Tobbey. On devait faire croire à l'enlèvement de Sarah Jane en exploitant la rivalité de Vaughan et de Burton. La gosse se cacherait dans le garage des robots en attendant le versement de la rançon, ensuite, sitôt le partage effectué, Willa et sa sœur prendraient le large pour mener la grande vie loin de leur famille de cinglés.

— Pourquoi Willa avait-elle besoin de toi ?

— Il lui fallait un agent de liaison avec l'extérieur. Il lui était difficile de sortir du domaine sans se faire aussitôt repérer, surtout avec sa tête. Moi, au contraire, j'étais libre d'aller à ma guise. Willa n'avait pas conduit une voiture depuis des années et s'imaginait mal se frayant un chemin dans la circulation de L.A. dont, par ailleurs, elle ignorait la topographie. Mon rôle consistait surtout à récupérer la rançon. Elle disait que son père payerait sans rechigner, que la somme n'était guère plus qu'une aumône pour lui, et qu'il ne préviendrait jamais la police. Bien sûr, c'était du pipeau, mais je n'en savais rien. Elle m'a demandé de transporter le coyote auquel elle avait greffé la balise de Sarah Jane jusqu'au pied des California Mountains. C'est ce que j'ai fait, la nuit où tu t'es saoulée, à L.A. Rappelle-toi, j'ai quitté la boîte la première, t'abandonnant au bar. Sitôt dehors, je me suis rapidement débarrassée du mec et j'ai pris la route du désert. J'avais mis du GHB dans ton verre. Je ne voulais pas courir le risque de t'avoir sur le dos. Tu semblais tellement accro à ton boulot que je t'imaginais très bien en train de retourner au ranch pour vérifier je ne sais quel détail d'architecture. Je devais me débrouiller pour te tenir à l'écart. C'est pour cette raison que je tenais tant à ce qu'on aille boire un verre ensemble, je devais te neutraliser pour que tu ne sois pas dans nos pattes ce soir-là. Si tu nous avais surprises en train de transporter le coyote dans ma bagnole, tout tombait à l'eau. J'ai fait l'aller-retour dans la nuit. J'ai relâché la bestiole là où Willa me l'avait conseillé, au pied d'une colline boisée truffée de galeries de mine. Le coyote jouerait le rôle de leurre et accréditerait l'idée que Vaughan était en fuite. *Je te le jure...* c'est ainsi que ça devait se passer, selon Willa. Le lendemain, on découvrirait une demande de rançon dans la chambre de Sarah-J. et le tour serait joué... C'est en rentrant avec toi à l'hacienda que j'ai compris qu'elle m'avait baisée. Elle n'avait jamais eu l'intention de réclamer de l'argent à Tobbey. Depuis le début, elle n'avait qu'une idée en tête, se débarrasser de sa famille et rafler l'héritage. J'avais beau savoir la vérité, je ne pouvais rien contre elle... Les choses étaient allées trop loin, j'étais complice du meurtre. J'étais forcée de me taire... mais je me sentais mal, tu peux en être sûre.

Je me suis levée pour éteindre la télé.

— Et Sarah Jane, ai-je lancé, comment Willa comptait-elle gérer la chose ?

— De toute évidence, son intention secrète était de la supprimer et de cacher le corps dans le garage des robots auquel, grâce à Burton, elle savait comment accéder. Mais la gosse s'est échappée Willa lui a tiré dessus sans parvenir à l'arrêter.

— Comment le sais-tu ?

— Willa est passée me voir à sa sortie de clinique. Elle tenait à s'assurer de mon silence. Elle m'a promis de s'occuper de moi. Elle a parlé d'une rente, d'un salaire fictif. Mais je n'ai plus confiance en elle. Elle m'a roulée une fois dans la farine, ça suffit. C'est pour cette raison que je suis venue te voir.

— D'accord, mais parle-moi de Sarah Jane.

— Le lendemain du meurtre, Willa a fouillé les abords de la colline, dans l'espoir de retrouver le cadavre de sa sœur. Il était hors de question que la police mette la main dessus, ça aurait réduit à néant l'hypothèse Vaughan. Sarah-J. demeurant introuvable, Willa a fini par comprendre que la gosse s'était réfugiée dans cette foutue cachette secrète dont elle nous rebattait les oreilles depuis des mois.

— Je suppose que Willa a prié pour que la gamine s'y vide de son sang et n'en ressorte jamais.

— Possible. Tout a fonctionné à peu près selon ses prévisions jusqu'à ce que tu découvres le cadavre de Vaughan. Heureusement, les flics n'ont pas fait preuve d'imagination. Ils se sont contentés de reporter leurs soupçons sur un autre soldat.

— Et toi, pourquoi es-tu brusquement venue me raconter cette invraisemblable histoire d'intuition médiumnique ?

Evita a esquissé un geste d'impuissance.

— J'avais honte... Pour la gosse... je me sentais coupable. Tobbey, sa femme, non... c'étaient deux cinglés, mais Sarah Jane, je l'aimais bien. Je ne cessais pas de penser à elle, blessée, toute seule dans son bunker. Je savais aussi que, sitôt installée sur le trône de son paternel, Willa s'empresserait de bétonner le ranch et les collines pour faire disparaître les traces de sa combine. Le bunker, le garage à robots... tout y serait passé. Si quelqu'un était capable de découvrir comment pénétrer dans la cachette de Sarah-J. c'était bien toi, et uniquement toi. C'est pour ça que j'ai décidé de te mettre sur la piste, mais sans insister, pour ne pas éveiller tes soupçons. Un pas en avant, deux en arrière. Je pensais qu'une fois la gosse sauvée, on s'arrangerait, elle et moi... Elle n'avait pas intérêt à parler aux flics, ils auraient vite pigé qu'elle était complice de sa sœur. J'envisageais même de m'occuper d'elle.

— Pourquoi n'as-tu pas parlé plus tôt, et clairement ? Tu passais ton temps à me dissuader de fouiller plus avant.

— Tu es entêtée, je savais que plus je te conseillerais d'arrêter, plus tu irais de l'avant. Et puis j'avais la trouille. Je ne parvenais pas à me décider... ça me rongeait. J'essayais d'éveiller ta curiosité, de t'indiquer la piste à suivre, mais sans en avoir l'air. La nuit, je pensais à Sarah-J. Je faisais des cauchemars. Si j'avais su comment ouvrir la cachette, je serais moi-même allée la sortir de là. *Carajo !* je ne cherche pas d'excuse. J'aime le fric, c'est tout, et j'en ai marre de jouer à la voyante extra-lucide. Ça n'aura qu'un temps, un jour je ne serai plus à la mode, et je me retrouverai à la case départ. Je ne veux pas finir en diseuse de bonne aventure dans un cirque mexicain minable. C'est ce que faisait ma mère... et elle arrondissait nos fins de mois en me forçant à tailler des pipes entre les cages des fauves. J'avais treize ans. J'ai eu trop de mal à m'en sortir. Le nom que je porte n'est qu'un pseudo. Peux-tu comprendre ça ? Le faux kidnapping, la rançon... c'était inespéré. Et normalement, personne n'aurait dû en souffrir. Quelque part, même, c'était une bonne action puisqu'il s'agissait de permettre à deux filles d'échapper à l'emprise d'une secte

J'ai soudain éprouvé une grande lassitude. Je suis restée plantée au milieu du salon comme une grande poupée stupide.

— Tu vas me dénoncer ? a demandé Evita.

— Ce n'est pas mon genre, ai-je soufflé. Et puis tu n'as pas encore bien saisi la situation, ce me semble. *Willa sait que nous savons.* Nous constituons une menace pour elle. Tant que nous serons en vie, elle ne sera pas tranquille. Elle a beaucoup d'argent et peu de scrupules, ça lui laisse une masse de possibilités. Je crois qu'il va falloir se montrer prudentes à l'avenir, et s'habituer à regarder par-dessus notre épaule.

— Tu crois vraiment qu'elle a tué Sarah Jane à la clinique ?

— Et toi ?

Comme un fantôme

Je n'ai pas revu Evita. Elle n'a pas cherché à me téléphoner. Quelque chose s'était brisé entre nous. J'ai repris mon travail à l'Agence 13, redécorant des villas et des appartements dont je me faisais un devoir d'ignorer le passé. Devereaux se déclarait satisfait de mes services.

Un matin, en parcourant le journal au *diner* du coin de la rue, je suis tombée sur un article qui m'a flanqué la chair de poule. Une médium fort connue avait été renversée par un chauffard dans le courant de la nuit, dans le secteur de Sierra Bonita. Evita Chavez y Goyaz y Nopales – puisque c'était d'elle qu'il s'agissait – avait été tuée sur le coup. Le conducteur avait pris la fuite.

J'ai compris que Willa venait de rayer un nouveau nom sur sa liste noire. Ne restait que le mien. Mon tour ne tarderait pas à venir, j'étais en danger.

J'ai quitté mon appartement pour emménager à l'hôtel. Je m'y sentais moins vulnérable. J'ai acheté des dispositifs d'alarme que j'installais le soir sur ma porte et ma fenêtre ; de cette manière, personne ne pouvait pénétrer chez moi sans déclencher d'épouvantables meuglements de sirène.

Pendant deux semaines, j'ai vécu dans un état de stress permanent, dormant peu, hésitant à traverser la rue, me retournant mille fois pour m'assurer qu'on ne m'avait pas prise en filature. Dès qu'un inconnu s'approchait, je faisais un bond en arrière. Je surveillais les voitures du coin de l'œil. À plusieurs reprises, j'ai eu l'impression d'être suivie.

J'ai demandé à Paddy Mulloney, mon vieil Irlandais d'assistant, de me procurer une arme. Il n'a fait montre d'aucun étonnement ; un soir, il m'a simplement remis un vieux colt Webley de l'armée britannique enveloppé dans un chiffon. « Prise de guerre de l'IRA », a-t-il ricané en guise d'explication. C'était un revolver énorme, malcommode, mais qui m'apportait un certain réconfort. Je le posais sur mon lit, à côté de moi, au moment où je m'allongeais pour affronter une nouvelle nuit d'insomnie.

J'ignorais comment Willa comptait s'y prendre pour me supprimer. De toute évidence, mon élimination prendrait la forme d'un accident ; dans cette catégorie, le champ des possibilités restait fort étendu. Je pouvais glisser dans ma douche, tomber par la fenêtre, m'électrocuter dans la baignoire avec mon sèche-cheveux... Je ne pensais pas qu'elle agirait elle-même, elle était désormais trop riche pour se salir les mains. Stanley-Mitchell se chargerait de cette opération de nettoyage, cela faisait partie de ses attributions et lui donnait un formidable moyen de pression sur sa protégée.

Je souffrais de l'absence d'Evita. Je n'avais désormais plus personne avec qui partager mes craintes, personne avec qui évoquer l'étrange affaire du bunker.

Je me sentais seule.

Un matin, alors que j'arrivais à l'agence, nauséeuse et épuisée par ma nuit blanche, Devereaux bondit hors de son bureau comme un diable.

— Vous avez vu ? glapit-il, les yeux hors de la tête. Willa et Stanley-Mitchell sont morts... Leur limousine a explosé.

Il m'a tendu un journal que je n'ai pas regardé.

— Vous voulez dire la doublure de Willa ? ai-je bredouillé.

— Non, non. La vraie, ça m'a été confirmé par un contact que j'ai dans la police. La limo a été projetée à dix mètres du sol. Les corps ont été déchiquetés mais les têtes sont demeurées intactes, on a pu facilement les faire identifier par les membres du cabinet juridique. Sans doute un coup de la Mafia. Stanley-Mitchell a dû tenter de rouler un parrain... mal lui en a pris.

Pour me donner une contenance, j'ai examiné la première page du quotidien. Une grande photo montrait les débris d'une carcasse métallique tordue et carbonisée autour de laquelle s'agglutinaient des badauds. Enveloppés de fumée, ils avaient l'air d'ombres menaçantes montant une garde funèbre. Un seul d'entre eux était identifiable. Les cheveux blancs, les traits durs. Il regardait vers l'objectif en souriant de manière ironique.

Mes mains se sont mises à trembler.

C'était mon père.

J'ai dû m'asseoir.

— Hé ! a lancé Devereaux. Je ne vous savais pas si attachée à Willa Zufrau-Clarkson. Toutes mes condoléances.

Je suis rentrée chez moi, le journal serré contre ma poitrine. Je n'ai pu me résoudre à contempler la photographie qu'une fois seule. Bien des choses s'éclairaient. Je comprenais à présent pourquoi j'avais toujours eu l'impression d'être observée, suivie. Je comprenais également que mon père avait assassiné ma mère... et Madame Lucille. Il se tenait là, derrière moi, en permanence, tel un ange gardien, prêt à punir tous ceux qui me voulaient du mal. C'était tout à la fois réconfortant et... terrifiant.

Je savais maintenant pourquoi, si souvent dans le passé, j'avais cru détecter une présence étrangère dans mon appartement. Des objets déplacés, une odeur de cuir, de sueur masculine. La certitude que quelqu'un s'était assis dans mon fauteuil. Je m'étais crue paranoïaque, ou victime de persécutions policières. Maintenant, je savais qu'il s'agissait de mon père. Il avait toujours été là, à rôder, à vérifier... Il avait dû poser des micros, des mini-caméras ou je ne sais quoi ! Il savait probablement tout de ma vie intime, il m'avait vue au lit avec des partenaires d'une nuit. C'était affreusement gênant, toutefois il avait fait cela dans l'unique but de me protéger.

Je me suis approchée de la fenêtre pour regarder dans la rue. Dans un film, il aurait été planté sur le trottoir d'en face, les yeux levés dans ma direction, et il aurait souri avant de disparaître dans la foule. Mais il n'y avait personne. Ou bien, s'il était là, je n'étais pas capable de le voir. C'était toute la différence entre lui et moi.

Cet ouvrage a été imprimé par

CPI
Firmin Didot

Mesnil-sur-l'Estrée
en octobre 2009

Composé par Nord Compo Multimédia,
7, rue de Fives, 59650 Villeneuve-d'Ascq

FLEUVE NOIR
12, avenue d'Italie
75627 Paris Cedex 13

— N° d'imp. : 97160 —
Dépôt légal : novembre 2009

Imprimé en France